Anmerkung:

Sollten Ähnlichkeiten mit realen Personen oder Institutionen auftreten, sind diese rein zufällig.

Alle Charaktere sind frei erfunden und entspringen meiner Fantasie.

ANETTE SCHÄFER

Ein Herz und ein Krönchen

Liebesroman

Für Isabella,
mit ♡-lichen
Grüßen

KRÖNCHEN VERLAG

Weitere Titel der Autorin:

ABGELEHNT

GEKRÖNT

1. Auflage
November 2019

Umschlaggestaltung: Katrin Storm, Berlin
Korrektorat: Vorländer GmbH & Co. KG, Siegen
Druck und Bindung: Vorländer GmbH & Co. KG, Siegen
ISBN 978-3-9819795-1-0

Für meine Töchter

Für schöne Augen,
sieh das Gute im anderen.

Für schöne Lippen,
sprich nur nette Worte.

Und für dein Gleichgewicht,
lebe mit dem Wissen,
dass du nie alleine bist.

Audrey Hepburn

Prolog

Paula stand inmitten eines Blumenmeeres im Garten des Oberen Schlosses und hatte sich lange und intensiv auf diesen besonderen Tag vorbereitet.
Heute war es endlich soweit. Sie stand unter einem aus Birkenzweigen und mit viel Liebe gebundenen Hochzeitsbogen im wunderschön dekorierten Musikpavillon am Fuße des Schlossgartens. Links und rechts von ihr standen zwei große fünfarmige Kerzenleuchter auf antikweiß lasierten Obstkisten.
Paula war sich der Blicke der gesamten Hochzeitsgesellschaft nur allzu sehr bewusst. Die Gäste klebten förmlich an ihren Lippen. Alle warteten gespannt auf die Krönung, auf das Treueversprechen, auf ihre Worte, an denen sie so lange überlegt und immer wieder gefeilt hatte.

Paula hatte den Trauzeugen von Samuel vor der Trauung leider nicht kennenlernen können. Sie wusste aber, dass er derjenige sein sollte, der die liebevoll ausgesuchten Ringe im entscheidenden Moment nach vorne bringen sollte.
Die Hochzeitssängerin spielte leise ein Klavierstück aus dem Film ‚Die fabelhafte Welt der Amelie'. Paula konnte erkennen, dass sich kleine Schweißtropfen auf der Stirn von Samuel gebildet hatten. *Während der Traugespräche hat er noch behauptet, dass er kein emotionaler Typ sei,* erinnerte sich Paula schmunzelnd. In diesem Moment fand sie daher jeden einzelnen Schweißtropfen auf seiner Stirn sehr sympathisch.
Ihre Anspannung und auch die der Gäste hatte ihren Höhepunkt erreicht, als nun aus der letzten Reihe heraus

langsam ein Mann in dunkelblauem Anzug und rosafarbener Fliege auf sie zukam.
Samuels Trauzeuge schien sein Part in dieser Zeremonie so ganz und gar nicht recht zu sein. Sein Blick war fest auf die Ringe gerichtet, die er, wie ein rohes Ei, vor sich her auf einem mit weißer Spitze besetzten Kissen trug.

Paula musste lächeln und beobachtete den Mann, der langsamen Schrittes immer näher kam, nun etwas genauer. Sein Haar war dunkelblond und kurz geschnitten, der Anzug saß tadellos, die schwarzen Schuhe waren frisch gewienert und glänzten in der Sonne. Sie schätzte ihn auf gute 1,90 Meter und vermutete, dass er viel Zeit an der frischen Luft verbrachte, oder frisch aus dem Urlaub zu der Hochzeit seines besten Freundes angereist war.
Er war noch wenige Meter von ihr entfernt, als er die Augen hob und sie mit festem Blick ansah. Scham, Freude, Trauer, Verletzung … all das spiegelte sich in seinen meerblauen Augen.
Paula verlor schlagartig die Fassung. »Julian?«
Hilflos musste sie zusehen, wie die kostbaren Ringe zu Boden fielen und sie ohnmächtig in Julians Armen zusammensank.

Früher

Paula

Nein, nein, nein, das darf doch nicht wahr sein. Jetzt brettert dieser dicke Benz erst an mir vorbei und nimmt mir auch noch den letzten Parkplatz weg. Typisch!, ärgerte sich Paula. Sie hätte wirklich früher losfahren sollen. Sie wusste doch, dass die Parkplätze am Oberen Schloss begrenzt waren. Aber es half alles nichts! Sie musste zusehen, dass sie schnellstmöglich den Berg wieder hinunter kam und ihren süßen kleinen Mazda wohl oder übel im Parkhaus abstellte.

Auf dem Weg bergab, vorbei an einem netten Restaurant und der Realschule, steuerte sie geradewegs auf die Nikolaikirche zu. Das goldene Krönchen, das Wahrzeichen der Stadt Siegen, glänzte und funkelte in der Maisonne.

Paula wollte gerade nach rechts abbiegen, als sie aus dem Augenwinkel heraus zwei freie Parkplätze entdeckte. Sie konnte ihr Glück kaum fassen. Eilig stellte sie ihr Auto ab, nahm die schwere Tasche vom Beifahrersitz und verfluchte sich selbst, weil sie vergessen hatte, ihre Wechselschuhe mitzunehmen. So war sie wohl oder übel gezwungen, auf High Heels den steilen Berg hinaufzueilen. Ihr schlechtes Gewissen darüber, dass ihr Auto für die nächsten zwei Stunden auf einem Behindertenparkplatz stehen würde, beruhigte Paula erfolgreich mit einem: *Ich tue es ja nicht für mich!*

Jetzt musste sie sich allerdings eilen, dass sie schleunigst in den Schlossgarten kam – schließlich wurde sie dort oben sehnlichst erwartet. Paula raffte ihr langes hellblaues Kleid zusammen, damit sie sich mit ihren dünnen Absätzen nicht darin verhedderte, warf sich die Tasche über die Schulter, schnappte sich das geliehene Rednerpult und eilte die steile Straße hinauf. Am Parkplatz angekommen, verfluchte sie noch einmal den Benz-Fahrer, der vor ihrer Nase in die letzte freie Parklücke gefahren war, und rannte auf den Seiteneingang des Schlossgartens zu.

Paula musste einen Moment innehalten, als sie durch das Tor in den Garten des Oberen Schlosses lief. Zum einen musste sie etwas Luft schnappen, zum anderen wurde sie förmlich von der bunten Farbenpracht überwältigt, die kein Fotograf der Welt auf einem Foto hätte festhalten können. Die mit viel Liebe bepflanzten Beete schillerten in den buntesten Farben um die Wette. Sie hatte in der Siegener Zeitung gelesen, dass 45.000 Zwiebeln, davon allein 35.000 Tulpen, in der Erde rund um das Schloss steckten, von denen mehr als die Hälfte an diesem herrlichen Samstagnachmittag im Mai noch immer in der Blüte standen. Fünf Mitarbeiter der Stadt hatten im Frühjahr zusätzlich 25.000 unterschiedlichste Blumen gepflanzt und im Sommer kamen noch einmal 35.000 Stück hinzu. Insgesamt, so hatte es in dem Artikel geheißen, erblühten im Schlossgarten übers Jahr verteilt 105.000 Blumen. Was für eine unfassbare Zahl.
Wie sie nun im Tor vor diesem Blütenzauber stand, ertappte sie sich selbst bei ihrem geheimen Gedanken: *Wie gerne würde ich selbst in diesem herrlichen Schlossgarten und vor solch einer Kulisse der Liebe meines Lebens das Jawort geben.*
Aber das war hier und heute nicht der Plan. Deshalb war sie nicht hier. Paula sammelte ihre Gedanken, sah in der Ferne das Brautpaar, das gemeinsam mit den Trauzeugen

von der Fotografin an der Aussichtsplattform in Beschlag genommen wurde, und eilte in die andere Richtung zum Musikpavillon.
Wie das Pärchen es geschafft hatte, den Pavillon für ihre Freie Trauung zu buchen, war ihr zwar nach wie vor ein Rätsel, aber jetzt, wie sie so dastand und die traumhafte Location betrachtete, war es ihr eine Ehre, hier sein zu dürfen.
Für sie war es heute das erste Mal, dass sie als Hochzeitsrednerin durch eine Freie Trauung führte. Sie hatte zwar oft genug zugehört, wenn sie als Fotografin gebucht worden war, um den wichtigsten Moment des Lebens auf einem Foto festzuhalten, aber selbst durch die Zeremonie zu führen, das war schon etwas anderes.
Warum bloß bin ich für Rike eingesprungen? Was ist, wenn ich mich verhasple? Wenn meine Rede nicht gut ist? Wenn sich alle langweilen, oder noch schlimmer, wenn ich vor Aufregung die Ringe fallen lasse? Wie konnte ich nur ‚Ja' sagen?
Paula wusste natürlich warum – weil sie eine gute Seele war. Rike hatte sie vor drei Wochen angerufen und unter Tränen gefragt, ob sie bereit sei, für sie die Trauung zu übernehmen. Ihre Schwester war krank geworden, musste für einige Zeit ins Krankenhaus und hatte niemanden, der sich um die Kinder kümmern konnte.
Paula hatte zwar nicht weiter nachfragen wollen, aber ihr war bei Rikes Tonfall sofort klar gewesen, dass es etwas Ernstes sein musste. Dennoch hatte sie ihre Zweifel: »Hey Rike, ich helfe dir wirklich gerne, aber ich habe das doch noch nie gemacht.«
»Paula, bei wie vielen Hochzeiten bist du jetzt schon als Fotografin dabei gewesen? Hundertfünfzig? Zweihundert? Also hast du mindestens genauso viele Traureden gehört. Du kannst das! Du zeigst einfach dein bezauberndes Lächeln und alle werden dahinschmelzen. Ganz sicher! Bitte, bitte!«

»Na gut, wenn du mir das wirklich zutraust. Einverstanden!«, hatte sich Paula über ihre spontane Zusage gewundert.
Rike brauchte Hilfe, daher war es für sie keine Frage gewesen, für ihre Bekannte einzuspringen. Und nun stand sie hier mit zitternden Knien und zugleich mit einer Vorfreude, die sie selbst überraschte.
Sie hatte sich gut vorbereitet und Julia mit ihrem Mann Samuel während der Traugespräche kennenlernen dürfen. Sie hatte die beiden schnell in ihr Herz geschlossen und es sich zur Aufgabe gemacht, für die zwei eine Hochzeitszeremonie zu planen, die kein Auge trocken lassen würde. Ganz besonders freute sich Paula auf ihre Traurede.
Julia und Samuel hatten sich in einer Kletterhalle in Siegen in der Nähe der Siegerlandhalle kennengelernt. Also war sie losgezogen, hatte einen Karabinerhaken besorgt und freute sich nun darauf, während alle Gäste gespannt auf ihre Worte lauschen würden, die Ehe mit diesem Karabiner-haken zu vergleichen.
Ja, Paula freute sich auf ihre Rede, auf die ausgesuchten Lieder, das Trauversprechen und auch auf die Überraschung, die sich die Trauzeugen für das glückliche Brautpaar ausgedacht hatten und von der Julia und Samuel noch nichts ahnten.

Jetzt musste sie sich aber beeilen, bevor die ersten Hochzeitsgäste eintrudelten. Schnell stellte sie Rikes antik-weißes Rednerpult auf, legte die Mappe mit ihrer Rede darauf und kontrollierte, ob die Stühle des Brautpaares an der richtigen Stelle standen. Sie waren aus dunkelbraunem Holz, auf der Sitzfläche lag ein gemütliches helles Fell. An die Rückenlehne hatte eine Freundin von Julia zwei Schilder mit den Worten: ‚Bride und Groom' gehängt und sie mit Mistelzweigen verziert. Die Fotografin hatte das erste Fotoshooting beendet und kam nun lächelnd auf sie zu.

»Hey Paula, wie schön, dass du heute die Trauung hältst. Bist du sehr aufgeregt? So, wie ich dich kenne, wirst du das bestimmt richtig prima machen. Ich bin auf jeden Fall schon gespannt, was du dir für das Brautpaar ausgedacht hast.« Paula fühlte sich leicht unter Druck gesetzt. Sie wusste, dass Rike eine ganz besondere Art hatte, die Brautpaare und deren Gäste mit ihren Worten zu berühren. Sie würde sie niemals ersetzen können. *Sei einfach du selbst,* ermutigte sie sich selbst.

»Danke für die Blumen, Andrea«, gab Paula zurück. »Gib mir ein Zeichen, wenn ich einen Schritt zur Seite gehen soll.«

Nach ihrer ersten Trauzeremonie, für die sie als Fotografin gebucht worden war, hatte sie sich etwas erschrocken als sie die entwickelten Fotos abgeholt hatte und entdecken musste, dass sie als Hochzeitsrednerin auf fast jedem Bild im Mittelpunkt stand.

Daher wusste sie genau, wie sie sich heute bei den vertauschten Rollen zu verhalten hatte. An diesem Tag war nicht sie die Hauptperson, sondern das Brautpaar. Klar, beim Ringtausch ging zwar kein Weg daran vorbei – aber beim Brautkuss, nein, da hatte sie nun wirklich nichts auf dem Foto zu suchen.

Sie würde sich für einen Moment zurückziehen, damit Andrea in Ruhe das Glück der beiden wahren Hauptpersonen einfangen konnte.

Paula freute sich. Der Wettergott meinte es heute gut mit ihnen. Durch das Eingangstor zum Schlossgarten schritten die ersten Hochzeitsgäste und kamen langsam auf den Musikpavillon zu. Lange Kleider, kurze Röcke, Anzüge in schwarz, dunkelgrau und blau waren vertreten. Eine fröhliche und buntgemischte Gesellschaft …

Eines Tages, so dachte sich Paula, *werde auch ich hier stehen – in einem traumhaften Brautkleid, neben einem Mann, der mich aus tiefstem Herzen liebt, und vor Gästen, die mir von Herzen alles Glück dieser Erde wünschen und sich mit mir freuen!*

Bei diesem Gedanken füllten sich Paulas Augen mit Tränen.

Julian

Er wusste, dass sie enttäuscht sein würde. Das war ihm schon in dem Moment klargeworden, als er die Haustür aufgeschlossen und auf der Kommode einen Briefumschlag entdeckt hatte, auf dem mit kalligrafischer Schrift sein Name geschrieben stand.

Seit mittlerweile vier Jahren wohnten sie nun schon zusammen und noch immer wurde sie nicht zu Empfängen, auf Hochzeiten und andere Feierlichkeiten eingeladen. Er hatte alles versucht, hatte mit Samuel gesprochen und ihm sogar angeboten, das Essen für Simone selbst zu zahlen, aber Samuel hatte seinen Vorschlag beleidigt abgelehnt.

»Simone auf unserer Hochzeit? Bei aller Liebe, aber das geht nicht. Wie sähe das denn aus?«

Er konnte Samuels Einwand verstehen, sonst hätte er sicher auch nicht zugesagt, sein Trauzeuge zu werden. Und dennoch! Für Simone tat es ihm aufrichtig leid. Er wusste, wie gerne sie ihn auf die Feier begleitet hätte. Wortlos hatte sie ein weißes Hemd, seinen festlichen dunkelblauen Anzug und eine rosafarbene Fliege auf sein Bett gelegt. Danach hatte sie das Schlafzimmer schweigend verlassen.

Er musste sich beeilen. Die Sitzung, die kurzfristig anberaumt worden war und zu der die Mitarbeiter seines Vaters nur widerwillig erschienen waren – wer konnte ihnen das an einem Samstagmorgen verübeln – hatte länger gedauert als erwartet. Schnell sprang er unter die Dusche, zog Hemd und Anzug an, ohne Simones Auswahl auch nur für einen Moment in Frage zu stellen. Er vertraute ihr voll und ganz.

»Simone! Das Kissen! Wo hab ich bloß dieses verdammte Kissen?«

Simone stand in der Haustür und hielt in der einen Hand den wohl kostbarsten Gegenstand des heutigen Tages – das Kissen mit den Eheringen. Mit der anderen Hand hielt sie ihm den Autoschlüssel hin.
Dankbar steckte Julian beides ein, drückte ihr einen schnellen Kuss auf die Stirn und eilte zur Garage. Er startete den Motor und sah auf die Uhr.
Wie soll ich das jemals pünktlich schaffen? In die Oberstadt, an einem Samstag bei so herrlichem Wetter? Das kann ja heiter werden.
Er fuhr die Fließenhardtstraße hinunter an der Pizzeria vorbei und bog links auf die Olper Straße ab. In solchen Momenten bereute er seine Entscheidung nach Freudenberg an Gambachsweiher gezogen zu sein. Nach Siegen in die Oberstadt zu fahren, das dauerte einfach seine Zeit.
Er hatte diese Wahl damals ganz bewusst getroffen. Er wollte raus, weg von seinen Eltern, die ihre eigenen Pläne für sein Leben geschmiedet hatten. Nach Freudenberg zu ziehen war eindeutig die beste Entscheidung seines Lebens gewesen.
Die Peimbach hoch gab er Gas und bretterte bei dunkelgelb über die Kreuzung, geradeaus Richtung Lindenberg. Als er zehn Minuten später über Koch's Ecke fuhr, kurz darauf links abbog und das Stadtbad rechts liegen ließ, hatte er noch ganze zwei Minuten Zeit.

»Und sieh bloß zu, dass du pünktlich kommst. Die Fotografin kostet eine Stange Geld. Die können wir unmöglich warten lassen«, waren Samuels eindringliche Worte gewesen.

»Wieso macht ihr die Fotos nicht nach der Trauung? Wäre doch viel romantischer, wenn du Julia zum ersten Mal beim Einzug sehen würdest. Julia in ihrem Brautkleid, wie sie an der Hand ihres Vaters den Gang entlangschreitet, romantische Musik im Hintergrund und ein heulender Bräutigam, der es kaum erwarten kann, endlich

seine Freiheit aufzugeben … «, hatte er seinen besten Freund aufgezogen. Doch leider ohne Erfolg.
Es blieb nur noch eine Minute Zeit als er am Rathaus vorbeifuhr und an der Eisdiele rechts abbog. Dass er zu schnell fuhr, merkte er erst, als ein türkisfarbener Mazda rechts vom überfüllten Parkplatz der Realschule fuhr und ihm fast die Vorfahrt genommen hätte.
Typisch Frau am Steuer. Tut mir leid, aber ich habe es eilig. Er gab Gas und bog zügig auf den Parkplatz des Oberen Schlosses ein. Leicht verzweifelt musste er feststellen, dass nicht eine Parklücke mehr frei war.
Und jetzt? Weiter hinten stieg gerade eine Dame zu ihrem Mann ins Auto. *Glück muss man haben,* freute sich Julian und wartete ungeduldig, bis der ältere Herr freundlich grüßend an ihm vorbei vom Parkplatz fuhr. Im Rückspiegel sah er, dass sich ihm der kleine Mazda mit einer wild um sich fuchtelnden Frau hinter dem Lenkrad näherte.

Sorry, aber dieser Parkplatz gehört mir!

Früher

Paula

»Mama, das ist jetzt nicht dein ernst! Ich mache mich ja zum Gespött der ganzen Schule. Ich ziehe auf gar keinen Fall meine schwarzen Konfirmationsschuhe an. Das kannst du knicken«, schimpfte Paula lauthals.
Es war schon schlimm genug, dass sie mitten im Schuljahr mit ihren Eltern von Wilgersdorf nach Dahlbruch hatte ziehen müssen, da würde sie sich auf keinen Fall an ihrem ersten Tag vor ihren Mitschülern lächerlich machen.
Wilgersdorf war perfekt gewesen. Zwar etwas außerhalb, dafür aber mitten in der Natur. Außerdem hatte sie dort ihre Freunde. Besonders Jenny. Sie war ihre beste Freundin und wohnte nur zwei Straßen unter ihr im Sangweg. Morgens waren sie immer gemeinsam mit dem Bus zum Gymnasium nach Wilnsdorf gefahren.
Es hatte zwar anfangs etwas gedauert, aber mittlerweile war ihre Klassengemeinschaft richtig gut gewesen, zumindest die der Mädchen untereinander. Selbst die Lehrer am Gymnasium waren alle ganz in Ordnung gewesen. Besonders ihre Englischlehrerin, Frau Baumhaus, konnte sie gut leiden. Sie würde sie vermissen.

Auch wenn Wilgersdorf und Dahlbruch nicht wirklich weit auseinander lagen, war ein Schulwechsel dennoch unumgänglich. Das hatte sie mit Enttäuschung feststellen müssen. Sie hatte einfach keine Chance, dort morgens

pünktlich in der Schule zu sein. Es sei denn, sie würde um fünf nach sechs in der Frühe den Bus ab Dahlbruch Richtung Siegen nehmen und dort am Hauptbahnhof in den Bus nach Wilnsdorf umsteigen. Sie wäre eine gefühlte Ewigkeit unterwegs. Vom Rückweg ganz zu schweigen.
Schuld an der ganzen Misere war ihr Vater. Für ihn wäre es kein Problem gewesen, die dreißig Kilometer mit dem Auto zur Arbeit zu fahren. Aber nein … Warum musste er auch eine neue Arbeitsstelle annehmen und gleichzeitig mit ihrer Mutter nach einem Einfamilienhaus für sie drei suchen? Ihre Vier-Zimmer-Wohnung in Wilgersdorf war doch perfekt gewesen. Wenn es nach ihr gegangen wäre, sie wäre niemals dort weggezogen. Musste sie jetzt wirklich auf eine Schule gehen, wo die Direktorin ‚Stiftsoberin' genannt wurde?
Wenn sie ehrlich war, musste sie allerdings zugeben, dass ihr neues Zuhause super war. Der Immobilienservice der Siegerländer Blau-Orange-Bank hatte alles gegeben und ein tolles Einfamilienhaus für sie gefunden. Leider lag das Haus nicht, wie gewünscht, in Wilgersdorf und Umgebung, dafür aber war es erschwinglich und lag nah am Waldesrand. Es war sogar so großzügig geschnitten, dass ihre Eltern ihr gleich zwei Zimmer im Dachgeschoss zur freien Verfügung gestellt hatten, die sie ganz nach ihren Wünschen hatte streichen lassen dürfen.
Ihr Schlafzimmer erstrahlte nun in einem Mix aus rosa und bordeaux. Ihre Mutter hatte sie zwar angefleht, die Wände nicht gleich wieder mit ihren geliebten Postern zu tapezieren, aber es hatte nichts genützt. Egal, wo sie sich in ihrem Schlafzimmer auch aufhielt, sie wurde von Audrey Hepburn und Gregory Peck beobachtet. Zwei Schauspieler, die Paulas Herz im Sturm erobert hatten, als sie den Film ‚Ein Herz und eine Krone' zum ersten Mal gesehen hatte.
Ihr erstes eigenes Wohnzimmer war in der Farbe Taupe gestrichen und war an den Wänden noch recht kahl. Sie

wusste ja nicht, wer sie hier oben einmal besuchen kommen würde und wollte auf keinen Fall den Eindruck eines unreifen Mädchens erwecken, das noch immer auf Pink und Rosa stand.
Ihre Eltern hatten wirklich alles gegeben, um ihr das neue Zuhause schmackhaft zu machen und ihr zusätzlich ein eigenes kleines Fotolabor im Keller versprochen. Allerdings war dieses Versprechen mit der Auflage verknüpft, sich auf Dahlbruch und die neue Schule einzulassen – und das erste Zeugnis abzuwarten.
Paula war sich ziemlich siegessicher, dass sie in den Sommerferien damit beginnen konnte, ihr eigenes Fotolabor einzurichten. Sie war schon immer eine gute Schülerin gewesen. Es würde ihr mit Sicherheit nicht schwerfallen, mit guten Noten nach Hause zu kommen.

Ihr Vater hatte sich im Januar als Ingenieur bei einer Maschinenbaufirma in Kreuztal beworben und schon einen Monat später, im Februar, die Zusage bekommen. Voller Freude hatte er beim gemeinsamen Abendessen in ihrer kleinen aber feinen Wohnung am Tisch gesessen und ihnen die Nachricht verkündet.
Wiederum zwei Monate später war es ihre Mutter, die freudestrahlend berichtete, dass sie ihr Traumhaus gefunden hätten. Leider nicht in Siegen, auch nicht in Kreuztal, sondern in einem angeblich ganz bezaubernden Vorort von Hilchenbach. Sie hatte ihr von den vielen Wäldern und Hügeln vorgeschwärmt und von der neuen Schule, die eine Stiftskirche und einen Abteigarten besaß und Stift Keppel hieß.

»Sag mal, Mama, glaubst du ernsthaft, die Wälder und Hügel sehen in Dahlbruch wirklich anders aus?«, fragte sie ironisch.

»Naja«, kam ihr Vater seiner Frau zu Hilfe, »auf jeden Fall hast du dort bisher noch nicht jeden Baum und jeden Stein fotografiert.«

Paula musste grinsen. Ihr Vater hatte recht. Sie liebte es, draußen zu sein und durch die Wiesen und Wälder zu streifen. Immer bewaffnet mit ihrem Fotoapparat, um die Schönheit der Natur auf einem Foto festzuhalten. Letztes Jahr hatte sie sogar beim Sommerfoto-Wettbewerb der Siegener Zeitung den zweiten Platz gewonnen.
Für das Foto hatte sie sämtliche Sommerschuhe, die sie Zuhause finden konnte, mit in den Wald genommen und sie an einer bunten Kordel in einen Baum gehängt, der völlig frei mitten auf einem Feld gestanden hatte. Sie hatte Stunden gewartet, bis die Sonne fast untergegangen war – nur, um die von ihr geschaffene Szenerie im perfekten Licht zu fotografieren.
Ein anderes Mal, als sie wieder durch den Wald gepirscht war, hatte sie ein Pärchen erwischt, das im Wäldchen hinter dem Tennisclub damit beschäftigt war, sich gegenseitig die Kleider vom Leib zu reißen.
Paula erinnerte sich daran, wie sie sich zwischen Weglaufen und fasziniertem Fotografieren entscheiden musste. Natürlich war sie gut erzogen und wusste, wie man sich in dieser seltsamen Situation zu verhalten hatte: umdrehen und leise zurückschleichen.
Sie hatte sich allerdings anders entschieden. Und ganz manchmal holte sie die von ihr in brillanten Farben entwickelten Fotos aus der Kiste unter ihrem Bett hervor, betrachtete das verzückte Gesicht der unbekannten Frau.

In ihre Gedanken versunken, musste sie sich zwingen, sich wieder auf das Gespräch mit ihren Eltern zu fokussieren. Es war aber auch zu lustig, wie ihre Eltern versuchten, ihr das Örtchen Dahlbruch schmackhaft zu machen.
Mittlerweile waren sie bereits bei einem Kino, einem Naturfreibad in Müsen, einer Burg und einem geheimen Stolleneingang ganz in der Nähe. Sie taten gerade so als läge ihr neues Zuhause in Paris, London oder Barcelona. Was sie letztlich allerdings geködert hatte, war der

Hinweis ihres Vaters, dass es auf Stift Keppel eine Foto-AG gab, in der sie ihrer Leidenschaft voll und ganz nachgehen konnte.
Ihre Eltern hatten entschieden, ihre Konfirmation abzuwarten, um ein paar Tage später die letzten Koffer zu packen, das Auto ein letztes Mal zu beladen und sich endgültig auf den Weg ins nördliche Siegerland zu machen. Es war keine lange Fahrt. Lediglich vierzig Minuten. Das und auch die feste Zusage ihrer besten Freundin Jenny, sie jeden Abend anzurufen und zu berichten, was es auf ihrer alten Schule an Neuigkeiten gab, waren ihr ein Trost gewesen.

Jetzt aber war sie doch aufgeregt. Aus welchem Grund sollte sie sonst ihre Mutter so anfahren? Paula erkannte sich selbst nicht wieder. So war sie doch sonst nicht. Aber in den schwarzen Pumps, die sie letzte Woche zu ihrer Konfirmation getragen hatte, konnte sie nun wirklich nicht an ihrem ersten Tag in der Schule auftauchen. Also zog sie ihre Chucks an, die vor langer Zeit einmal weiß gewesen waren, warf sich den Rucksack über die Schulter und hängte sich ihren Fotoapparat um den Hals.
Ihr Vater hatte gestern auf Dienstreise in die USA fliegen müssen. Schade! Gerne hätte sie sich noch einmal von ihm in den Arm nehmen lassen, bevor sie das Haus verlassen musste. Er hatte aber an sie gedacht und trotz der Zeitverschiebung heute Morgen angerufen, um ihr alles Gute für den ersten Tag in Stift Keppel zu wünschen.
»Hey, Süße! Das wird schon! Dich muss man einfach gern haben. Das werden auch die Stift-Keppel-Mädels schnell herausfinden.«
Hoffentlich auch die Jungs!, war ein kurzer Gedanke, über den sich Paula selbst wunderte. Sie versuchte, sich am Telefon nichts anmerken zu lassen. Das Gesicht ihrer Mutter allerdings, die mit einem breiten Grinsen in der Tür stand, zeigte ihr jedoch das Gegenteil.

Ich kann ihr einfach nichts vormachen. Daran muss ich unbedingt noch arbeiten, entschied sie.
Von ihrem neuen Zuhause in der Waldstraße bis zur Schule brauchte sie knapp vierzig Minuten. Das hatte sie gestern bei ihrer Erkundigungstour in und um Dahlbruch und Allenbach schon ausgetestet. Heute war das Wetter sonnig und so machte sich Paula zu Fuß auf den Weg. Schließlich gab es viel Neues zu entdecken.
Sie lief ein ganzes Stück an der Hauptstraße entlang, die nach Hilchenbach führte, vorbei an einer großen Firma, zu der ein endlos langer Parkplatz zu gehören schien. Ein großer Supermarkt lag auf der gegenüberliegenden Straßenseite und Paula wusste, dass jetzt bald das Restaurant erscheinen musste, das in einer sehr auffälligen und interessanten Farbe gestrichen worden war.
Hier konnte sie die Hauptstraße verlassen und einen ruhigeren Waldweg nehmen. Vor der Schule angekommen, hielt sie einen Moment inne, nahm ihren Fotoapparat in die Hand und konnte nicht anders – sie musste diesen Moment einfach festhalten. Dieser Schulwechsel war für sie ein neuer Lebensabschnitt, und der erste Schritt sollte unbedingt dokumentiert werden. Sie stellte die Blende ihrer Kamera ein, stellte das Objektiv scharf und drückte just in dem Moment ab, als ihr jemand mitten ins Bild sprang.

»Und? Hast du mich gut getroffen?«, lachte sie frech ein Junge an, ließ sie mit ihrem missglückten Foto stehen und lief hinter seinem Kumpel her in Richtung Haupteingang.
Na, das wird ja was geben. Die Jungs sind hier genauso frech wie in Wilnsdorf, dachte sie. *Aber etwas hübscher ...*
Plötzlich tippte ihr von hinten jemand auf die Schulter. Eine Blondine aus der Oberstufe mit kurzem Rock und hohen Schuhen zischte: »Lass bloß die Finger von meinem Bruder!«

»Welcher Bruder? Was …?«

»Mach dir nichts draus. Lass die dumme Kuh einfach

reden«, hörte Paula jemanden neben sich flüstern.

Ohne zu fragen hakte sich ein lachendes Mädchen bei ihr unter und sagte:

»Hey, ich bin Lina, und wer bist du?«

Julian

»Bist du endlich fertig?«, ich habe echt keinen Bock schon wieder wegen dir zu spät zu kommen.«

»Dann geh doch zu Fuß! Ist mir doch egal!«

»Vicki, jetzt sieh endlich zu, dass du fertig wirst!«

»Ach Bruderherz, ich rufe mir einfach ein Taxi, dann werden wir ja sehen, wer von uns beiden zu spät kommt.«
Julian war den allmorgendlichen Streit leid. Jeden Morgen musste er auf seine Schwester warten, weil Viktoria mal wieder eine halbe Ewigkeit brauchte, bis sie endlich mit ihrem Aussehen zufrieden war. Auf ihrem Bett lagen regelmäßig mindestens drei Outfits, weil sie sich schlichtweg nie entscheiden konnte. Hätte es eine Abstimmung über eine Schuluniform gegeben, er wusste, wo er sein Kreuzchen gesetzt hätte.
Sein Vater war schon früh zur Arbeit gefahren, seine Mutter jettete mal wieder mit einer ihrer Freundinnen um den Globus. Und Viktoria? Die meinte, die Tochter aus adeligem Hause spielen zu müssen und mit dem Taxi vor der Schule vorzufahren.

Julian hatte lange dafür gebraucht, um in der Klasse als ganz normaler Mitschüler akzeptiert zu werden. Er machte sich nichts aus Standesdünkel, teuren Klamotten und erst recht würde er sich nie, wirklich niemals, von einem Taxi in die Schule fahren lassen. Er wollte nicht als Sohn vom Heinbach, für den die meisten Väter seiner Freunde arbeiteten, gesehen werden, sondern als Julian, der gerne Handball spielte, Playstation zockte und sich darauf freute, eines Tages offiziell sein erstes Bierchen trinken zu dürfen.

Die Allüren seiner Schwester gingen ihm daher mächtig auf den Geist.

»Ich bin dann mal weg!«, rief er nach oben und zog die Haustür hinter sich zu. *Wollen wir doch mal sehen, wer von uns zuerst in der Schule ist.* Er hatte gerade die Hälfte des Schulweges geschafft, als ihm ein leeres Taxi entgegenkam. *Sie hat doch nicht wirklich ein Taxi gerufen?*, schämte sich Julian für seine Schwester. Er konnte die anderen schon förmlich reden hören: »Da kommt ja unsere Prinzessin … hat Papa mal wieder einen Zwanziger fürs Taxi springen lassen?«

Zeitgleich mit Viktoria kam er bei der Schule an. Während sie sich von ihren angeblichen Freundinnen aus dem Taxi helfen ließ, warf er sich noch schnell ein paar Mal mit Philipp die Frisbee-Scheibe zu, bevor gleich der Gong ertönte und sie hoch in den Unterricht mussten.

Philipp fing die Frisbee gekonnt auf. Dann, mitten im Wurf, stoppte er plötzlich ab, gab ihm ein Zeichen und zeigte mit dem Finger auf ein Mädchen, das mit einem Fotoapparat vorm Gesicht einfach nur dastand und in eine andere Welt versunken zu sein schien. Noch bevor Julian begriff, was Philipp vorhatte, hatte der schon feixend die Frisbee geworfen und genau auf die Brüste des Mädchens gezielt.

Dieser Idiot! Geistesgegenwärtig sprintete Julian los und schaffte es gerade noch, die Scheibe abzufangen, ohne dabei gegen die Unbekannte zu stoßen, oder noch schlimmer, dabei ihren für ihr Alter üppigen Busen zu berühren. *Puh, das ist ja nochmal gutgegangen*, dachte er und funkelte Philipp böse an. Zu dem verdutzen Mädchen gewandt, fiel ihm nichts Besseres ein als: »Und? Hast du mich gut getroffen?«

Aus dem Augenwinkel heraus sah er seine Schwester mit ihrem Gefolge auf ihn zukommen. *Zeit zu verschwinden* war angesagt und so rannte er mit seinem Freund auf den

Haupteingang zu, lief die Treppe hinauf und einmal über die Seufzerbrücke in den Trakt, in dem sein Klassenzimmer lag. Sie mussten sich beeilen, wenn sie nicht zu spät kommen wollten.
Julian musste an das Mädchen mit dem Fotoapparat denken. Er hatte sie zuvor noch nie gesehen. Ein süßes Lächeln hatte sie gehabt, als sie die Kamera heruntergenommen und ihm für einen kurzen Moment in die Augen gesehen hatte. Hoffentlich hatte sie seinen abweisenden Blick nicht falsch interpretiert. Der hatte nicht ihr, sondern Viktoria gegolten, die plötzlich hinter ihr aufgetaucht war. Auf ihrem Spurt Richtung Klassenzimmer hatte ihm Philipp zugeraunt:

»Hast du den Busen gesehen?« So war Philipp.

»Kannst du mal aufhören, immer nur an Brüste zu denken?«, hatte er wohl etwas zu laut und just in dem Moment, in dem sie das Klassenzimmer betraten, erwidert. Leider war Frau Winkel mal wieder überpünktlich und wartete schon mit einem Stück Kreide in der Hand vor der Tafel.

»Julian Heinbach, Sie haben ja am frühen Morgen schon sehr interessante Gesprächsthemen drauf. Da wollen wir doch mal sehen, dass wir Sie auf den Pfad der Tugend zurückbringen«, hatte Frau Winkel entschieden und ihm das Stück Kreide in die Hand gedrückt. Die Klasse hatte gelacht. Allen voran Philipp, der sich klammheimlich und breitgrinsend auf seinen Platz verdrückt hatte.
Richtig peinlich aber wurde es, als es an der Tür klopfte und die Stiftsoberin, Frau Brücher, in Begleitung von Lina und einer Schülerin, die etwas schüchtern, aber mit funkelnder Vorfreude in den Augen, in der Tür stand. Die Jungs aus seiner Klasse sahen zu ihm, dann zu dem Mädchen und dann wieder zurück zu ihm. Ein schallendes Gelächter durchdrang den Raum. In diesem Moment registrierte wohl jeder, um welche Brüste es sich in dem

kurzen Gespräch zwischen Philipp und ihm gehandelt haben musste.
Einschließlich Frau Winkel. Hilflos und beschämt musste er mitansehen, wie die Vorfreude seiner neuen Mitschülerin Stück für Stück wich und sich eine Unsicherheit in ihr breitzumachen schien, die Julian von Herzen leid tat. Diesen Start in ihr Schulleben auf Stift Keppel hatte sie nicht verdient. Julian fühlte sich schuldig, dabei hatte er sich nichts vorzuwerfen. Ganz im Gegenteil! Aber nun war er derjenige, der vorne an der Tafel stand und für das Gelächter verantwortlich zu sein schien. Das jedenfalls interpretierte die Direktorin genau so und bedachte ihn mit einem strafenden Blick.

»Das ist Paula Rubens, sie ist mit ihren Eltern neu nach Dahlbruch gezogen und wird ab heute Teil eurer Klassengemeinschaft sein. Ich erwarte von euch, dass ihr sie freundlich aufnehmt. Lina, du hast Paula ja eben schon etwas unter deine Fittiche genommen. Ich wäre dir dankbar, wenn du das auch weiterhin tun würdest.«

»Nur Mut, Kleines!«, sagte die Stiftsoberin, warf Frau Winkel einen vielsagenden Blick zu und schob Paula ein Stück weiter ins Klassenzimmer, bevor sie sich umdrehte und den Raum verließ – doch nicht ohne sich noch einmal umzudrehen und auch ihm einen Blick zuzuwerfen.

Der allerdings war alles andere als freundlich.

Heute

Paula

Langsam schlug Paula die Augen auf. *Wo bin ich? Was ist passiert?*
Paula drehte den Kopf und entdeckte aus dem Augenwinkel heraus einen Monitor, an dem ein paar Lichter blinkten. *Ich bin in einem Krankenhaus, aber warum?,* dachte sie erschrocken. An der Wand gegenüber hing ein Kruzifix, darunter ein Abreißkalender mit Bibelversen für jeden neuen Tag. Ansonsten war das Krankenzimmer kahl. Keine Blumen, kein Rotbäckchensaft, keine Schnuckereien, keine Zeitschriften. Nichts, was darauf hindeuten würde, dass sie Besuch gehabt hätte.
Paula versuchte sich zu erinnern, was passiert war und vor allem, wie lange sie schon in diesem Zimmer lag. Es gelang ihr nicht. So sehr sie es auch versuchte, das Letzte, an das sie sich erinnern konnte, war der Moment, in dem sie durch das Tor des Schlossgartens am Oberen Schloss gegangen war. Sie sah die bunten Blumenbeete vor sich und bildete sich ein, ihren Duft zu riechen.
Aber was habe ich dort gemacht?
Verzweiflung machte sich in ihr breit. Sie wollte die Bettdecke zurückschlagen und aufstehen, als sie bemerkte, dass in ihrem Arm eine Kanüle steckte. Neben ihrem Bett stand ein Infusionsständer, an dem ein Beutel mit der Aufschrift NaCl hing. *Nur Kochsalzlösung,* dachte sie erleichtert. *Dann kann es so schlimm nicht sein.*

Sie wollte ihre Beine aus dem Bett schwingen, doch sie gehorchten ihr nicht. Panisch versuchte es Paula noch einmal und spannte ihre Muskeln an, doch wieder gelang es ihr nicht. Ihre Beine lagen vor ihr auf dem Bett und schienen nicht zu ihr zu gehören.
Entschlossen nahm sie eins nach dem anderen in die Hand und schubste es aus dem Bett. Endlich saß sie auf der Bettkante. *Das wäre doch gelacht,* dachte sie und stützte sich mit den Armen ab, um aufzustehen. *Eins – zwei – und hoch!*, ermutigte sie sich selbst. Sie stieß sich von der Bettkante ab und musste hilflos zusehen, wie ihre Beine plötzlich wie Pudding nachgaben und sie vornüber auf den Boden stürzte.
Ein Schrei entwich ihrer Kehle. Doch niemand schien sie gehört zu haben. Sie rief noch einmal, suchte nach der Klingel, um eine Schwester zu alarmieren. Ohne Erfolg! Unerreichbar baumelte sie an einer Schnur, die jemand umsichtig um den Galgen über ihrem Bett geschwungen hatte, damit sie sie jederzeit erreichen konnte, ohne lange suchen zu müssen. Welch Ironie!
Verzweifelt robbte sie bis zu ihrer Zimmertür, doch die Klinke war zu hoch angebracht, als dass sie eine Chance gehabt hätte, sie zu erreichen.
Hilflos und mit vom Aufprall schmerzenden Handgelenken lag sie auf dem kalten Boden in irgendeinem Krankenzimmer, von dem sie keine Ahnung hatte, wie sie hier hergekommen war.
Es blieb ihr wohl nichts anderes übrig, als darauf zu warten, dass sich irgendwann die Tür öffnete und ihr endlich jemand half.

Still lag sie da – sich der Tränen bewusst, die ihr langsam die Wangen hinabliefen.

Julian

»Lassen Sie mich sofort zu ihr!«

»Herr Heinbach, verstehen Sie doch. Sie können dort nicht rein. Sie sind kein Angehöriger!«

»Ja und? Ich habe Sie immerhin hierher gebracht. Wir sind gute Freunde. Zählt das nichts?«

»Wenn Sie Ihrer Freundin wirklich helfen wollen, dann holen Sie schleunigst ihre Familie herbei«, blieb Schwester Astrid unerbittlich.

Julian versuchte es auf eine andere Tour: »Natürlich, das mache ich sofort. Könnten Sie mir dazu bitte Paulas Handtasche aus dem Zimmer reichen? Sie hat mein Handy eingesteckt und dort sind alle Nummern eingespeichert.«

Julian hatte nicht zu hoffen gewagt, dass er mit seiner Notlüge durchkam, doch die Schwester machte sich tatsächlich auf den Weg zu Paulas Krankenzimmer. Julian schlich mit etwas Abstand hinter ihr her und sah zu, wie Schwester Astrid in einem der hinteren Zimmer verschwand. *Jetzt weiß ich wenigstens wo sie liegt,* freute sich Julian etwas zu früh.

Als die Krankenschwester endlich nach einer Ewigkeit zurückkam, war ihre Miene versteinert.

Julian konnte ihre Antwort kaum abwarten: »Wo waren Sie denn so lange? Wie geht es ihr? Hat sie etwas gesagt? Will sie mich sehen?«

»Herr Heinbach, zum letzten Mal, damit Sie es auch ganz sicher verstehen, ich darf und ich werde Ihnen keinerlei Auskunft über den Gesundheitszustand von Paula Rubens geben. Und ganz sicher werde ich Sie auch nicht zu ihr lassen. Erst recht nicht in ihrem Zustand.«

»In ihrem Zustand?«, fragte Julian besorgt nach. »Was soll das heißen? Muss ich mir Sorgen machen?«

»Sie, Herr Heinbach, müssen gar nichts! Außer endlich nach Hause zu fahren und uns in Ruhe unsere Arbeit tun zu lassen!«, sagte Schwester Astrid streng. »Und übrigens, netter Versuch, aber das einzige Handy, das ich in der Tasche Ihrer Freundin gefunden habe, ist dieses hier!«

In ihrer Hand hielt sie ein Smartphone, dessen Rückseite mit bunten Blumen beklebt war.

»Sie haben mich ausgetrickst, richtig?«

Julian setzte seine Unschuldsmiene auf. »Ich weiß wirklich nicht, was Sie meinen«, erwiderte er achselzuckend.

»Der einzige Grund, warum Sie mich losgeschickt haben, ist der, mir zu folgen und herauszufinden, in welchem Zimmer Ihre Freundin liegt. Das wird Ihnen allerdings nichts nützen. Da werde ich schon für sorgen!«

Ungeachtet der bösen Blicke von Schwester Astrid holte Julian schweren Herzens sein Handy aus seinem Jackett und rief eine Nummer an, von der er geschworen hatte, sie nie wieder in seinem Leben zu wählen:

»Philipp, hier ist Julian. Ich brauche deine Hilfe!«

Früher

Paula

Morgen hatten sie endlich mal wieder ein Date – ein richtiges Date. Sein Kalender hatte in den vergangenen Monaten ein Treffen zu zweit kaum zugelassen. Julians Eltern hatten ihren Sohn ganz schön verplant. Umso königlicher freute sich Paula auf ihre Verabredung. Lina war extra gekommen, um ihr bei ihrem Outfit zu helfen.

»So, junges Fräulein, was ziehen wir dir denn morgen mal Schickes an?«

»Wie wäre es mit der roten Bluse?«, schlug Paula vor und konnte ihre Aufregung kaum verbergen.

Lina grinste: » Eine Bluse … Paula, bist du naiv! Da muss er ja ewig an dir rumknöpfen, bis er endlich an dich rankommt!« Paula wurde rot und Lina musste lachen.

»Du bist einfach unverbesserlich! Da läuft nichts! Wir gehen spazieren, mehr nicht!«, klärte sie ihre Freundin auf.

»Wer's glaubt! Aber wünschen tu ich dir etwas anderes. Du magst ihn doch, oder nicht? Er sieht mega aus, hat Kohle ohne Ende … und welche Vorzüge er sonst noch hat, könntest du morgen endlich herausfinden. Du solltest auf jeden Fall die Picknickdecke mitnehmen – für alle Fälle.«

»Lina, jetzt hör aber mal auf! Hilf mir lieber beim Aussuchen!«

»Zieh ein Kleid an, darin siehst du immer besonders hübsch aus.«

Paula sah ihre Freundin an und seufzte: »Ich kann mich einfach nicht entscheiden. Weißt du was? Lass uns einen Film ansehen und wir entscheiden danach. Das wirkt bestimmt Wunder«, schlug sie hoffnungsvoll vor.

»Einverstanden, aber nur unter einer Bedingung: nicht schon wieder ‚Ein Herz und eine Krone'. Wie lange kennen wir uns jetzt? In dem einen Jahr musste ich mir den Film schon fünfmal mit dir angucken. Und weißt du was? Das Ende wird dadurch auch nicht besser. Sie kriegen sich nicht, gestern nicht und heute auch nicht!«

Paula schwieg.

»Es sei denn …«

»Es sei denn, was?«, fragte Paula neugierig nach.

»Es sei denn, du schnappst dir endlich den Kronprinzen und gibst ihn nie wieder her!«

»Mensch Lina, du hast den ganzen Film nicht verstanden. Im Film ist nicht er der Prinz, sondern sie die Kronprinzessin. Außerdem schnappt sich Gregory Peck seine Audrey Hepburn sehr wohl. Nur siegt ganz am Ende leider doch die Krone über die Liebe«, fasste Paula ihren Lieblingsfilm ‚Ein Herz und eine Krone' noch einmal aus tiefster Inbrunst und in Kurzform zusammen.

»Paula, ich kenne den Film, das kannst du mir glauben«, stöhnte Lina. »Aber siehst du das denn nicht? Ihr beide seid die Titelhelden in eurem eigenen Film, nur mit vertauschten Rollen: du bist die Fotografin und er ist der Firmenkronprinz. Und das Ende – das ist easy! Das schreibt ihr beide einfach neu: sie lebten glücklich und zufrieden bis an ihr Lebensende.«

Paula sah Lina beeindruckt an: »Das hast du aber jetzt schön gesagt.«

»Hallo? Nicht nur gesagt, sondern auch so gemeint!«

Ach Lina, wie sehr ich mir wünsche, dass du recht hast.

Julian

Julian war beeindruckt. Paula war so unbeschwert, so natürlich und sie verstand es, in allem nur das Gute zu sehen. Das beste Beispiel war ihre Reaktion gewesen, als sie an ihrem ersten Schultag auf Stift Keppel nach der Schule am Stiftstor auf ihn gewartet hatte.

»Hey, kannst du mir mal erklären, was da gerade eben in der Klasse passiert ist?«

»Ich, äh …«, hatte er gestammelt. Er konnte ja unmöglich zugeben, dass es sich bei dem Gesprächsthema um ihre Brüste gehandelt hatte.

»Die Situation scheint dir ja fast noch peinlicher zu sein als mir«, hatte sie gelacht. »Und übrigens, wenn du das Foto sehen willst, das ich eben notgedrungen von dir schießen durfte, solltest du mich irgendwann mal besuchen kommen.«

Er war so perplex gewesen, dass er sich, ohne viel nachzudenken, mit ihr direkt für den nächsten Nachmittag verabredet hatte.

»Na, die geht ja ran! Schnappt sich mal gerade so das Sahnestückchen der ganzen Schule«, hatte Philipp mit offener Bewunderung festgestellt, als er ihm von der Verabredung erzählte.

Danke, mein lieber Freund, dass du mich mit einem Sahnestück vergleichst, aber so süß ist mein Leben nun wirklich nicht. Doch laut hatte er gesagt: »Jetzt mach mal halblang. Sie ist den ersten Tag an der Schule, woher soll sie also bitte wissen, wer ich bin?«

»Stimmt! Dann muss wohl doch mehr an dir dran sein, als dass du nur der Sohn deines Vaters bist und die halbe

Elternschaft für ihn arbeitet«, hatte sein Freund geantwortet. Doch den Nachsatz hatte er sich nicht verkneifen können: »Ich frage mich nur, was das sein soll?«

Das war jetzt schon einige Monate her und heute hatten sie endlich noch einmal Zeit füreinander. Ein richtiges Date. Bisher hatten sie sich meistens nur in der Schule treffen können und da würde man sicher nicht von einem Date sprechen. Sein Zeitplan war von seiner Mutter streng getaktet. Er durfte nur zum Handballtraining gehen, wenn er im Gegenzug drei Stunden in der Woche Cello spielte. Also war ihm und Paula bisher wenig Zeit geblieben, um sich in Ruhe, ohne das Beisein ihrer Mitschüler, kennenzulernen.

Philipp saß auf der Mauer hinter der Schule und machte sich über seinen Freund lustig.

»Hach, was muss die Liebe doch schön sein«, zog er ihn auf.

»Blödmann! Kannst du mal ernst bleiben? Hast du irgendwelche Tipps für mich?«

»Es ist das dritte Date, richtig? Klar, hab ich das. Es ist aus Gummi, fängt mit ‚K' an und hört mit …«

Weiter war Philipp nicht gekommen. Julian war hinter ihm hergespurtet, bis er ihn im Abteigarten erwischt und zu Boden geworfen hatte. Sie hatten sich lachend auf der Wiese gekabbelt wie zwei kleine Kinder.

Er mochte Paula und freute sich, dass sie heute den ganzen Nachmittag ungestört miteinander verbringen konnten. Viktoria hatte er erzählt, er würde mit Philipp an einem Referat arbeiten müssen und seinen Eltern würde es eh nicht auffallen, wenn er nach der Schule nicht nach Hause käme. Aufgeregt stand er vor dem rosagestrichenen Haus in der Waldstraße und drückte auf die Klingel.

Eine Frau mittleren Alters öffnete ihm lächelnd die Tür:

»Hey Julian, komm rein. Schön, dich zu sehen. Paula kommt gleich runter. Möchtest du noch etwas essen? Wie war es in der Schule? Was ist aus deiner Mannschaft geworden? Habt ihr noch Chancen aufzusteigen?«
Julian war völlig perplex. Das war neu für ihn. Es war drei Monate her, dass er zum ersten Mal dieses Haus betreten und einen Monat, dass sie ihn nach seinen Hobbies gefragt hatte. Dass aber Paulas Mutter noch wusste, dass seine Handball-Mannschaft um den Aufstieg kämpfte, machte ihn sprachlos.
In diesem Moment wurde ihm klar, wie sehr er Paula beneidete. Sie hatte eine Mutter, die sich für ihr Leben interessierte – und nicht nur für das Leben ihrer Tochter, sondern auch für das ihres Freundes. Wenngleich Julian sie auch bisher noch nicht besonders gut kannte, so hatte er sie doch bisher immer nur lächelnd gesehen.

Er konnte nicht ahnen, dass er der Grund dafür sein würde, warum sie bald für lange Zeit ihr Lächeln verlieren sollte.

Viktoria

»Ich muss wissen, was da läuft! Hat jemand irgendwelche Ideen?«

»Vicki, was soll denn da laufen? Die läuft doch die ganze Zeit nur mit ihrem Fotoapparat um den Hals herum und betrachtet die Welt durch ihre Linse«, versuchte Svenja ihre Freundin zu beruhigen.

»Genau, die hat doch nur Augen für Sonnenuntergänge, Blumen und die Wolken am Himmel«, bestätigte eine andere Freundin.

Doch Viktoria ließ sich nicht so schnell beruhigen.

»Doch, ich bin mir sicher, dass da irgendwas im Busch ist. Julian ist so fröhlich, er hat sich heute Morgen noch nicht mal darüber aufgeregt, dass ich mit dem Taxi in die Schule gefahren bin – und das ist definitiv nicht normal.«

Sie hatten sich in den steinernen Pavillon vor der Schule zurückgezogen, um in Ruhe Pläne schmieden zu können.

»Aber was ist daran so schlimm, dass dein Bruder glücklich ist? Freust du dich denn nicht für ihn?«

Viktorias abgefeuerte Blicke waren gefährlich wie in Gift getränkte Pfeile. »Das geht dich einen feuchten Kehricht an. Ich glaube, du gehst jetzt besser«, erwiderte sie mit schneidender Stimme.

Beleidigt zog ihre Freundin von dannen.

»Und du glaubst wirklich, das hängt mit dieser Paula zusammen?«, fragte Svenja vorsichtig.

»Klar! An seinem besten Freund Philipp wird es ganz sicher nicht liegen.« Die beiden Freundinnen standen einen Moment lang schweigend im Pavillon und beobachteten ihre Mitschüler, wie sie sich nach dem Pausengong wieder brav auf den Weg in ihre Klassen machten. Zwei Jungs aber schienen den Gong nicht gehört zu haben und spielten lachend auf dem Parkplatz, über die Autos der Lehrer hinweg, mit ihrer Frisbee. Viktoria und Svenja sahen sich an:

»Philipp!«

Heute

Julian

Philipp hatte einfach aufgelegt. Dabei hatte sich Julian die Entscheidung wahrlich nicht leichtgemacht. Doch Philipp schien der einzige zu sein, der ihm jetzt weiterhelfen konnte. Immerhin ging es um Paula! Also war er über seinen Schatten gesprungen und hatte seinen besten Freund, zumindest war er das für viele Jahre gewesen, angerufen.

Mit dieser Reaktion hatte er allerdings nicht gerechnet. Julian drückte die Wahlwiederholung, während er vor Paulas Krankenzimmer weiter auf und ab lief. Philipp nahm ab.

»Was soll das heißen, du kannst mir nicht helfen? Du weißt aber schon, dass du mir noch etwas schuldig bist!«, polterte Julian los.

»Sag mal, hast du sie noch alle? Du rufst mich nach ewigen Zeiten Funkstille an und willst meine Hilfe? Weißt du, wie lange ich darauf gewartet habe, dass du dich bei mir meldest? Dass ich dir endlich erklären kann, was damals eigentlich passiert ist? Aber nein, der Herr Kronprinz hatte sein Urteil ja schon gefällt, mich in Ungnade fallen lassen und mich dann vom Hof gejagt. Und das, ohne mir eine Audienz zu gewähren«, schimpfte Philipp zynisch zurück.

Julian hatte keine Lust auf diesen Kronprinzen-Quatsch. Den hatte er seit der Schulzeit versucht zu vergessen. Und er würde Philipp ganz sicher nicht erlauben, wieder damit anzufangen. Stattdessen sagte er nur: »Es geht um Paula!« In der Leitung herrschte Stille.

Endlich durchbrach Philipp das Schweigen: »Was ist mit ihr?«

»Sie liegt im Krankenhaus und sie lassen mich nicht zu ihr«, klärte Julian ihn auf.

»Das scheint wohl daran zu liegen, dass du kein Angehöriger bist, oder gibt es da etwas, das ich wissen sollte?«

»Daran, mein lieber Philipp, bist du wohl nicht ganz unschuldig. Erinnerst du dich?« Julians Stimme war lauter geworden, was ihm einen bösen Blick von einer Krankenschwester einbrachte.

»Ist ja gut«, lenkte Philipp schließlich ein. »Wie kann ich dir helfen?«

»Beweg deinen Arsch hier her!«

Paula

»Ich habe eine was?«

»Ganz ruhig, Sie haben eine psychogene Lähmung«, klärte Doktor Hommrighausen sie auf, »mit einem zugegebenermaßen sehr selten vorkommenden Verlauf.«

Paula sah den Mann in Weiß, der da in seinem Arztkittel vor ihr stand, fragend an.

»Das heißt?«

»Das heißt, laienhaft ausgedrückt, Ihnen ist der Schreck förmlich in die Glieder gefahren.«

Paula sah ihr gegenüber nur fragend an: »Ok, ich versuche es anders zu erklären. Das bedeutet, dass Sie eigentlich kerngesund sind, Ihnen Ihre Psyche aber vorspielt, dass Sie die Muskeln in ihren Beinen nicht mehr bewegen können.«

»Das verstehe ich nicht«, war Paulas ehrliche Antwort.

Doktor Hommrighausen nahm sich einen Stuhl und setzte sich an ihr Bett. »An was können Sie sich denn erinnern?«

»Ich weiß nicht so genau. Mir sind einfach die Beine weggeklappt.«

Der Doc schien über den Ausdruck ‚weggeklappt' zu schmunzeln. »Und sonst erinnern Sie sich an nichts? Ich frage nur, weil da jemand ist, der unbedingt zu Ihnen möchte, vortäuscht, ein Angehöriger von Ihnen zu sein, und draußen vor Ihrem Zimmer Stellung bezogen hat.«

Paula wurde rot. »Naja, ich erinnere mich an starke Arme, an ein leckeres Parfum … ich erinnere mich an … Julian!«

Hätte sie ihre Beine bewegen können, sie wäre sofort aus dem Bett gesprungen, hätte die Tür aufgerissen und Julian, der laut Doktor Hommrighausen schmachtend vor ihrer

Tür saß, eine Backpfeife verpasst. Das hatte sie schon seit über zehn Jahren tun wollen.

»Aha, er heißt also Julian!«, wiederholte der Doc und sah Schwester Astrid dabei vielsagend an.

»Warum gucken Sie denn so? Dieser Kerl hat ganz sicher nichts mit meiner, meiner … wie heißt das noch? Mit meiner psychogenen Lähmung zu tun.«

»Wenn Sie das sagen«, lächelte der Arzt sie an.

»Wir werden der Sache schon noch auf den Grund gehen. Am Montag sehen wir weiter.«

Zu Schwester Astrid gewandt, sagte er: »Bitte benachrichtigen Sie die Angehörigen. Vielleicht wird das ihre Schockstarre lösen.«

»Schockstarre? Ich habe eine Schockstarre? Ist das ein anderes Wort für psychogene Lähmung? Wie bitte kommen Sie denn darauf? Warum sollte ich unter Schock stehen?«

Der Doc sah Paula tief in die Augen. »Sagen Sie's mir!«

Paula schwieg. *Da kannst du mich noch so lange mit deinen schokoladenbraunen Augen anstarren. Ich werde auf keinen Fall einen Psychodoktor in mein Herz gucken lassen – auch wenn er noch so gut aussieht!*

Stattdessen antwortete sie: »Woher soll ich das denn wissen? Mir geht es gut, das haben Sie doch eben selbst gesagt.«

»Richtig, körperlich schon, aber was in ihrem hübschen Köpfchen vor sich geht, darum kümmern wir uns am Montag – da geht kein Weg dran vorbei. Bis dahin können Sie die Zeit nutzen, um sich Gedanken darüber zu machen, was, oder besser gesagt, wer Sie in dieses Krankenhaus gebracht hat«, sagte Doc Hommrighausen, drehte sich um und verließ das Zimmer.

Schwester Astrid lief mit einem entschuldigenden Achselzucken hinterher.

Warum hat er mich gerade bei dem ‚wer' so seltsam angesehen? Paula verstand die Welt nicht mehr. Bis

gestern war noch alles wunderbar in ihrem Leben gewesen.
Naja, so wunderbar nun auch wieder nicht, musste sie sich eingestehen. *Das Leben und die Liebe hätten etwas netter zu mir sein können,* sinnierte Paula. *Eine Schockstarre ... ich und ein Schock. Da müssen schon schlimmere Dinge passieren, als dass ein Julian Heinbach plötzlich wieder in meinem Leben auftaucht.*
Und schlagartig war alles wieder da. Julia und Samuel, der Schlossgarten, die Blumenpracht, die vielen Augenpaare, die sie angesehen hatten, während sie ihre Rede gehalten hatte und dann … Julian!
Wäre Julian nicht aus heiterem Himmel aufgetaucht, sie läge jetzt sicher nicht auf der Psychiatrie im Weidenauer Krankenhaus und müsste sich subtile Andeutungen eines Oberarztes anhören.
Julian, der Mann, der sie zutiefst verletzt und gedemütigt hatte. Konnte das sein? Konnte wirklich Julian der Grund sein, warum sie ihre Beine nicht bewegen konnte?
Paula wurde wütend. *Was hatte dieser Kerl eigentlich auf der Hochzeit zu suchen? Woher kennen sich Samuel und Julian überhaupt so gut, dass er ihn als seinen Trauzeugen aussucht. Ausgerechnet Julian,* dachte Paula bitter, *der von der Liebe nun wirklich so gar nichts versteht.*
Was ist bloß in mich gefahren?, fragte sie sich selbst. *Er steht urplötzlich vor mir, hebt den Kopf, sieht mich an und ich? Ich werde ohnmächtig!*
Paula sah es bildlich vor sich, wie sie von Julians Armen aufgefangen wurde, während die ganze Hochzeitsgesellschaft fasziniert das Szenario beobachtete.

Julia und Samuel, oh nein!, stöhnte Paula auf. *Ich habe ihre Hochzeit gecrasht.* Sie musste die beiden sofort anrufen, sich entschuldigen, es irgendwie wieder gutmachen, dass sie ihnen den schönsten Tag ihres Lebens versaut hatte – und das nur wegen ihrer Jugendliebe. Ein

Albtraum … *Was wird Rike dazu sagen? Ich werde bestimmt nie wieder von einem Brautpaar gebucht. Ich muss mir einen Künstlernamen zulegen, mir die Haare färben* ... Lauter wirre Gedanken schossen ihr durch den Kopf.
Paula zwang sich dazu, wieder einen kühlen Kopf zu bekommen. Sie war schließlich niemand, der so schnell aufgab. Dafür hatte sie schon zu viel erleben müssen und war jedes Mal wieder aufgestanden. *Und genau das werde ich auch dieses Mal tun. Julian Heinbach, du kannst da draußen sitzenbleiben, bis du schwarz wirst!*
Dennoch war sie erschrocken darüber, welchen Platz ihr damaliger Freund noch heute in ihrem Herzen einzunehmen schien. Resolut fasste sie einen Entschluss: *Nie, nie wieder werde ich mich auf Julian Heinbach einlassen!* Sie musste versuchen, ihn endgültig aus ihren Gedanken, mehr noch, aus ihrem Herzen zu verbannen. Sie konnte ja schließlich nicht ewig hier liegen bleiben und musste sich darauf konzentrieren, ihre Beine schnellstmöglich wieder bewegen zu können. Physisch gesund, psychisch verkorkst ... was für eine Diagnose.
Sie war immer der Meinung gewesen, dass sie ihr Leben nach all den Schicksalsschlägen eigentlich ganz gut gemeistert hatte – bis jetzt.

Ein Klopfen an der Tür riss sie aus ihren Gedanken.

»Paula, Sie sollten mir jetzt wirklich eine Kontaktperson nennen, die wir benachrichtigen können. Sie brauchen frische Sachen. Es würde auch nicht schaden, wenn sich jemand ein bisschen um Sie kümmern und Sie etwas ablenken würde«, entschied Schwester Astrid. »Bis Montag läuft hier sowieso alles auf Sparflamme, das hat Ihnen unser Doc George ja schon erklärt. Da täte es Ihnen sicher gut, wenn jemand aus der Familie vorbeikäme. Also? Wen soll ich anrufen?«, ließ sie nicht locker.

»Ich komme schon klar«, war Paulas knappe Antwort.

Schwester Astrid stemmte ihre Arme in die Hüften und sah sie streng an.

»Ich dachte, wir sind hier in der Psychiatrie. Dürfen Sie Ihre Patienten da überhaupt so niederstarren?«, grummelte Paula.

Schwester Astrid lachte laut und herzlich: »Na, Sie sind mir ja ein Früchtchen. Wir werden sicher eine spannende Zeit miteinander haben«, sagte sie und tat so, als würde sie etwas in Paulas Krankenakte schreiben, während sie murmelte: »Patientin ist aufmüpfig, Pudding wird für heute gestrichen …«

Jetzt musste auch Paula lachen. »Wo bin ich hier bloß hingeraten? Sie wissen schon, dass Sie gerade eine hilflose Person erpressen, oder? Auf meinen Pudding verzichte ich auf keinen Fall!«

»So gefallen Sie mir schon viel besser. Einverstanden. Denn wenn das noch länger so weitergegangen wäre, hätte ich doch glatt den süßen Typen reingelassen, der seit heute Nachmittag vor ihrer Zimmertür sitzt.«

Schlagartig verflog das fröhliche Grinsen aus Paulas Gesicht. »Süßer Typ? Sie meinen Julian?«

»Oh Mann, jetzt kommt auch noch Amnesie hinzu«, scherzte die Schwester und blätterte wieder ihre Krankenakte auf. »Na, der große, braungebrannte Kerl mit den tiefblauen Augen, der schon einen Trampelpfad vor Ihrer Zimmertür hinterlassen hat, weil er ständig auf und ab läuft.«

Astrid sah Paula wissend an: »Sie wissen doch genau, von wem ich spreche. Finden Sie ihn etwa nicht süß?«

Paula umging eine Antwort und fragte stattdessen:

»Und er sitzt wirklich die ganze Zeit hier, seit er mich bei Ihnen abgeliefert hat?«

»Schätzchen, abgeliefert ... na, hören Sie mal! Auf Händen hat er Sie durch die Eingangstür getragen. Was glauben Sie denn, wie viele Patientinnen in diesem Moment gerne mit Ihnen getauscht hätten.«

»Also, wie Sie das sagen, wohl nicht nur die Patientinnen«, grinste Paula verschmitzt. *Wie schafft diese Frau es bloß, mich zum Lachen zu bringen, obwohl mir gerade so gar nicht danach zumute ist?* Schwester Astrid tat ihr mit ihrer unkonventionellen Art gut – und irgendwie erinnerte sie sie etwas an ihre frühere Freundin Lina.

»Fräulein! Etwas Respekt bitte!«, scherzte die Frau in ihrem grünen Kittel und ging zur Tür:

»Dann wünsche ich Ihnen mal ein paar süße Träume! Gute Nacht!«, sagte sie und verließ das Zimmer.

Wie recht sie behalten sollte ...

Früher

Viktoria

Ach ja, Philipp, der Arme. Sie benutzte ihn. Er war die perfekte Quelle, um alles über Paula, ihre Vorlieben und ihre Familie zu erfahren. Da Julian seiner Schwester gegenüber verschlossener war denn je – was an den spitzen Bemerkungen liegen konnte, die sie liebend gern über seine Freundin machte – war ihr nichts anderes übrig geblieben, als sich an seinen besten Freund heranzumachen und ihn auszuhorchen.

Philipp hatte sich erst geziert, doch mit jedem Zugeständnis, das sie ihm gemacht hatte, hatte er Stück für Stück immer mehr preisgegeben. Es war wie ein Spiel gewesen und Viktoria hatte zwischenzeitlich das Gefühl, dass Philipp genau wusste, was der Einsatz dafür war. Für jeden Kuss bekam sie eine Info. Meist belangloses Zeug, was sie eh schon wusste. So kam sie nicht weiter. Also erlaubte sie ihm ein paar Wochen später ihre Brüste anzufassen. Sie war amüsiert, wie unbeholfen er gewesen war. Er hatte sein Glück kaum fassen können.
Für Viktoria gab es nur ein Ziel: Sie musste die Beziehung zwischen Paula und ihrem Bruder beenden. So schnell wie möglich – koste es, was es wolle. Und wenn es bedeutete, dass ihre Brüste von einem unerfahrenen Teenager durchgeknetet wurden, dann war das eben so.
Doch bei Philipp schien das etwas anders auszusehen. Im

Laufe der Monate hatte er ihr unmissverständlich klargemacht, dass er mehr wollte.
Sie auch! Sie wollten nur nicht dasselbe.
Er wollte mit ihr schlafen – sie wollte intimere Informationen.
Was geht in dem süßen kleinen Köpfchen der Freundin meines Bruders vor? Wie sieht das Leben ihrer Eltern aus? Was würde sie aus der Bahn werfen?
Sie wollte mehr wissen als etwas über ihren Lieblingsfilm und in welcher Farbe die Wände in ihrem Zimmer gestrichen waren.

Ihr Vater war mal wieder im Ausland unterwegs und hatte ihre Mutter mit auf die Reise genommen. Julian hatte die Chance scheinbar genutzt und mit Paula und deren Mutter einen Ausflug geplant. *Er denkt offenbar noch immer, ich bekomme nichts davon mit, wenn er den Cellounterricht absagt. Tja, Brüderchen, du wirst dich noch wundern. Du solltest deinem besten Freund besser nicht alles erzählen, was du so treibst.*
Philipp hatte ihr verraten, dass Julian mit seiner ‚neuen' Familie nach Wilgersdorf fahren wollte, damit Paula ihm zeigen konnte, wo sie aufgewachsen war. *Langweiliger geht es nicht! Aber Hauptsache, die beiden sind unterwegs und ich werde nicht gestört.*
Fünf Minuten zu früh klingelte es an der Haustür. Viktoria musste innerlich lachen: *Da kann es wohl jemand kaum abwarten mich zu sehn.* In einem feuerroten Negligé öffnete sie die Tür.
Sie genoss es zuzusehen, wie Philipps Augen immer größer wurden, während sich in seiner Hose eindeutig etwas regte. Sie nahm ihn an der Hand und zog ihn die Treppe mit nach oben in ihr Schlafzimmer. Dort war alles vorbereitet. Sie hatte eine Flasche Champagner aus dem Keller ihrer Eltern kaltgestellt, hatte ihr Parfüm im Zimmer versprüht und die Gardinen zugezogen. Eine

Lampe am Fenster verströmte ein gemütliches Licht, in den CD-Spieler hatte sie eine Kuschelrock-CD eingelegt. Philipp starrte sie aus glasigen Augen an. *Na, das kann ja was geben. Hoffentlich macht ihn der Champagner etwas lockerer.* Sie legte ihre Arme um ihn und begann sich langsam im Rhythmus zur Musik zu bewegen. Der Erfolg stellte sich sofort ein. Viktoria hatte Spaß.

Für einen kurzen Augenblick verließ sie ihn, um kurz darauf mit zwei gefüllten Gläsern dort weiterzumachen, wo sie aufgehört hatte. Philipp wurde lockerer. Ihr Plan ging auf. Sie nahm seine Hand und zog ihn mit aufs Bett.

»Zieh dich aus!«, säuselte sie.

Philipp schien sich wie im Traum zu fühlen, sagte kein Wort und zog sich die Schuhe aus. Während er sich die Jeans abstreifte, reichte ihm Viktoria sein frisch aufgefülltes Glas.

»Trink!«, befahl sie. Während Philipp auch das zweite Glas in einem Zug leerte, zog sie ihm die Boxershorts herunter. Positiv überrascht lächelte sie ihn an.

»Dann wollen wir dich mal zum Mann machen.«

Heute

Paula

Die Nacht war kurz gewesen. Zu kurz! Immer wieder hatte die Nachtschwester bei ihr vorbeigeschaut, sie geweckt und gefragt, ob sie auch gut schlafen könne.
Um drei Uhr morgens hatte sie sich schließlich dabei erwischt, wie sie mit ihrem Kopfkissen bewaffnet in ihrem Bett gesessen hatte, bereit, es der Nachtschwester um die Ohren zu hauen, sollte sie noch einmal ihr Zimmer betreten.
Am Ende hatte sie sich dann aber doch dazu entschieden, sich eine Schlaftablette geben zu lassen – mit dem Ergebnis, dass sie nach einer guten halben Stunde eingeschlafen war.

Und dann träumte sie einen Traum, den sie viele Jahre geträumt hatte, und der doch nie Realität geworden war. Wie gerne hätte sie damals mit Julian geschlafen, ihm auch mit ihrem Körper gezeigt, wie sehr sie ihn liebte. Doch er hatte das nicht zugelassen. »Wir haben noch so viel Zeit ...«, waren seine Worte gewesen und so war es bis heute bei einem Traum geblieben.
Bei einem Traum, dessen Protagonist im Laufe der Zeit immer mehr verblasst war, doch dessen wunderschönes Gesicht sich seit gestern wieder in ihr sehnsüchtiges Herz eingebrannt hatte. Aus dem Jungen von damals war ein Mann geworden. Ein attraktiver Mann.

Und so lief sie mit dem zum Mann gewordenen Julian durch den Wald, bis sie Hand in Hand auf ihrer Lieblingslichtung oberhalb von Allenbach angekommen waren. Der Sonnenuntergang tauchte Julian in goldenes Licht, erste kleine Lachfältchen zierten sein markantes Gesicht, die Haare waren kurz geschnitten und mit seinen meerblauen Augen schien er noch immer in ihre Seele blicken zu können.

Aufgeregt war sie. Das Kribbeln im Bauch war so stark, dass sie überzuschäumen drohte vor Glück. Paula kannte das Lied von Pe Werner und jedes Mal, wenn sie es auf der CD ihrer Mutter gehört hatte, hatte sie sich genau dieses Gefühl immer gewünscht. Und nun war es da. Sie hoffte, dass es nie aufhören möge, und zugleich sehnte sie sich nach Erlösung. Sie wollte Julian spüren, wollte ihn fühlen, ihn schmecken – er war der Richtige, das wusste sie genau. Niemand sprach ein Wort. Sie beide spürten, dass heute etwas Besonderes passieren würde, das sie für alle Ewigkeit aneinander binden würde.

Julian umfasste ihre Hüften und drehte sie zu sich. Lange standen sie einfach so da, genossen ihre Vorfreude und sahen sich tief in die Augen. Dann nahm er ihr Gesicht zärtlich in seine Hände und begann sie zu küssen. Erst etwas zaghaft, dann immer fester. Paula war überwältigt. Sie schmiegte ihren Körper an ihn und erwiderte seine Küsse. Ihr Gesicht glühte, als er begann, mit seiner Zunge ihren Hals entlang zu wandern. Ein leises Stöhnen entwich ihrer Kehle. Sie wünschte sich, dass dieser Moment niemals enden würde.

Doch dann, wie aus dem Nichts, schob er sie plötzlich ein Stück von sich und brachte eine Armlänge Abstand zwischen sie beide.

Paula war irritiert, verstand nicht, warum er aufhörte sie zu berühren. Hatte sie etwas falsch gemacht? Beschämt wusste sie nicht, wo sie hinsehen sollte, bis er ihr Kinn anhob und sie zwang, ihn anzusehen.

Nur eine Frage lag in diesem Blick. Mit heiserer Stimme fragte er sie: »Paula, bist du dir ganz …«

»Ja!«, rief Paula erleichtert und voller Begierde aus, bevor Julian seine Frage stellen konnte. Sie nahm ihn an der Hand, zog ihn lachend hinter sich her an den Rand der Lichtung und breitete eine Decke aus. Sie legte sich nieder und sah Julian an, der ebenso aufgewühlt zu sein schien wie sie selbst, aber dennoch abwartend vor ihr stand.

»Komm zu mir«, hauchte sie und zog ihn neben sich auf die Decke.

Eine Zeitlang lagen sie still und aneinander gekuschelt da. Dann endlich schien Julian es nicht mehr auszuhalten. Auch er war von Begierde erfasst, stützte sich auf seinen Ellenbogen und begann sie erneut zu küssen. Erst auf den Mund, dann an ihrem Hals entlang, bis er durch die Knöpfe an ihrer Bluse aufgehalten wurde. Etwas unbeholfen öffnete er sie Knopf für Knopf und sah ihr dabei liebevoll in die Augen. Ihr dunkelblauer BH kam zum Vorschein. Es fiel ihm schwer, sich zu zügeln.

Wieder begann er mit seiner Zunge ihren Hals entlangzuwandern, tiefer und tiefer. Er küsste ihr Dekolleté, schob ihren BH etwas zur Seite, sodass ihre prallen Brüste zum Vorschein kamen. Paula stöhnte auf. Der kühle Wind ließ ihre Knospen erschaudern.

„Bitte, bitte mach weiter!“, forderte sie ihn auf.

Sie schob Julian etwas zur Seite, setzte sich auf und streifte sich die Bluse ab. Dann drehte sie sich auf den Bauch, damit Julian ihren BH öffnen konnte. Sie spürte seinen heißen Atem auf ihrem Rücken und genoss jeden einzelnen seiner Küsse. In ihrem Nacken, auf ihrem Schulterblatt, an der Wirbelsäule entlang, bis hin zu ihrem Po.

Langsam drehte er sie wieder auf den Rücken und betrachtete ihren sinnlichen Körper. Seine Augen hatten einen dunklen Schimmer bekommen.

»Du bist so unglaublich schön!« Er zog sich sein T-Shirt über den Kopf und legte sich mit seinem nackten Oberkörper auf den ihren. Paula streichelte seinen Rücken, ertastete jeden einzelnen Muskel, atmete laut in Julians Ohr und war überwältigt von der Hitze seiner Haut, dieser Nähe, dieser Vertrautheit. Und doch war alles so neu.

Sie war glücklich – einfach nur glücklich. Sie war so glücklich, dass ihr die Tränen hinabliefen. Julian hob den Kopf und sah sie an.

»Ist alles in Ordnung?«, fragte er leise.

»Ich … Julian, ich liebe Dich!«

»Guten Morgen, junge Frau, da wollen wir Sie mal frisch machen. Schließlich ist gleich Visite und Doc George ist schon auf dem Weg hier her«, riss Schwester Astrid sie aus ihrem Traum und zog die Vorhänge zurück. »Wie haben wir denn geschlafen? Haben Sie süße Träume gehabt?«

Paula brauchte einen Moment um sich zu sammeln. Sie war enttäuscht. Wie gerne hätte sie diesen Traum zu Ende geträumt.

Sie zog die Bettdecke höher, als könne sie ihn so für immer festhalten.

Schwester Astrid stand vor ihrem Bett und sah sie durchdringend an. Paula errötete leicht.

»Erwischt! Sie brauchen gar nichts zu sagen. Wer hat denn die Hauptrolle gespielt? Sie und der süße Typ vor der Tür, oder Sie und Doc George?«

»Doc George? Wie kommen Sie denn auf den?«

»Aha, also doch Ihr Retter mit den starken Armen«, lachte sie. »Und welch gesunde Gesichtsfarbe Sie plötzlich haben, da wird sich der Doc aber freuen.« Schwester Astrid legte früh morgens ein Konversationstempo vor, das sich gewaschen hatte. Paula hatte Mühe, ihr zu folgen.

In ihren Gedanken war sie schon wieder auf der Lichtung in Allenbach. Der Traum war aber auch zu real gewesen. Sie hätte schwören können, dass jemand mitten in der

Nacht an ihrem Bett gesessen und sie zärtlich geküsst hatte.
Mit geröteten Wangen lag sie in ihrem Bett, ergriffen von einer tiefen Sehnsucht in ihrem Herzen, die sie lange verdrängt hatte. Noch immer spürte sie seine Hände auf ihrer Haut, roch den unverwechselbaren Duft seines Parfüms, schmeckte seine Lippen.
Paula musste sich anstrengen, den Traum der letzten Nacht aus ihrem Kopf zu verbannen und sich auf das Gespräch mit Schwester Astrid zu konzentrieren.

»Wieso nennen Sie Doktor Hommrighausen eigentlich Doc George? Ich dachte, er heißt Mark?« fragte sie betont unschuldig.

»Jetzt stellen Sie sich mal nicht dümmer, als Sie in ihrer Schockstarre wirklich sind!«, wurde sie belustigt ermahnt. »Haben Sie etwa die tiefbraunen Augen, den herrlichen Graustich in den Haaren und die strahlend weißen Zähne übersehen?«, schwärmte Schwester Astrid seufzend.
Paula bekam große Augen: »Schwester, also bitte! Habe ich da nicht einen Ring an Ihrem Finger blitzen sehen?«, entschied sich Paula mitzuspielen und auf andere Gedanken zu kommen.

»Einen Ring? Oh, stimmt! Da war ja was«, antwortete die Schwester schmunzelnd, während sie Paula einen feuchten Waschlappen reichte und dann verträumt an ihrem Ehering spielte.

»Was brauche ich George Clooney zu Hause, wenn ich Christian Ulmen haben kann«, lachte sie und sah ihr belustigt in die Augen. »Er bringt mich zum Lachen, ist immer für mich da und … «, zwinkerte sie Paula zu, »ihn nimmt mir keine andere so schnell weg. Und wenn doch, dann bringt sie ihn mir sicher ganz schnell wieder zurück«, kicherte sie und schüttelte das Kopfkissen aus.
Nachdenklich saß Paula in ihrem Bett, während sie die flotte und sichtlich glückliche Schwester dabei beobachtete, wie sie ihren Blutdruck kontrollierte und den Wert

anschließend sorgfältig in die Patientenakte eintrug.
Sie hätte sich tatsächlich eher einen Clooney als einen Ulmen an der Seite dieser attraktiven Frau vorgestellt. Doch dass der äußere Schein trügen konnte, hatte sie schließlich selbst am eigenen Leib erfahren müssen.

»So, einmal Haare kämmen bitte, und der Doc kann kommen!«, sagte die Schwester, drückte ihr die Bürste in die Hand und wandte sich mit einem vielsagenden Blick zum Gehen.
Paula konnte nicht anders. Eine Frage ließ ihr keine Ruhe, seitdem Schwester Astrid ihr Zimmer betreten hatte:

»Hatte er denn nicht gesagt, dass er erst am Montag wieder zur Visite kommen wird?«

»Tja, woran das wohl liegen könnte? Vielleicht hat unser Doc ja auch süße Träume gehabt.«

Julian

Julian lief auf dem Flur auf und ab und machte die Schwestern nervös.

»Wenn Sie sich jetzt nicht augenblicklich auf Ihren Hosenboden setzen, schicke ich Sie raus vor die Tür!«, wurde er von Schwester Astrid angepflaumt.

»Dann lassen Sie mich doch endlich zu ihr. Das Problem wäre gelöst und wir wären beide glücklich.«

»Gute Idee, Herr Heinbach, aber Sie haben da wohl etwas übersehen. Es geht hier nämlich nicht um Sie und auch nicht um mich«, schimpfte sie. »In diesem Zimmer liegt eine zerbrechliche Frau, die wegen Ihnen ihre Beine nicht mehr bewegen kann und die nicht einen Angehörigen zu haben scheint, den wir benachrichtigen können. Ich habe keine Ahnung, was damals zwischen Ihnen beiden vorgefallen ist, aber diese Frau hat es verdient, glücklich gemacht zu werden und ich bin mir nicht sicher, ob Sie der Richtige dafür sind.«

Schwester Astrid hatte einen leicht roten Kopf bekommen und sich in Rage geredet. Doch plötzlich schien ihr bewusst zu werden, was sie da gerade von sich gegeben hatte. Scheinbar über sich selbst erschrocken, sagte sie nur: »Ups!«

Ein Moment der Stille entstand. Julian war aufgewühlt und musste das Gehörte erst einmal sacken lassen.

Zerbrechlich? Paula hatte so ganz und gar nicht zerbrechlich gewirkt, als er sie plötzlich aus dem Nichts vorne hinter ihrem Rednerpult hatte stehen sehen. Zwischen all den Blumen hatte sie da gestanden, in ihrem wunderschönen hellblauen Kleid. Sie hatte gestrahlt, hatte Tränen in den Augen gehabt, als sie ihre Rede für Samuel und Julia gehalten hatte. So sehr schien sie sich mit den beiden gefreut zu haben. Sie hatte Worte gewählt, die ihn fast zerrissen hätten. Paula Rubens hatte in Worte gefasst, was er sich schon seit so vielen Jahren für sein eigenes Leben wünschte.

Glücklich hatte sie gewirkt, mit ihren hochgesteckten dunklen Haaren, aus denen sich eine vorwitzige Strähne gelöst hatte. Ihr bezauberndes Lächeln hatte ihn schon immer an ihr fasziniert.

Sie hatte es geschafft, die Zukunft der beiden in so bunten Farben auszumalen, dass für niemanden ein Zweifel daran bestanden hatte, dass auf Julia und Samuel viele glückliche Jahre warteten.

Paula, zerbrechlich? Wirklich? Oder war etwas in ihr zerbrochen, als sie ihm nach so vielen Jahren wieder in die Augen gesehen hatte? Hatte Schwester Astrid recht? War er tatsächlich schuld daran, dass Paula ihre Beine nicht mehr bewegen konnte? Wenn ja, war es ein großer Fehler, dass er hier saß und auf seine Chance wartete, Paula wiederzusehen.

Julian wurde ganz kleinlaut: »Hat sie das so gesagt?«

»Nein, so hat sie es natürlich nicht gesagt …«

Julian atmete erleichtert auf.

»Aber sie braucht jetzt erst einmal Ruhe. Nach der Visite wissen wir mehr«, sagte sie, stand auf und machte sich auf den Weg zum Stationszimmer.

Julian zwang sich auf seinem Stuhl sitzenzubleiben, den er vor Paulas Krankenzimmer platziert hatte, damit er auf keinen Fall etwas verpasste und er den Schwestern nicht weiter auf die Nerven fiel. Außerdem kannte er inzwischen den Blick aus dem Flurfenster im dritten Stock auf die Hüttentalentlastungsstraße zur Genüge. Für einen Patienten auf der Psychiatrie im Weidenauer Krankenhaus sicher kein sonderlich erbaulicher Ausblick.

Endlich hörte er schnelle Schritte auf dem Gang.

»Da bist du ja endlich! Wo warst du denn so lange?«, fragte Julian, ohne seinen ehemaligen besten Freund, den er seit vielen Jahren nicht mehr gesehen hatte, zu begrüßen.

»Ich freue mich auch, dich zu sehen«, erwiderte Philipp verärgert.

»Ja, ja, ist ja gut!«

Eigentlich war er ein freundlicher und besonnener Kerl, aber die Begegnung mit Philipp führte ihm abrupt vor Augen, was er damals alles verloren hatte. Der nur allzu bekannte und nie vergessene Schmerz krabbelte wie eine Ameisenarmee an ihm hoch und war kurz davor von seinem Herz Besitz zu ergreifen. Paulas Tränen, Viktorias Siegerblick, Philipps Versuche, sich zu entschuldigen ... All das kam ihm wieder in den Sinn und ließ ihn auf eine Art reagieren, die ihm selbst missfiel.

Jetzt reiß dich zusammen. Es geht um Paula, und Philipp ist der Einzige, der dir helfen kann, ermahnte er sich selbst. Endlich sah er Philipp an. Seit ihrem Abitur war er sichtlich älter geworden und hatte ein ganzes Stück zugelegt.

»Komm, lass uns woanders hingehen und besprechen, wie ich dir helfen kann«, lenkte Philipp ein.

»Auf keinen Fall! Ich gehe hier nicht weg!«, intervenierte Julian so bestimmt, dass Philipp mit den Achseln zuckte, sich einen Stuhl aus dem Wartebereich besorgte und sich neben Julian vor Paulas Krankenzimmer niederließ.

Schweigend saßen sie einen Moment da bis Philipp fragte: »Jetzt erzähl schon, was ist passiert?«

»Paula ist zusammengebrochen und keiner will mir sagen, was mit ihr los ist. Hätte sich die Krankenschwester nicht verplappert, wüsste ich bis jetzt noch nichts«, beschwerte er sich.

»Moment, jetzt mal von vorn. Du und Paula?« Philipp sah ihn aus großen Augen an.

»Nein, nicht ich und Paula!« Er merkte, wie seine Stimme wieder ruppig wurde und versuchte, sich in den Griff zu bekommen. »Wir waren zusammen auf einer Hochzeit im Schlossgarten und …«

»Ihr ward zusammen auf einer Hochzeit?«, unterbrach Philipp mit noch größer werdenden Augen. »Ja, das freut mich aber.«

»Würdest du mir bitte einfach mal zuhören?«, bat Julian ungehalten. Er spürte, wie die vergangene Nacht ihren Tribut forderte und ihn das Wiedersehen mit Paula mehr mitgenommen zu haben schien, als er zugeben wollte.
Dass Philipp, ausgerechnet Philipp, jetzt neben ihm saß und bereit war, ihm zuzuhören, wühlte ihn ebenfalls auf. Und dennoch: Julian erzählte seinem ehemaligen Freund alles, von der ersten Begegnung am Oberen Schloss, über den Krankentransport ins Weidenauer Krankenhaus bis hin zu Schwester Astrid, die ihm keinerlei Auskunft geben wollte und dann aber doch versehentlich mit ein paar Infos herausgerückt war.
Philipp saß einfach nur auf seinem Stuhl und hörte zu. Kein dummer Spruch, kein jugendliches, verunsichertes Lachen.

»Darf ich dich etwas fragen?«, fragte er.
Julian war sich nicht sicher, was er antworten sollte und schwieg.

»Warum? Warum ist dir das hier so wichtig – nach all den Jahren?«

»Du fragst mich, warum? Weil es Paula ist«, antwortete Julian leise.
Mit einem Mal wurde es ruhig am Flur. Das Telefon schwieg, keine Patienten, Schwestern oder Ärzte waren zu sehen. Die Station schien wie leergefegt zu sein.
Weil es Paula ist. Was für eine Antwort. Es traf ihn wie ein Schlag.
Endlich stand Philipp auf, sah ihm in die Augen und sagte: »Warte hier!«

Julian hockte auf seinem Stuhl und fühlte sich alleingelassen. Die Versuchung war groß, die Tür hinter sich zu öffnen und sich schweigend an das Bett der Frau zu setzen, die er einst so sehr geliebt hatte. Er sehnte sich danach, ihre Hand zu halten und ihr beim Schlafen zuzusehen – so wie letzte Nacht, nachdem die Nachtschwester gerade das Zimmer verlassen hatte.

Was ist, wenn sie mich nicht sehen will? Wenn ich wirklich der Grund bin, warum sie zusammengebrochen ist? Wenn ich alles nur noch schlimmer mache? Was, wenn sie mich rauswirft und nach der Schwester ruft?

In Gedanken versunken erschrak er zutiefst, als Schwester Astrid ihm auf die Schulter tippte und ihn mitleidig ansah.

»Herr Heinbach, gehen Sie nach Hause! Sie sehen furchtbar aus. Sollte Paula irgendwann zustimmen Sie zu sehen, dann sollten Sie ihr nicht mit zerknittertem Jackett, mit einem Anstecker aus verwelkten Blumen und einem Drei-Tage-Bart begegnen. Obwohl … der Bart steht Ihnen eigentlich ganz gut,« versuchte Schwester Astrid ihn aufzumuntern.

Julian versuchte zu lächeln.

»Jetzt kommen Sie schon! Reißen Sie sich etwas zusammen. Sie wissen doch, eine Frau will erobert werden. Also lassen Sie sich mal etwas einfallen.«

Danke für den Tipp! Tolle Idee!, dachte Julian ironisch. Er wurde das Gefühl nicht los, als würde sich die Schwester über ihn lustig machen.

Nachdem er sich im Cafe im Erdgeschoss einen Kaffeebecher gekauft hatte und wieder grübelnd auf seinem Stuhl saß, schoss ihm plötzlich ein Gedanke in den Sinn:

Ich muss unbedingt Simone anrufen!

Früher

Viktoria

»Spinnst du? Svenja, lass mich sofort zu ihr!«

»Lass ihn rein!«, rief Viktoria gönnerhaft die Treppe hinunter. Sie hörte, wie Philipp die Stufen zu ihrem Zimmer hinaufrannte. Immer zwei auf einmal. Svenja hinter ihm her.

»Svenja, lass uns allein!«, brüllte er.

»Svenja, du bleibst!«, befahl Viktoria.

Ungläubig schüttelte Philipp den Kopf. Wie ein verwundetes Tier stand er in dir Tür. Fast hätte er ihr leid getan. Aber nur fast.

»Was soll das? Das ist ein Scherz, oder? Du lässt mir über deine Tussen-Freundin einen Brief überreichen, anstatt ihn mir selbst zu geben? Ach, was sag ich – einen Zettel. Schön wär's gewesen, wenn du dir wenigstens die Mühe gemacht hättest mir einen Brief zu schreiben, wenn du schon nicht den Mumm hast, es mir persönlich ins Gesicht zu sagen. Aber ein Schmierzettel tut es für den kleinen Philipp doch auch, richtig?«

Viktoria sagte erst nichts, dann zuckte sie mit den Achseln und antwortete mit festem Blick:

»Richtig!«

Viktoria warf ihrer Freundin einen kurzen Blick zu. Sie hatte ihr streng verboten, den Umschlag zu öffnen, weil sie sich nicht sicher war, ob Svenja den Zettel übergeben hätte, wenn ihr der Inhalt bekannt gewesen wäre.

»Ich mache Schluss! Mehr hast du mir nach zwei Jahren nicht zu sagen? Kein wieso, weshalb, warum?« Philipp war wütend.
Zu recht. Es musste verteufelt wehtun, so ausgenutzt zu werden. Wobei der arme Tropf ja noch gar keine Ahnung davon hatte, wofür sie ihn und seine wertvollen Informationen gebrauchen würde. Sei's drum. Sie hatte alles, was sie wissen musste, um Paula und Julian endgültig auseinander zu bringen.

Sie konnte es kaum abwarten, endlich mit ihrem intriganten Spiel zu beginnen.

Julian

»Das kann sie doch nicht machen!«

»Doch, kann sie!« Julian wusste nicht, was er sonst sagen sollte. Dass seine Schwester eine egoistische Zicke war, wusste er schon lange, aber dass sie so weit gehen würde, schockierte ihn nun doch. Philipp war sein bester Freund und er hatte sich aufrichtig in Viktoria verliebt. So abserviert zu werden, das hatte er nicht verdient.

Zu Beginn hatte Julian den beiden nicht länger als zwei Wochen gegeben. Er kannte seine Schwester und Philipp passte eindeutig nicht in Vickis Beuteschema. Außerdem tat sie nichts ohne Berechnung. Sie musste irgendetwas mit ihm im Schilde führen.

Er hatte sich ernsthaft Sorgen um seinen Freund gemacht und täglich darauf gewartet, dass Viktoria ihm die kalte Schulter zeigte. Hinzu kam, dass sie zwei Jahre älter war als er und nächstes Jahr ihr Abi in der Tasche haben würde. Philipp war – wie sollte er ihn beschreiben – einfach nicht aus dem gleichen Holz geschnitzt wie seine Schwester.

Er war herzensgut, verspielt und auch sein familiärer Hintergrund entsprach ganz sicher nicht Vickis Vorstellungen. Seine Eltern führten eine kleine Werkstatt in Hilchenbach. All das machte Philipp nicht unbedingt zu einem Kandidaten, der eines Tages einmal sein Schwager werden könnte.

Bei dem Gedanken, wie er als Trauzeuge im schicken Anzug neben seinem Freund in der mit Blumen geschmückten Kirche stehen würde, ließ ihn schmunzeln. Was von Philipp leider völlig fehlinterpretiert wurde.

»Du lachst? Freust du dich etwa darüber, dass deine Schwester mir mein Herz gebrochen hat?«

»Blödsinn! Wie kommst du denn darauf? Aber mal im Ernst. Eigentlich konntest du Viktoria doch nie besonders gut leiden, oder? Hallo? Sie ist die fiese große Schwester, wegen der du mich immer bedauert hast.«

»Ja und? Trotzdem hab ich mich in sie verliebt! Sie hat mich nur benutzt und jetzt wirft sie mich weg, wie ein nasses Handtuch ...«

»Was meinst du damit ‚sie hat dich benutzt'?«, hakte Julian nach.

Jetzt war es Philipp, der sich ein Grinsen nicht verkneifen konnte als er sagte: »Naja, ich war ihr Versuchskaninchen. Sie hat sich an mir ausprobiert, wollte wohl wissen, was einem echten Kerl so gefällt ...«

Julian konnte es nicht fassen. »Ihr habt miteinander geschlafen? Du und meine große Schwester? Igitt, wir kriege ich jetzt dieses Kopfkino bloß wieder aus meinem Hirn.«

Wieso schläft Viktoria mit meinem besten Freund, in den sie, und da war sich Julian zu einhundert Prozent sicher, *definitiv nicht verliebt ist.*

Das kann nichts Gutes bedeuten!

Viktoria

»Jetzt stell dich nicht so an! Du wirst doch wohl noch auf einen Knopf drücken können oder etwa nicht?«, schimpfte sie ihre Freundin.

»Aber was hast du denn vor? Was soll ich denn fotografieren? Vicki, das ist mir hier echt nicht geheuer.«

»Mensch, Svenja, willst du nun im Sommer mit in unser Ferienhaus auf Gran Canaria, oder nicht? Du bist echt zu nichts zu gebrauchen. Komm, gib her und geh nach Hause!«, schnauzte Viktoria und griff nach dem Fotoapparat.

»Ist ja gut!«, ruderte Svenja zurück. »Ich wollte ja nur wissen, was du vorhast.«

»Und genau das geht dich nichts an. Freundinnen vertrauen sich nämlich und hinterfragen sich nicht ständig.« Viktoria wusste genau, was sie sagen musste, um die letzten Zweifel bei ihrer Möchte-Gern-Freundin auszuräumen.

Teil eins ihres Plans war somit erledigt. *Da wollen wir doch die süße Paula mal mit ihren eigenen Waffen schlagen,* freute sie sich. *Wofür ein gelungenes Foto nicht alles gut sein kann ...*

Nebeneinander liefen die beiden um die Breitenbachtalsperre. Während Svenja ununterbrochen über ihren neuesten Schwarm Ole sprach, suchte Viktoria die Gegend nach einem geeigneten Versteck ab, das von dem asphaltierten Rundweg aus nicht einsehbar war.

Endlich, sie waren schon eine gute halbe Stunde unterwegs, entdeckte sie hinter einer Kurve eine kleine

Abzweigung, von der aus ein steiler Stich hoch in den Wald führte.

Viktoria sah sich um: »Los, komm mit! Beeil dich!«

Svenja tat wie ihr geheißen und lief hinter Vicki her. Nach etwa zwanzig Metern schlugen sie sich links durchs struppige Gebüsch, bis Viktoria sie anwies, genau dort stehen zu bleiben und sich nicht zu rühren.

»Erst wenn ich dich rufe, kommst du zu mir gerannt und schießt den Film voll, verstanden? Und bitte kontrolliere vorher, ob die Kamera auch an ist.«

»Hältst du mich wirklich für so blöd?«

Ohne ihr darauf zu antworten ließ sie eine beleidigte Svenja stehen und lief ein Stückchen zurück durchs Gebüsch. Sie brauchte freie Sicht und musste doch versteckt bleiben. Endlich hatte sie ihre Stelle im Wald gefunden. Sie drehte sich zu Svenja um und stellte zufrieden fest, dass sie kaum zu entdecken war. *Perfekt! Zum Glück habe ich ihr auf der letzten Shopping-Tour eine khakifarbene Jacke aufgeschwatzt,* lachte sie in sich hinein.

Jetzt musste sie nur noch warten. *Ach Philipp, wenn du wüsstest wie dankbar ich dir für all die wertvollen Informationen bin ...*

Viktoria sah auf die Uhr. Langsam wurde ihr kalt. Sie wusste, dass sie etwas zu früh dran waren, aber besser zu früh als zu spät!

Es war genau viertel nach sechs als sie ihn um die Kurve joggen sah. *Und los geht's! Das Zeitfenster ist kurz.*

»Hilfe, aua, ich brauche Hilfe!«, rief sie in leidendem Tonfall und beobachtete durch die Büsche hindurch, wie er langsam und suchend in ihre Richtung kam. *Es funktioniert! Männliche Ritterlichkeit ist doch immer wieder schön*, freute sie sich, dass ihr Plan aufzugehen schien.

Sie musste unbedingt den Rundweg im Blick behalten. Das hier war ausschließlich eine Sache zwischen ihm und ihr – und wenn sie es nicht verpatzte, gehörte Svenja auch dazu.

»Hallo? Wo sind Sie? Sind Sie verletzt?«, rief er in den Wald hinein.

»Ja, ich brauche Hilfe, hier bin ich«, antwortete sie mit schmerzvoller Stimme.

»Warten Sie, ich bin sofort bei Ihnen!«

Komm, na komm! Gleich hab ich dich!

Das Bild, das sich ihrem Gegenüber bot, ließ seinen Mund offen stehen und die Augen immer größer werden.

»Was, … was soll das? Was wird das hier?«

Viktoria lag splitterfasernackt auf dem Waldboden und lächelte ihn lasziv an: »Na komm schon, du brauchst dich nicht zu genieren. Ich bin bereit für dich. Oder gefalle ich dir etwa nicht?«

Ungläubig stand er vor ihr und sah zu ihr hinab, nicht in der Lage auch nur ein Wort zu sagen.

»Na, du kannst dich wohl nicht sattsehen?«, sagte Viktoria verführerisch.

Dann endlich zog er die Laufjacke aus.

Gut so, mach weiter.

Viktoria streckte ihm ihre Hand entgegen, um ihn zu sich zu ziehen. Ihre Blicke trafen sich. Siegessicher rief sie Svenja ein lautes ‚Jetzt' zu. Doch im gleichen Moment nahm er nicht ihre Hand, sondern warf missbilligend seine Jacke über sie und forderte sie unmissverständlich auf:

»Anziehen!«

Diese Zurückweisung ließ sich Viktoria nicht gefallen.

»Wie bitte? Moment! So nicht, mein Freund! Du willst mich nicht? Das wird dir noch verdammt leidtun«, schrie sie ihn an und sah aus den Augenwinkeln, wie Svenja mit der Kamera vorm Gesicht hinter dem Busch stand und fleißig fotografierte.

»Na warte!«

Nackt wie sie war, sprang sie blitzschnell vom Boden auf und machte zwei Schritte auf ihn zu. Ein Bein schmiegte sie um seinen Unterleib, legte ihre Arme um seinen Hals und presste sich mit ihrem ganzen Körper fest an ihn.

»Lass das! Was soll das? Geh weg!«
Völlig überrumpelt versuchte er ihre Handgelenke zu fassen, um sich aus Viktorias Umarmung zu befreien, doch sie nutzte ihre letzte Chance, bevor er sie grob von sich stieß, und presste ihre Lippen auf seinen Mund.
Wehe, Svenja, du hast das nicht auf der Kamera!
Zuckersüß lächelte sie ihn an. Dann nahm sie ihre Kleidung vom Boden auf, lief in den Wald hinein und ließ ihn einfach stehen.

So, Herr Rubens, dieses war der erste Streich, doch der zweite folgt sogleich ...

Heute

Philipp

Philipp fuhr vom Krankenhaus auf der Weidenauer Straße am ehemaligen Sparkassengebäude vorbei, um anschließend links auf die HTS Richtung Dreis-Tiefenbach aufzufahren.
Er hatte noch vom Parkplatz aus seinen Kollegen angerufen. Die Suche im Behördensuchportal nach Paula Rubens hatte ihm zwei Informationen geliefert. Zum einen hieß Paula noch immer oder aber wieder, ‚Rubens' mit Nachnamen. Zum anderen war sie noch immer am Görlitzer Platz am Fischbacherberg in Siegen gemeldet, einem monströsen Häuserkomplex in einem Viertel, das bei der Siegerländer Bevölkerung eher verrufen war.
Philipp kannte die Ecke zur Genüge. Wie oft waren sie, besonders am Wochenende, dorthin gerufen worden, weil es zu Belästigungen und Schlägereien gekommen war. Dass Paula noch immer dort zu wohnen schien, machte ihn betroffen. Er fühlte sich schuldig. Niemals hätte er sich damals mit Viktoria einlassen dürfen.
Das war der größte Fehler seines bisherigen Lebens gewesen. Es hatte Paula ihr Zuhause und ihn seine Freundschaft mit Julian ge-kostet. Und das nur, weil er Viktoria vertraut hatte. Das war ein hoher Preis gewesen. Umso wichtiger war es ihm, nicht mit leeren Händen zurück zu Julian ins Krankenhaus zu kehren.
Leider war das Telefonat mit seinem Nachbarn Martin

vom Siegener Ordnungsamt wenig erfolgreich gewesen. Als Polizist wusste er, dass das Ordnungsamt auch am Wochenende besetzt sein musste, und wie es der Zufall wollte, war es Martin, der ziemlich genervt ins Telefon geraunt hatte: »Sohlbach, was wollen Sie?«

Als er Philipps Stimme erkannt hatte, war er zwar etwas freundlicher, aber keineswegs hilfsbereiter geworden. *Das sollte ich mir mal bei der Polizei erlauben ...*

»Jetzt stell dich nicht so an! Ja, ich weiß, dass heute Sonntag ist! Es geht doch nur um eine kurze Abfrage, mehr nicht. Es ist wirklich wichtig.«

» ...«

»Na also, geht doch, danke dir!«

» ...«

Philipp hörte, wie sein Nachbar auf der Tastatur seines PCs tippte.

»Was? Wie viele Menschen sind am Görlitzer Platz gemeldet?«

» ...«

»Das kann nicht sein. Ich meinte nicht die ganze Straße, sondern lediglich in der Hausnummer drei«, versuchte es Philipp geduldig.

» ...«

»Scheiße! Im Ernst? Also habe ich keine Chance herauszufinden, ob sie verheiratet ist oder war oder ob sie einen Verlobten hat?«

» ...«

»Und es wohnt außer ihr niemand anderes mit dem Namen ‚Rubens' dort? Das kannst du doch sicher sehen, oder?«, fragte Philipp in der Hoffnung, dass Paula eventuell doch eine Angehörige hatte und noch immer gemeinsam mit ihrer Mutter dort wohnte.

» ...«

»Was ist mit einem Ex-Mann?«, gab Philipp nicht auf, wurde aber ziemlich unfreundlich von seinem Nachbarn an das Standesamt verwiesen.

Philipp war genervt.

»Und an welches? Ich weiß nur, dass sie von Wilgersdorf nach Dahlbruch und von dort nach Siegen gezogen ist.«

» …«

»Du mich auch, Arschloch! Das finde ich auch ohne dich raus! Danke für deine freundliche Unterstützung«, antwortete Philipp, doch Martin hatte schon längst aufgelegt. Und nun? Es war Sonntag. Wie sollte er da heute noch die Angehörigen finden, wenn er noch nicht einmal wusste, in welcher Stadt sie in das Geburten- oder Eheregister eingetragen war. Offensichtlich wollte Paula ja auch gar nicht, dass ihre Angehörigen über ihren Krankenhausaufenthalt informiert wurden. Sonst hätte sie doch bestimmt der Stationsschwester einen Namen genannt.

Und warum war es Julian so wichtig, noch heute und am liebsten sofort zu wissen, ob es jemanden in Paulas Leben gab?

Konnte das nicht bis morgen warten, wenn alle Ämter wieder besetzt waren und er nur ein paar weitere Telefonate führen musste? Er hatte es vorhin nicht gewagt, Julian diesen Vorschlag zu machen, nachdem er in seinen Augen wieder dieses Leuchten von damals gesehen hatte, als er den Namen ‚Paula' ausgesprochen hatte.

Ein paar Sekunden später schlug sich Philipp selbst auf die Stirn: *Ich Schaf! Mann, bin ich blöd! Ist doch klar, warum!*

Julian tat ihm leid – nach all den Jahren schien sein Herz Paula noch immer nicht vergessen zu haben. Würde es eine zweite Chance für die beiden geben? Er würde es ihnen wünschen.

Es half nichts, er musste Julian anrufen.

»Hast du etwas rausgefunden?«, wurde er mit hoffnungsvoller Stimme begrüßt.

»Noch nicht, aber …«

»Ruf mich erst wieder an, wenn du gute Nachrichten für mich hast, verstanden?«

Philipp nahm sein Handy vom Ohr und sah es ungläubig an. *Was denkt der Kerl eigentlich, wer ich bin? Ja, ich habe damals Mist gebaut, ja, ich habe mit seiner Schwester geschlafen, ja, ich habe Viktoria persönliche Dinge über Paula, die Gewohnheiten ihrer Eltern, ihre Lieblingsplätze und wer weiß was noch alles erzählt. Und ja, das hat zu diesem traurigen Ende ihrer Beziehung geführt – aber ich war nicht derjenige, der diese Intrige gesponnen hat. Ich war es nicht, der Paula bloßgestellt hat. Ich war doch lediglich das Mittel zum Zweck. Außerdem ist das jetzt Jahre her ...*

Aufgebracht stieg er aus dem Auto und ging auf den Hintereingang des Krankenhauses zu.

Mein lieber Freund, so sprichst du nicht mit mir!

»Kannst du mir bitte mal sagen, was das soll? Heute ist Sonntag! Ich bin zu dir ins Krankenhaus gekommen, weil du mich um Hilfe gebeten hast. Und was machst du? Du sitzt tatenlos hier rum und schnauzt mich zum Dank dafür auch noch an?«

Philipp war sauer. »Kann es sein, dass du so gereizt bist, weil du eigentlich gar nicht daran interessiert bist, jemanden zu finden, den wir benachrichtigen können. Du willst einfach nur wissen, ob sie noch frei ist, stimmt's?«

Julian hatte während Philipps Schimpftirade auf seinem Platz gesessen und kein Wort gesagt. Er hatte ihn noch nicht einmal angesehen.

Doch jetzt erhob er sich langsam von seinem Stuhl. Alle über die Jahre aufgestaute Wut spiegelte sich in Julians Blick. Er ließ seinem Gegenüber keine Zeit zu reagieren und landete einen linken Haken gut gezielt genau auf Philipps Nase.

Philipp taumelte. Darauf war er nicht vorbereitet gewesen. Ungläubig sah er Julian an. Blut tropfte auf sein T-Shirt und hinterließ dort hässliche Flecken. Zwei Männer, die sich mit erhobenen Fäusten in der Psychiatrie eines Krankenhauses gegenüberstanden – was für ein Anblick!

Schwester Astrid kam um die Ecke, doch weder Julian noch Philipp nahmen von ihr Notiz. Die beiden standen einfach nur da und sahen sich an. Keine Entschuldigung von Julian, kein Gegenschlag von Philipp.

»So Jungs, dann hätten wir das ja auch geklärt. Frau Rubens wird sich sicher freuen davon zu hören, dass ihr zwei euch wegen ihr geschlagen habt. Ist doch so, oder?«

Noch immer reagierte keiner der beiden.

Jetzt wurde es Schwester Astrid zu bunt.

»Herr Heinbach, Sie fahren jetzt sofort nach Hause und Sie, Herr … Herr Fries, richtig? Sie kommen mit mir! Ihre Nase muss geröntgt werden.«

Noch während Philipp von der Schwester eingehakt und von Julian weggezogen wurde, stellte er ihm eine letzte Frage: »Weißt du, wo die Eltern von Paula damals geheiratet haben?«

»Ich weiß nur, dass sie in Netphen in die Grundschule gegangen ist«, rief ihm Julian hinterher.

»So und jetzt ist Schluss. Wenn ich Sie gleich noch immer hier sitzen sehe, hole ich den Sicherheitsdienst. Haben Sie mich verstanden?«, befahl Schwester Astrid zu Julian gewandt und schob den Verletzten vor sich her Richtung Stationstür.

Bevor er durch die Tür ging, drehte er sich noch einmal um und rief:

»Julian, ich werde es für dich herausfinden!«

Früher

Paula

Paula kam aus der Schule nach Hause und schloss die Haustür auf. »Mama, bist du da? Hey, wo bist du denn? Ich habe eine eins in Mathe geschrieben? Was sagst du jetzt? Mama?« Keine Antwort. Paula lief in die Küche, doch der Küchentisch war noch immer vom Morgen gedeckt. Selbst die Wurst war nicht in den Kühlschrank geräumt worden. Das passte so ganz und gar nicht zu ihrer Mutter.
Es muss etwas passiert sein, dachte Paula. Sie lief ins Wohnzimmer – nichts. Sie rannte die Treppe nach oben: »Mama, was ist los? Wo bist du?«
Das Schlafzimmer, *vielleicht hat sie sich noch einmal hingelegt* – nichts. Schließlich öffnete sie langsam die Badezimmertür. Paula ließ ihre Schultertasche auf den Boden sinken. Ihre Mutter hockte tränenüberströmt vor der Heizung, um sie herum unzählige Kleenex-Tücher.
So hatte sie ihre Mutter in all den Jahren noch nicht erlebt. Paula bekam Panik. Es musste etwas Schlimmes passiert sein. Sie setzte sich neben sie auf den Boden und nahm sie in den Arm. Ihre Mutter schien sie nicht zu bemerken.

»Mama, jetzt sag schon, was ist passiert? Ist was mit Papa?«
Unfähig, etwas zu erwidern, zeigte ihre Mutter auf das Handy, das auf der Ablage neben dem Waschbecken lag. Eine SMS war geöffnet:

Meine liebe Familie, es ist kaum zu glauben, aber ich habe eine Stelle in den USA angeboten bekommen. In dem Wissen, dass ihr wie immer hinter mir steht, habe ich sie angenommen, bevor mir ein anderer zuvorkommt. Alles Weitere später. Ich bin in zwei Wochen von meiner Dienstreise zurück.

Paula las diese Zeilen – und verstand sie nicht. Es gelang ihr einfach nicht zu begreifen, was in ihren Vater gefahren war. USA? Ein neuer Job? Wie hatte er diese Entscheidung so schnell und vor allem ohne seine Frau und seine Tochter treffen können? Es wäre kein Problem gewesen, wenigstens anzurufen und um Rat zu fragen. Aber das hatte der Herr Papa anscheinend nicht nötig. Für ihn stand die Entscheidung bereits fest – egal, was aus seiner Familie würde.

Paula überlegte, was sie ihrem Vater geantwortet hätte, hätte er sie nach ihrer Meinung gefragt.

Paula erinnerte sich noch allzu gut daran, wie ihre Eltern ihr verkündet hatten, dass sie nun endlich ihr Traumhaus gefunden hätten und sie daher aus Wilgersdorf wegziehen würden.

Schweren Herzens hatte sie sich darauf eingelassen, letztlich aber auch keine andere Wahl gehabt.

In diesen zwei Jahren war viel passiert. Enttäuscht dachte sie an Jenny, ihre beste Freundin aus Wilgersdorf. Ein halbes Jahr lang hatten sie mindestens zweimal in der Woche miteinander telefoniert, bis ihre Freundin ihr während des letzten Telefonats eine Entscheidung aufgezwungen hatte:

»Lina hier, Lina da! Lina und ich haben uns neue Schuhe gekauft, Lina ist so fotogen, Lina kommt heute noch zu Besuch ... Ich kann es nicht mehr hören! Entweder Lina oder ich, entscheide dich!«, hatte Jenny sie aufgefordert.

Da Paula zu perplex gewesen war, um sofort zu antworten, hatte Jenny beleidigt eingehängt und jeden weiteren Versuch Paulas, ihre Freundin telefonisch zu erreichen, abge-

blockt. Seitdem herrschte Funkstille.
Umso wertvoller war ihr ihre Freundschaft zu Lina geworden. Auch Philipp war lustig und sie genoss die Zeit, die sie alle gemeinsam in der Schule miteinander verbrachten. Ja, sie hatte sich in Stift Keppel eingelebt, kam mit ihren Mitschülern und Lehrern gut klar, liebte die Foto-AG und war ihren Eltern mittlerweile sogar dankbar. Ohne den Schulwechsel hätte sie ihren Julian niemals kennengelernt.
Und jetzt? Noch einmal neu anfangen? Neue Freunde, neue Schule, neue Sprache, neue Umgebung, neu, neu, neu? Paula traten Tränen in die Augen. Wollte ihr Vater sie tatsächlich schon wieder aus ihrem Umfeld reißen? Warum sonst stellte er sie ungefragt vor vollendete Tatsachen? Waren ihm ihre Meinung, ihre Träume, ihre Wünsche denn so egal? Was würde aus ihr und Julian? Tausende Fragen brachen über sie herein. Doch ein Blick zu ihrer Mutter machte ihr klar, dass sie jetzt die Stärkere von ihnen beiden sein musste. Sie konnte nur ahnen, wie es in ihrer Mutter aussehen musste. Das war ein unfassbar großer Vertrauensbruch ihres Vaters.
Paula überlegte fieberhaft an einer Erklärung. Das konnte einfach nicht sein. Es war bestimmt nur eine Idee ihres Vaters und er wollte mit der SMS bei ihnen beiden vorfühlen, wie sie sich entscheiden würden, sollte er den Job annehmen.
Noch einmal las sie seine Zeilen. Doch unmissverständlich stand dort schwarz auf weiß, dass Lothar Rubens seine Entscheidung schon längst und ohne seine Familie gefällt hatte.
Denk an etwas Schönes! Du bist deiner Mutter keine Hilfe, wenn du dich neben sie setzt und dich gehen lässt, versuchte sie ihre beginnende Verzweiflung zu bekämpfen. Sie dachte an Julian.
»Mama, komm, steh auf! Hier kannst du nicht sitzenbleiben. Das ist bestimmt alles nur ein Missverständnis.

Komm, wir rufen Papa an. Er kann uns das ganz bestimmt erklären. Es wird alles wieder gut, das verspreche ich dir!«

Dieses Versprechen war das erste in Paulas Leben, das sie nicht würde halten können.

Heute

Paula

Paula hatte nun schon zum dritten Mal die Klingel betätigt, doch niemand war gekommen. Endlich ging die Tür auf und eine kopfschüttelnde Schwester Astrid trat ein.

»Schätzchen, was gibt's? Wie kann ich Ihnen helfen?«

»Was war denn da draußen los? Ich habe nur gehört, wie Sie jemanden ziemlich unfreundlich angewiesen haben, endlich nach Hause zu fahren.«

»Unfreundlich, pah! Eine richtige Ansage habe ich ihm gemacht«, wurde sie von der Schwester mit gewissem Stolz in der Stimme verbessert. »Da haben Sie gerade wirklich etwas verpasst. Jetzt prügeln sich vor Ihrer Tür zwei Männer und Sie, wo Sie doch die Hauptrolle spielen, liegen hier im Bettchen und bekommen von all dem nichts mit. So ein Pech aber auch …«

»Was? Wieso das denn? Wer denn? Wegen mir? Sind Sie sicher?«, fragte Paula interessiert nach. »Ganz sicher. Ihr Julian hat einem Herrn Fries eins auf die Nase gegeben. Sie wurde gerade eben in der Notaufnahme gerichtet.
Paula setzte sich kerzengerade in ihrem Bett auf. Julian und Philipp? Ich dachte, die beiden hätten keinen Kontakt mehr? Warum war denn Philipp überhaupt hier? Und warum haben sie sich gestritten?«

»Frau Rubens, ich weiß ja schon viel, mehr sogar als so mancher Arzt, der hier herumläuft, aber allwissend bin ich nun auch wieder nicht.«

»Ja aber, ich muss doch wissen ...«

»Sie müssen gar nichts. Sie bleiben schön brav liegen und warten bis Doc George gleich zu Ihnen kommt und die weitere Vorgehensweise mit Ihnen bespricht. Es sei denn, Sie sind jetzt doch damit einverstanden, dass der süße Herr Heinbach Sie besuchen kommt. Vielleicht könnte ich die Visite dann verschieben«, grinste die Schwester sie an.

»Was? Auf keinen Fall. Der kann mir gestohlen bleiben«, behauptete Paula in nicht sehr überzeugendem Ton.

»Dann ist ja gut, ich habe ihn nämlich eben nach Hause geschickt.«

Paula hatte Mühe sich ihre Enttäuschung nicht anmerken zu lassen. *Er hätte ruhig etwas mehr Durchhaltevermögen zeigen können,* dachte sie. Sie hatte ja keine Ahnung, dass Julian seinen Platz nach fast vierundzwanzig Stunden nur widerwillig geräumt hatte.

»Und was ist mit Herrn Fries? Immerhin hat er sich wegen Ihnen eine blutige Nase geholt«, fragte Schwester Astrid und beobachtete sie dabei ganz genau.

»Philipp? Der kann mir genauso gut gestohlen bleiben.«

»Das scheint ja eine interessante Geschichte zwischen Ihnen dreien zu sein. Wenn Sie drüber reden wollen? Ich habe in einer Stunde Dienstschluss und mein Mann ist eh noch unterwegs.«

»Ach so ist das, Sie haben Langeweile«, zog Paula sie auf, »und wollen das Geld für Theaterkarten sparen.«

»Erwischt!«, lachte die Schwester. »Ihr Leben ist aber auch spannender als jeder Liebesroman. Ich bin in einer Stunde wieder da!

… Und laufen Sie mir nicht weg!«

Doktor Hommrighausen

Wirklich ein seltsamer Fall, dachte der Doc. *Das MRT war unauffällig, die Vitalfunktionen könnten besser nicht sein. Es muss sich tatsächlich um eine psychogene Lähmung handeln, obwohl Paula Rubens keineswegs den Eindruck einer labilen Persönlichkeit erweckt. Ganz im Gegenteil. Sie ist zu Scherzen aufgelegt, legt selbst im Krankenbett Wert auf ihr Äußeres und hat ein ganz bezauberndes Lächeln.* Einen Ehering hatte er auch nicht an ihrer Hand entdecken können.

Dass allerdings dieser Kerl in seinem schicken Anzug penetrant vor ihrer Zimmertür Stellung bezogen hat, lässt eindeutig darauf schließen, dass er mit ein Grund für ihre Lähmung sein könnte.

Er war neugierig, wollte wissen, welche Geschichte sich hinter den beiden verbarg. Dennoch würde er sich gleich während des Therapiegesprächs dazu zwingen müssen, neutral zu bleiben. Das war das oberste Gebot. Noch nie war er bisher in Versuchung geführt worden, dieses Gebot zu brechen. Aber Paula Rubens hatte etwas an sich, das ihn faszinierte. Er wollte sie kennenlernen und eine bessere Möglichkeit, so viel wie möglich über sie in Erfahrung zu bringen, würde es für ihn nicht geben.

Er wusste, dass es unüblich war, sonntags mit einer Therapie zu beginnen. Aber er hatte einfach nicht widerstehen können. Das Lächeln von Schwester Astrid, als er den Termin in Frau Rubens Akte eingetragen hatte, gefiel ihm allerdings gar nicht.

Vielleicht sollte er doch besser warten bis seine Kollegin morgen wieder im Dienst war und die Patientin über-

nehmen konnte? Dann hätte er die Möglichkeit, sich nach ihrer Entlassung ganz offiziell um eine Verabredung mit ihr zu bemühen, ohne Schwierigkeiten zu bekommen.
Er könnte dennoch ihre Krankenakte studieren und wüsste so über ihre privaten Hintergründe Bescheid. Erfahrungsgemäß dauerte eine solche Lähmung circa eine Woche – manchmal kürzer, manchmal auch etwas länger. Bis dahin müsste er sich in Geduld üben.
Hin- und hergerissen saß er an seinem Schreibtisch und wunderte sich über sich selbst.
Nach dem Tod seiner Ehefrau hatte er keine andere Frau mehr angesehen und es war ganz sicher nicht klug, mehr als nur medizinisches Interesse an einer Patientin zu zeigen, die ausgerechnet wegen eines gebrochenen Herzens bei ihm gelandet war.
Die Vernunft rief ihm laut und deutlich zu: »Gib sie an deine Kollegin ab!« Sein Herz sagte etwas anderes. Er konnte es nur noch nicht laut genug hören.
Die letzten vier Jahre hatte er viel gearbeitet, hatte ‚hier' gerufen, wenn jemand für eine Extra-Schicht benötigt wurde. Und genau deshalb saß er auch heute, an seinem eigentlich freien Sonntag, in seinem Büro und machte sich Gedanken um eine Patientin, die aus Liebeskummer ihre Beine nicht mehr bewegen konnte. Vielleicht war das ein Wink des Schicksals?

Er würde es herausfinden!

Früher

Paula

Paula wusste nicht genau, ob sie sich freuen oder ob sie weinen sollte. Heute war ihr sechzehnter Geburtstag. Zu ihrem fünfzehnten war die Welt noch in Ordnung gewesen. Das war gerade mal ein Jahr her. Und jetzt? Was sie wohl heute erwarten würde?

Als sie die Treppe herunterkam, strömte ihr ein leckerer Duft von gebackenem Kuchen entgegen. *Ach Mama, du bist die Beste und lässt dich einfach nicht unterkriegen. Wie früh sie wohl extra für mich aufgestanden ist?* Paula war bewusst, wie sehr ihre Mutter damit zu kämpfen hatte, morgens schon um halbsechs in der Bäckerei vorne an der Hauptstraße zu stehen und Brötchen zu verkaufen.
Hätte ihr Vater seine Karriere nicht über seine Familie gestellt, müsste ihre Mutter morgens nicht in aller Herrgottsfrühe aufstehen und versuchen, irgendwie die Raten für das Haus abzubezahlen. Paula hatte keine Ahnung, wie lange sie das noch durchhalten konnte. Letzte Woche hatte sie ihre Mutter erschrocken dabei erwischt, wie sie die Wohnungsanzeigen in der Siegener Zeitung durchgeblättert hatte.
Dass sie sich heute dennoch die Zeit genommen und extra für sie gebacken hatte, rührte Paula zutiefst. Schnell lief sie nach oben und holte ihren Fotoapparat. Sie wollte sich später an diesen Tag erinnern – auch an den herrlichen

Kuchen. Er würde wunderbar schmecken. Ihre Mutter war eine begnadete Bäckerin.
Außerdem wollte sie ihr mit dem Foto eine Freude machen. Paula war sich sicher, dass es ihr viel bedeuten würde, dass ihre Tochter die Freude am Fotografieren zurückgewonnen hatte.

In der Schule angekommen, umarmte sie plötzlich jemand von hinten und drückte ihr einen fetten Schmatzer auf die Wange.

»Hey Süße, herzlichen Glückwunsch zum Geburtstag. Mein Geschenk bekommst du allerdings erst heute Nachmittag. Ich freue mich schon auf die Schokotorte. Wir sehen uns um drei!«
Und Schwups, war sie wieder verschwunden. Lina hatte Latein, sie Französisch als zweite Fremdsprache gewählt. Daher trennten sich morgens in der Schule immer mal wieder ihre Wege.
Paula fühlte sich allein gelassen.
Wo steckt Julian? Wenn er heute Nachmittag schon keine Zeit für mich hat, dann hätte er wenigstens vor der Schule auf mich warten können.
Paula war enttäuscht. Sie hatte sich auf den Tag mit ihm gefreut, doch dann hatte er ihr verkündet, dass er ausgerechnet heute mit seiner Mutter nach Düsseldorf fahren müsse, um sich für ein Firmenfest neu einkleiden zu lassen. Paula hatte nicht betteln wollen und nichts dazu gesagt, hatte aber fest damit gerechnet, dass er es irgendwie schaffen würde, Yvonne davon zu überzeugen, dass sie auch an jedem anderen Tag auf Shopping-Tour gehen konnten. Umso enttäuschter war sie gewesen, als sie vorgestern mitbekam, wie er Lina darum bat, sich heute besonders um seine Freundin zu kümmern.
Der Heimweg von der Schule kam ihr heute doppelt so lang vor. Paula schloss die Tür auf und wurde von einem leeren Haus begrüßt. Als sie in die Küche kam, war sie tief

berührt. Ihre Mutter musste in ihrer Mittagspause nach Hause gelaufen sein und den Tisch liebevoll für sie und Lina gedeckt haben. Die Schokotorte mit sechzehn Kerzen darauf stand in der Mitte. Wie sehr sie ihre Mutter liebte. Sie tat wirklich alles dafür, ihrer Tochter über den Verlust – wohl besser Verrat – ihres Vaters hinwegzuhelfen.

Ohne ihre Mutter und Julian an ihrer Seite hätte sie das letzte Jahr wahrscheinlich nicht überstanden. Ihr Vater hatte sie gefragt, ob sie mit ihm in die USA gehen würde. Angefleht hatte er sie, mit ihm mitzukommen. Doch leider erst nachdem er den Arbeitsvertrag schon unterschrieben hatte. Paula hatte ‚nein' gesagt.

Sie wollte erst ihr Abitur machen, wollte bei Julian bleiben, wollte nicht schon wieder umziehen und sich neue Freunde suchen müssen. Sie war gerade so verdammt glücklich und hatte das Gefühl, ihre Eltern waren es auch gewesen. Warum nur hatte ihr Vater das alles aufgeben? War er denn mit seinem Leben so gar nicht zufrieden? Er hatte doch einen prima Job, und noch viel wichtiger, eine Familie, die ihn liebte. Warum?

Was hatte ihn so sehr in die USA getrieben? Warum hatte er unbedingt und aus heiterem Himmel sofort aus dem Siegerland wegziehen wollen? Zählten ihre Wünsche denn gar nicht? Aber all das war letztlich nicht ausschlaggebend für ihre Entscheidung gegen ihn gewesen.

Paula hatte ihren Vater wieder und immer wieder gefragt. Doch er war nicht bereit gewesen, ihr den Grund für diesen Schritt zu nennen. Vielleicht hätte sie ihn sogar verstanden. Vielleicht wäre sie gemeinsam mit ihrer Mutter zu ihm in die USA gezogen, wenn sie das ‚Warum' gekannt hätte.

Doch ihr Vater hatte geschwiegen. Er hatte sein Glück über das seiner Familie gestellt – und das würde sie ihm niemals verzeihen.

An dem Tag, an dem er seine Koffer gepackt und sie ein letztes Mal in den Arm genommen hatte, war ihr Herz

zerbrochen. Ihre Liebe hatte ihn nicht in Deutschland halten können.
Mit Tränen in den Augen hatte er zu ihr gesagt:
»Meine geliebte Paula, ich würde es dir so gerne erklären, aber es geht nicht.«
Danach hatte er die Haustür hinter sich zugezogen und war in ein Taxi gestiegen. Es war das letzte Mal, dass sie ihren Vater gesehen hatte – seit einem Jahr.

Paula hoffte inständig, dass sie sich nicht zu sehr an Julian klammerte, seitdem ihr Vater in Texas lebte. Aber sie brauchte seine Nähe. Sie sehnte sich so sehr nach ihm, dass es manchmal sogar wehtat. Wenn sie nachts aufwachte und ihre Mutter nebenan weinen hörte, sehnte sie sich nach ihm. Wenn sie in der Abenddämmerung im Wald spazieren ging und versuchte, die melancholische Stimmung auf einem Foto einzufangen, sehnte sie sich nach ihm.
Wenn ihr Vater versuchte, sie auf ihrem Handy zu erreichen und sie ihn einfach wegdrückte, sehnte sie sich nach ihm. Wenn sie abends aus der Dusche kam und sich ins Bett legte, sehnte sie sich nach ihm.

Das Klingeln der Haustür riss sie aus ihren Gedanken. Lina stand freudestrahlend vor der Tür und warf sich ihr in die Arme. Ihre Freude war ansteckend.
»Hey, meine Süße, jetzt nochmal ohne tausend Schüler, die um uns rumstehen. Ich wünsche dir alles Liebe zu deinem Geburtstag, dass du immer weißt, dass du dich auf mich verlassen und mir alles erzählen kannst, und ich immer für dich da sein werde, und …«, Lina machte eine Kunstpause, »immer für eine Überraschung gut bin«, lachte ihre Freundin, hielt ihr die Augen zu und führte sie ins Esszimmer.
»So, meine Liebe, und hier bleibst du bis ich dir Bescheid gebe, alles klar?«, war Linas klare Anweisung. »Und wehe, du schummelst!«

Laute Geräusche ertönten im Stockwerk über ihr. *Oh Lina, was machst du da oben? Schlägst du gerade wirklich einen Nagel in die Wand?*
Paula wurde neugierig. Dann hörte sie, wie ihre Freundin lautstark die Treppe hinunter hopste. Lina zog sie fröhlich an der Hand die Stufen wieder hinauf bis vor ihre Zimmertür.

»Augen zu!« Paula spürte, dass Lina es selbst kaum abwarten konnte, ihr endlich das Geburtstagsgeschenk zu überreichen. *Hoffentlich gefällt es mir,* sorgte sich Paula.

»Augen auf!«, rief Lina aufgedreht.
Das erste, was Paula sah, waren die großen und gespannten Augen ihrer Freundin.

»Ach Lina, du freust dich ja noch mehr als ich.«

»Abwarten! Jetzt sieh dich doch endlich mal in deinem Zimmer um und starr mich nicht so neugierig an!«, wurde ihr in lachendem Tonfall befohlen. Paula musste nicht lange suchen. An ihrer Wand hing ein riesiges Filmplakat. Gregory Peck fuhr mit Anzug und roter Krawatte auf einer hellblauen Vespa durch Rom. Hinter ihm saß die glücklich strahlende Audrey Hepburn und klammerte sich fest an ihn.
Paula war entzückt: »Du bist die Beste! Ganz ehrlich! Wusstest du eigentlich, dass Audrey für ihre Hauptrolle einen Oscar bekommen hat? Ich liebe diesen Film!«

»Ach ne, da wär ich ja nie drauf gekommen«, scherzte Lina. »Es sei denn, ich hätte ihn schon ein dutzend Mal mit dir sehen müssen.«

»Du bist toll! Dich gebe ich nie wieder her!«

»Musst du auch nicht. Mein Leben gehört ganz dir«, beteuerte Lina theatralisch. »Naja, obwohl, sorry Paula«, druckste ihre Freundin herum, »es tut mir unendlich leid, aber ich muss jetzt gleich direkt wieder los. Meine Mutter braucht mich und du weißt ja wie sie ist.«
Paula fiel die Kinnlade herunter.

»Wie, du willst jetzt schon gehen?«

»Ich will nicht, ich muss!«
Paula hatte Mühe, ihre Enttäuschung zu verbergen. Tränen schossen ihr in die Augen. *Jetzt reiß dich zusammen. Es ist kein Drama, wenn du deinen sechzehnten Geburtstag alleine feiern musst! Die Welt geht davon nicht unter!*, versuchte sie sich selbst zu trösten.

»Ok, aber du bist Schuld, wenn ich morgen nicht in die Schule kommen kann, weil ich die ganze Torte alleine aufgegessen habe und mit Magenkrämpfen im Bett liege«, versuchte es Paula mit einem Scherz.

»Du musst mir nichts vorspielen. Mir tut es ja auch leid, dass ich nicht mit dir feiern kann. Ich hatte mich schon so darauf gefreut, mit dir Torte essend auf dem Bett zu liegen und zur Abwechslung mal ‚Ein Herz und eine Krone' anzusehen.«
Vor der Haustür nahm Lina sie fest in den Arm und flüsterte ihr ins Ohr: »Ich wünsche dir einen wunderschönen Geburtstag, den du nie vergessen wirst!«
Paula sah sie irritiert an. Mehr als ein verwirrtes: »Dankeschön!«, brachte sie nicht über ihre Lippen. Dann öffnete sie die Tür und Lina verschwand.

Plötzlich brach das ganze letzte Jahr mit einem Schlag über ihr herein. Weinend saß Paula am Esstisch und sah zu, wie ihre Tränen auf die liebevoll gefaltete Serviette tropften und sie langsam einweichten.
Draußen hörte sie eine Hupe. Dann noch einmal. Paula reagierte nicht. Wieder wurde gehupt. Dieses Mal etwas länger. Paula putzte sich die Nase. Jetzt wurde das Hupen langsam aufdringlich. Paula ging zum Fenster.

Auf der Straße entdeckte sie Julian mit einem breiten Grinsen im Gesicht.

Julian

Paula war ihm weinend um den Hals gefallen, was Julian prompt ein schlechtes Gewissen bescherte. Vielleicht hätte er doch mit offenen Karten spielen und sie nicht in dem Glauben lassen sollen, dass sie ihren Geburtstag mutterseelenallein verbringen musste.

Paula wollte seinen Hals gar nicht mehr loslassen.

»Julian, was machst du hier? Ich dachte, du bist mit Yvonne in Düsseldorf? Und wo warst du überhaupt heute Morgen?«

Julian fiel nichts Besseres ein, sie zum Schweigen zu bringen, als sie mitten am Bürgersteig heiß und innig zu küssen. Er spürte, wie sich ihre Traurigkeit Stück für Stück in Luft auflöste und einem leisen Begehren zu weichen schien. Sie schmiegte sich an ihn und schien völlig vergessen zu haben, wo sie sich gerade befanden.

»Paula, Stopp!«, versuchte er es leise und schweren Herzens, doch Paula reagierte nicht. Erst als er ihre Hände fasste und langsam von seinem Hals löste, sah sie ihm fragend in die Augen.

»Hey, Geburtstagskind. Dafür haben wir noch so viel Zeit! Willst du dir denn gar nicht dein Geschenk ansehen?«

»Ein Geschenk? Wo?«, fragte Paula aufgeregt und sah sich suchend um.

Julian musste lachen. Wie hatte sie sein Geschenk übersehen können? Paula hatte die Tür aufgerissen, war die Stufen hinuntergerannt und hatte sich in seine Arme geworfen, ohne nach links und rechts zu sehen.

Die letzten Tage hatte er sich in der Schule kaum konzentrieren können, weil er sich so sehr auf diesen Moment

gefreut hatte, in dem er seiner geliebten Paula sein Geschenk überreichen würde. Er spürte, wie ihm die Röte ins Gesicht stieg. Inständig hoffte er, dass seine Überraschung sie überwältigen würde.
Julian beobachtete Paula ganz genau, als sie endlich bereit war, ihren Blick von ihm zu lösen und sich neugierig umzusehen.
Ihr Staunen stand ihr ins Gesicht geschrieben als sie aufgeregt fragte: Julian, von wem hast du dir denn die schöne Vespa ausgeliehen? Ich dachte, du magst keine Roller? Und ganz sicher nicht in himmelblau. Wohin geht denn der Ausflug«, fragte sie noch immer völlig ahnungslos.
Julian grinste breit. Sie hatte es noch immer nicht verstanden. »Komm her!«, bat er sie, nun selbst aufgeregt. »Mach deine Hand auf!«
Behutsam legte er einen Schlüssel hinein, der an einem silbernen Herzanhänger hing, auf den er ihre beiden Initialen hatte eingravieren lassen.
Warum er plötzlich so unsicher wurde, konnte er sich selbst nicht erklären. Noch nie hatte er jemandem so deutlich seine Liebe gezeigt. Er wusste, er war noch jung, doch mit derselben Gewissheit wusste er auch, dass Paula diejenige war, mit der er alt werden wollte. Er konnte und wollte sich keine andere an seiner Seite vorstellen.
Jetzt stand er wie ein kleiner Junge vor ihr und wartete auf ihre Reaktion. Doch diese fiel etwas anders aus, als er erwartet hatte.
Tränen! Paula stand einfach da und weinte.
Julian wusste erst nicht, was er tun sollte, bis er sie schließlich zärtlich in seine Arme nahm und sie zurück ins Haus führte.

»Hey, Liebes, was ist los?«

»Ach Julian, ich bin einfach so glücklich!«

Julian war erleichtert. »Wirklich? Und ich dachte schon, ich hätte etwas falsch gemacht!«

»Ach Unsinn! Eine Vespa, du verrückter Kerl! Ist die wirklich für mich? Du spinnst!«, sagte sie, während sie in ihrer Hosentasche nach einem Taschentuch suchte. »Das ist das schönste Geschenk, das ich jemals bekommen habe«, schluchzte sie und sah sich den Schlüsselanhänger etwas genauer an. Sie strahlte ihn an: »Du liebst mich, stimmt's?«

»Und wie«, lächelte er zurück.

Sie nahm ihn an der Hand und zog ihn das Treppenhaus hinauf: »Ich habe übrigens auch ein Geschenk für dich!«

»Hallo? Heute ist dein Geburtstag, nicht meiner.«

»Das stimmt. Eigentlich ist es ja ein Geschenk für uns beide«, lächelte sie, öffnete die Tür zu ihrem Zimmer und begann damit, ihre Bluse langsam aufzuknöpfen.

Und wieder wusste Julian nicht, was er tun sollte. Jedes Mal wenn er mit ihr alleine war, wurde es schwerer für ihn, sich zu beherrschen und jedes Mal, wenn sie ihm zeigte, wie sehr sie sich nach ihm sehnte, wies er sie sanft zurück. Dabei begehrte er sie schon so lange.

Schon vom ersten Augenblick an, als er alleine mit ihr im Wald spazieren gegangen war und sie ihm die Schönheit der Natur gezeigt hatte, war er von ihr fasziniert gewesen. Ihre fröhliche und begeisternde Art hatte ihn angesteckt, ja sogar verändert. Auch er sah heute jeden Sonnenuntergang, den Tau früh morgens auf den Feldern und selbst den Reif auf dem Dach des Bäckerladens mit anderen Augen.

Paula hatte die Gabe, die schönen Dinge im Leben wahrzunehmen, über die so viele Menschen hinwegsahen. Sie machte ihm seine eigene kleine Welt noch einmal ganz neu bewusst. Das war es, was er so an ihr liebte. Wenn sie versunken in ihrem kleinen Fotolabor im Keller stand und sich wie ein kleines Kind darüber freute, wenn es ihr gelungen war, die Abenddämmerung und ihre ganz besondere Stimmung auf einem Foto einzufangen – oder ihre Freundin Lina, wie sie an einem Baum gelehnt auf einem Grashalm herumkaute und versonnen in den Himmel blickte. Ja, Paula war eine begnadete Fotografin. Sie sollte unbedingt mehr daraus machen.

Paula hatte ihre Bluse ausgezogen und aufs Bett geworfen. Julian war wie verzaubert. Langsam ging er auf sie zu und nahm ihr wunderschönes Gesicht in seine Hände. Hellbraune Augen sahen ihn zärtlich an. Er beugte sich zu ihr hinab und küsste sie auf die Stirn, wanderte weiter zu ihrer Nasenspitze und weiter bis zu ihrem Mund. Paula erwartete ihn bereits. Ihr Mund hatte sich für seine Zunge geöffnet. Wie sehr er ihren Geschmack liebte.
Während sie zitternd versuchte, die Knöpfe an seinem Hemd zu öffnen, wanderten Julians Hände über ihre Schultern den Rücken hinunter. Etwas unbeholfen öffnete er ihren BH. Überwältigt von dieser Schönheit nahm er ihre Hand und zog sie hinter sich her. Gemeinsam ließen sie sich lachend auf ihr Bett fallen.
Wie gerne er mit ihrem offenen Haar spielte, während sie in dem seinen kraulte. Ihr Nacken hatte es ihm besonders angetan. Er liebte es, wenn sie ihren Kopf zur Seite drehte und ihren wunderschönen langen Hals offenbarte. Vorsichtig küsste er sie, knabberte an ihrem Ohrläppchen. Paula entwich ein leises Stöhnen – oder war es seiner eigenen Kehle entronnen? Seine Hose spannte, als Paula ihre Beine fest um ihn schlang.
Er wollte mehr, als sie zu küssen, mehr als an ihren wunderschönen und vollen Brüsten zu spielen – er wollte mit ihr eins werden, weil sie die Richtige für ihn war. Es würde keine andere außer Paula Rubens für ihn geben. Er wollte einfach mehr ...
Doch trotz seiner tiefen Sehnsucht hatte er sich geschworen, erst dann mit ihr zu schlafen, wenn sie auch wirklich bereit dazu war. Auch wenn ihre Leidenschaft eine andere Sprache sprach, so wusste Julian doch, wie verletzlich Paula noch immer war. Wie groß der Kummer war, den sie

noch immer über den Verlust ihres Vaters empfand – ganz besonders heute, an ihrem sechzehnten Geburtstag.
Er wollte das Geschenk, das sie ihm mit ihrem Körper machen wollte, erst auspacken, wenn der Schmerz vorüber war und sie wieder von Herzen lachen konnte.
Paulas Haut glühte, während sie ihn anlächelte und seine Brust streichelte. Die Begierde nach ihr wuchs so stark, dass er sich plötzlich selbst nicht mehr vertraute. Sie hatte ja keine Ahnung, wie schwer es ihm fiel, ihr diesen letzten Schritt, nach dem sie sich beide so sehr sehnten, zu verweigern. Und eigentlich wollte er das auch gar nicht.

Dann stand plötzlich und völlig unerwartet seine Rettung unten in der Haustür:

»Paula, Schätzchen, ich bin wieder da. Ich hoffe, ihr habt noch etwas Torte übrig gelassen. … Wem gehört denn die blaue Vespa vor der Tür?«

Heute

Paula

»Und? Wie war's? Was hat er gesagt? Wie lange darf ich mich noch um Sie kümmern?«, fragte Schwester Astrid neugierig, zog sich den Stuhl näher an Paulas Bett und sah sie mit großen Augen an.
Sie ist wirklich hübsch und bestimmt der Schwarm aller Ärzte hier im Haus. Ihr Mann wird es sicher nicht leicht haben, dachte Paula.

»Jetzt machen Sie schon. Ich habe nicht ewig Zeit«, drängelte die Schwester in ungeduldigem Ton.

»Na gut, tausche alle Informationen gegen einen Schokopudding«, war ihre belustigte Antwort.

»Einverstanden! Aber erst will ich wissen, ob die Infos auch wirklich einen Pudding wert sind.«
Eine Stunde später türmten sich auf ihrem Tablett zwei Kaffeetassen, drei Puddingschälchen und zwei Kuchenteller mit Streuselkuchen. Eine weitere Stunde später hatten sie alles aufgefuttert und in Schwester Astrids Handtasche waren zwei von ihnen geleerte Piccolöchen versteckt, die sie heimlich im Krankenhauscafé besorgt hatte. Paula genoss die Zeit mit ihrer neuen Bekanntschaft.

»Und du hast nach dem Abiball nie wieder mit ihm gesprochen? Glaubst du nicht, er hat nach all den Jahren eine zweite Chance verdient?«
Nach dem zweiten Glas Sekt hatte Paula ihrem Besuch das ‚Du' angeboten, worauf Astrid nur geantwortet hatte:

» … und ich dachte, du fragst nie!«

»Eine zweite Chance? Astrid, ich habe wirklich lange gebraucht, um Julian Heinbach zu vergessen und mein Leben ohne ihn zu leben. Ich weiß nicht, ob ich das noch einmal überstehen würde. Sieh mich doch an!«

»Das tue ich! Und deshalb denke ich, dass du unbedingt einen Mann in deinem Leben brauchst! Und wenn dich deine eigenen Beine gerade nicht tragen wollen, dann brauchst du eben einen, der dich auf Händen trägt«, war ihre logische Schlussfolgerung. »Mir würden da übrigens auf Anhieb gleich zwei für dich einfallen. Dir nicht?«, forschte Astrid in ihrem Gesicht nach.

Paula musste nachdenken. Das Gespräch eben mit Doktor Hommrighausen, oder Doc George, wie Astrid ihn zu nennen pflegte, hatte ihr gutgetan. Er hatte aber auch eine Art an sich, Dinge aus ihr herauszukitzeln, die sie lieber für sich behalten hätte. Ihr Privatleben ging niemanden etwas an. Das hatte sie vor Jahren schon entschieden. Sie interessierte sich ausschließlich für die Lebensgeschichten ihrer Brautpaare – und die hatten immer ein Happy End und mündeten in einer wunderschönen Hochzeit, die Paula dann auf ihren Fotos festhalten durfte.

Aber dem Doc hatte sie seltsamerweise alles anvertraut. Den Verrat ihres Vaters, den Verrat Julians, den Verlust ihrer besten Freundin Lina, die bis heute nicht aus den USA zurückgekehrt war, bis hin zu ihrer Mutter, die sie so bitterlich vermisste.

Besonders lang hatte er sich allerdings bei der Frage aufgehalten, was genau sie so sehr an Julian Heinbach fasziniert hatte und ob sie die Gefühle beschreiben könne, die sie heute für ihn hegte.

Es war ihr schwergefallen, ihm eine Antwort zu geben – das in Worte zu fassen, was sie für Julian empfand. Wie sollte sie das auch wissen. Sie war schließlich selbst davon überrumpelt worden, dass ihre Beine sie nicht mehr hatten tragen wollen, als sie ihn gestern überraschend wieder-

gesehen hatte. Das sagte wohl alles.
Scheinbar hatte sie die Trennung bis heute nicht überwunden, obwohl sie diejenige gewesen war, die von heute auf morgen jeglichen Kontakt zu ihm abgebrochen hatte. Und dennoch, so hatte sie es dem Doc erzählt, konnte sie sich nicht vorstellen, jemals wieder eine Beziehung mit Julian Heinbach zu führen.
Diese Entscheidung schien ihm gefallen zu haben, denn er sagte: »Das ist ein sehr weiser Entschluss, den ich aus medizinischer Sicht absolut befürworten würde. Ich werde Ihnen gerne dabei behilflich sein und die Schwestern anweisen, ihn auf keinen Fall in Ihre Nähe zu lassen. Einverstanden?«

»Einverstanden!«

»Hallo, Erde an Paula! Dir nicht?«

»Was, mir nicht?«, Paula war in Gedanken noch immer bei Doktor Hommrighausen.

»Na, ob dir keine zwei Männer einfallen, die für dich infrage kommen«, wiederholte Astrid ihre Frage.

»Ach, du spinnst ja. So ein Unsinn. Ich brauche keinen Mann um glücklich zu sein. Das hat bisher auch ohne wunderbar geklappt und das wird es auch wieder, sobald ich dieses verflixte Krankenzimmer verlassen kann.«

»So so, wer's glaubt wird selig.«

»Und wer soll überhaupt der zweite sein?«

»Das fragst du mich jetzt nicht im Ernst! Oder ist es ein Zufall, dass du mich gebeten hast, mir vor deinem Therapiegespräch deinen Spiegel und dein Schminktäschchen zu reichen?«, klärte sie Astrid mit einer rhetorischen Frage auf. »So, junge Frau, und jetzt muss ich aber schleunigst nach Hause. Ich habe nämlich, im Vergleich zu dir, einen Mann zu Hause, der auf mich wartet.«

Zurück blieb eine verdutzte und sprachlose Paula Rubens.

Philipp

Wie gut, dass Philipp fast das halbe Siegerland kannte. So auch Artur Eichen, mit dem er dienstags und donnerstags gemeinsam bei der TSG Adler-Dielfen in der Alt-Herren-Mannschaft Fußball spielte und dessen Frau zufällig Standesbeamtin in Netphen war.
Monika Eichen hatte einen guten Ruf. Sie war bekannt dafür, die Trauungen immer sehr persönlich und liebevoll zu gestalten. Sie war so begehrt, dass sie sich vor Anfragen, mittlerweile sogar aus den Nachbarstädten und Gemeinden, kaum noch retten konnte und daher oft sogar samstags im Einsatz war.
Sehr beliebt war bei den Heiratswilligen die restaurierte Wasserburg in Hainchen, mit einem gemütlichen Trauzimmer, dem alten Gemäuer und einem herrlichen Gelände drum herum. Letztes Jahr war er dort bei einem Kol-legen zur Trauung eingeladen und hatte Frau Eichen in Aktion erlebt. Er war von ihrer Herzlichkeit überrascht und begeistert gewesen. Hoffentlich war sie auch heute noch genauso herzlich, obwohl er sie an einem Sonntag ins Rathaus gelockt hatte.
Er bog an der Kreuzung in Netphen hinter der Bushaltestelle ab und fuhr sofort wieder rechts direkt vor das Rathaus. Der Parkplatz war wie leergefegt.
Wenigstens ein Vorteil, dass heute Sonntag ist, dachte er.
Frau Eichen stand schon vor dem Eingang und wartete auf ihn.

»Ach du Schreck, wie sehen Sie denn aus?«

»Alles halb so wild«, entgegnete er tapfer, obwohl ihm der Schmerz noch immer die Schuhe auszog.

Gemeinsam gingen sie hinein. Er folgte ihr bis zu ihrer Bürotür, die mit einem pinkfarbenen Streifen versehen war und auf dem in Großbuchstaben das Wort ‚Standesamt' geschrieben stand. Einen kurzen Moment erinnerte er sich daran, wie er vor fünf Jahren selbst im Rathaus in Siegen geheiratet hatte. *Ich sollte unbedingt mal wieder Blumen mit nach Hause bringen.*

»Es ist wirklich nett von Ihnen, dass Sie extra für mich hierher gekommen sind!«, bedankte er sich.

»Artur meinte, es sei ein Notfall und sie bräuchten dringend Hilfe. Er hat sogar die Begriffe ‚Leben und Tod' genannt«, sagte sie und sah ihn prüfend an.

Philipp bekam ein schlechtes Gewissen. Er hätte vielleicht nicht so übertreiben sollen, aber er wollte Julian unbedingt diesen Gefallen tun. Während er noch an den richtigen Worten suchte, um sich zu entschuldigen, sah er, wie sich auf dem Gesicht der Standesbeamtin leichte Lachfältchen um die Mundwinkel herum bildeten.

»Schon gut, Herr Fries. Sie werden ganz sicher einen triftigen Grund dafür haben, dass wir jetzt hier sind. Also raus mit der Sprache, was wollen Sie wissen?«, fragte sie und fuhr dabei den Computer hoch.

Philipp war erleichtert.

»Paula Rubens, sagten Sie? Wenn sie hier in die Grundschule gegangen ist, liegt die Vermutung sehr nahe, dass ihr Ehe- und Familienregister bei uns in Netphen geführt wird. Wie lauten die Vornamen der Eltern?«

»Gabriel und …«, Philipp musste in seinen Erinnerungen einen Moment lang nach dem Vornamen von Paulas Vater suchen und antwortete dann: » … und Lothar.«

»Dann wollen wir mal sehen.«

Philipp wartete gespannt.

»Aha, hier haben wir sie ja. Einen Moment, jetzt noch das Eheregister der Eltern und wir haben alles, was wir brauchen.«

Philipp sah zu, wie die Finger von Monika Eichen über die

Tastatur flogen, als hätte sie nie etwas anderes in ihrem Leben getan.

»Und?«, fragte er ungeduldig.

»Ihre Paula ist und war weder verheiratet noch ist sie geschieden. Eine Lebenspartnerschaft wurde auch nicht eingetragen. Was aber nicht unbedingt etwas heißen muss. Die wenigsten lassen ihren Partner offiziell bei uns ins Register eintragen«, erklärte sie geduldig. »Geschwister hat sie keine und ihre Eltern, … einen Moment bitte, … die Ehe der Eltern wurde vor zweiunddreißig Jahren bei uns in Netphen geschlossen, aber vor acht Jahren aufgelöst.«

»Sie scheint leider keinerlei Angehörige zu haben.« Frau Eichen sah Philipp mitfühlend an. »Es ist nicht das, was sie hören wollten, richtig?«

Philipp gab noch nicht auf: »Leben ihre Eltern noch?«

»Das tut mir leid, Herr Fries. Auf diese Daten habe ich leider keinen Zugriff. Das Sterberegister wird immer am letzten Wohnsitz des Verstorbenen geführt und der war nicht hier bei uns in Netphen. Da kann ich Ihnen leider nicht weiterhelfen.«

Geknickt wartete er, bis Frau Eichen ihren PC heruntergefahren, die Zimmertür abgeschlossen und ihn bis zum Ausgang begleitet hatte.

»Ich danke Ihnen sehr für Ihre Mühe, Frau Eichen. Sie haben etwas gut bei mir!«, verabschiedete er sich.

»Ach was, scheuchen sie meinen Artur beim nächsten Training einfach zweimal mehr um den Platz, dann habe ich auch was davon«, lachte sie und stieg in ihren Wagen.

Philipp hatte sich mehr erhofft. Er hätte Julian gerne weitergeholfen. *Aber vielleicht kann ich das ja,* überlegte er. *Julian wird sich bestimmt freuen zu hören, dass Paula nie geheiratet und wahrscheinlich auch keinen Lebensgefährten hat. Das ist doch schon mal was!,* war Philipp plötzlich besser gelaunt.

Er war schon auf dem Weg, um über Deuz nach Niederdielfen zu fahren, als ihm etwas einfiel. Er setzte den Blinker, fuhr auf den Seitenstreifen, drehte und machte sich auf den Weg zurück nach Netphen. An der Tankstelle kaufte er einen bunten Strauß Blumen – er hatte etwas gut zu machen – und fuhr endlich gut gelaunt zu seiner Frau nach Hause. Philipp freute sich auf einen gemütlichen Abend mit einem guten Glas Merlot und einem mindestens genauso guten Tatort, wobei letzteres in den Wochen zuvor wohl eher die Ausnahme gewesen war.

»Hallo Schatz!«, rief er schon an der Tür. »Bist du da?« Sie brauchte nicht zu antworten. Er roch, dass sie zu Hause war. Das gemütliche Haus mitten in der Ortsmitte von Niederdielfen duftete nach einer Mischung aus ihrem Duschgel und dem Parfum, das er ihr letztes Weihnachten für viel Geld in der Parfümerie in der Bahnhofstraße gekauft hatte. Sie schien ihm nicht böse zu sein. Philipp fiel ein Stein vom Herzen.

Sie hatte eindeutig eine Erklärung verdient und die würde er ihr auch geben. Täte seine Nase nicht so verdammt weh, er hätte heute Abend noch ganz andere Sachen mit seiner Frau vor.

Er öffnete die Tür zum Wohnzimmer und trat leise ein. Im Hintergrund lief die CD von Michael Bublé, die er so gern hörte, auf dem Tisch stand eine Flasche Rotwein mit zwei Weingläsern. Auf dem Sofa lag seine Frau – in fast durchsichtigen und verdammt verführerischen Dessous.

»Äh, ich, … hab ich was verpasst?«, fragte er freudig irritiert.

»Nein, mein Schatz, was solltest du denn verpasst haben? Ich dachte nur, dass du heute ganz sicher keinen Tatort sehen willst, in dem sich geprügelt wird. Obwohl, wer weiß? Vielleicht willst du dir ja noch ein paar Anregungen holen?«, lächelte sie ihn zuckersüß an.

Das also war ihre Strafe für ihn. Seine Frau hatte gebadet, hatte sich zurechtgemacht, roch verführerisch gut und das, weil sie genau wusste, dass ihm heute so ganz und gar nicht nach Sex zumute war.

»Du bist ganz schön gemein, weißt du das?«

»Ich weiß, mein Schatz, aber das hättest du dir vorher überlegen sollen, bevor du dich im Krankenhaus prügelst.«

So war sie. Schon immer hatte sie unkonventionelle Erziehungsmaßnahmen ergriffen, um ihm und manchmal auch ihren Kollegen, ihr Fehlverhalten deutlich zu machen. Und genau dafür liebte er sie.

Einmal hatte sie sein Leibgericht, Rouladen nach Oma Inges Rezept, für ihn gekocht. Doch als er sich den ersten großen Happen in den Mund geschoben und genüsslich darauf herumgekaut hatte, war ihm sofort klar geworden, dass irgendetwas nicht stimmen konnte. Dafür war ihr Lächeln einen Tick zu breit gewesen. Sie war vom Tisch aufgestanden, in die Küche gegangen und mit einem großen Glas Milch zurückgekehrt. Sein Gesicht musste mittlerweile die Farbe einer Tomate angenommen haben.

Die Überdosis Chili war ihre Art ihm zu zeigen, dass er es nicht noch einmal, wie am Abend zuvor, wagen sollte, sich an der Pommesbude zu bedienen, während sie zuhause mit dem Essen auf ihn wartete.

Obwohl sie heute eindeutig im Unrecht war. Er hatte sich nicht geprügelt. Er hatte noch nicht einmal zurückgeschlagen. Eigentlich sollte sie stolz auf ihn sein.

»Denkst du etwa gerade, dass ich stolz auf dich sein müsste?«, fragte sie amüsiert.

Gedankenlesen konnte sie wohl neuerdings auch.

»Ach, komm her, mein Süßer, setz dich und trink einen großen Schluck. Danach tut dir die Nase bestimmt nicht mehr so weh«, sagte sie und schenkte ihm ein großes Glas Merlot ein. »Ich gehe mal eine Vase holen.«

Sie erhob sich vom Sofa und ließ bewusst die Decke zu Boden fallen. Philipp verschlug es bei ihrem Anblick trotz ihrer fünf Ehejahre noch immer die Sprache. Was hatte er doch für eine sexy Frau geheiratet. Verführerisch lächelnd kam sie mit dem Glas in der Hand auf ihn zu bis sie dicht vor ihm stand.

»Und, Herr Fries? Wie wär's mit uns beiden?«, fragte sie und legte seine Hand auf ihre Brust. »Ich wäre bereit ...«, spielte sie mit ihm. »Nein? Aber Herr Fries? Was ist denn mit Ihnen los? Sie etwa nicht? Ach, schade! Das tut mir aber leid! Vielleicht ja beim nächsten Mal!«

Beim Anblick seiner wohlgeformten Frau von einer tiefen Lust erfasst, antwortete er: »Du kleines Biest!«

Sanft zog er sie an sich und versuchte sie vorsichtig zu küssen, doch seine geschwollene Nase machte ihm einen dicken Strich durch die Rechnung. Sie lächelte ihn belustigt an, nahm ihm den Blumenstrauß ab und drückte ihm das Weinglas in die Hand!

»Ich hoffe, das war dir eine Lehre!«, hauchte sie ihm ins Ohr und verschwand in der Küche.

Diese Strafe habe ich nun wirklich nicht verdient.

Er wollte sich gerade aufs Sofa setzen als seine Frau aus der Küche rief: »Ach übrigens, Schatz, nur so zur Info, falls das den Mann interessieren sollte, dem du diesen Abend zu verdanken hast und den ich vorhin nach Hause geschickt habe. Die Nachtschwester dreht immer um neun und dann wieder kurz vor Mitternacht ihre Runde.

»Astrid, du bist ein Goldschatz!«, rief er zurück, während er in der Hosentasche nach seinem Handy suchte, um Julian anzurufen.

Früher

Julian

»Weißt du was, mein Sohn? Wenn du meinst, unbedingt mit dieser Paula ins Bett gehen zu müssen, geschenkt. Tob dich gerne bei ihr aus! Aber es kann doch wohl nicht dein Ernst sein, dass du mit dieser, dieser …!«

»Sie heißt Paula, Mama, immer noch! Paula ist der Name meiner festen Freundin, mit der ich jetzt seit drei Jahren zusammen bin – trotz all der vergeblichen Versuche meiner fürsorglichen Schwester, uns auseinander zu bringen«, antwortete Julian bestimmt.

»Wie dem auch sei! Du wirst auf keinen Fall mit dieser Paula zum Abiball gehen. Was denkst du dir überhaupt dabei? Du bist ein Heinbach! Trägst du denn nicht einen Funken Familienehre in dir? Und wo ist überhaupt dein Vater?«

Yvonne Heinbach war laut geworden. *Kann sie nicht einfach wieder auf Reise gehen und mit ihren Freundinnen Geld ausgeben und mich in Ruhe lassen?*, dachte Julian und schämte sich gleichzeitig für diesen Gedanken.

Nicht umsonst verbrachte er so viel Zeit bei Paula und ihrer Mutter. Gabi war so ganz anders. Sie war genau so, wie man sich eine Mutter vorstellte. Warmherzig und immer darauf bedacht, dass es Paula gut ging. Sie hatte auch ihn fest in ihr Herz geschlossen und ließ ihn spüren, wie glücklich sie darüber war, dass er noch immer mit ihrer Tochter befreundet war – und das, obwohl sie Dahlbruch hatten verlassen müssen und in eine kleine Wohnung nach Siegen auf den Fischbacherberg gezogen waren.

»Kein Problem, ich kann Papa schnell holen. Er sitzt im Arbeitszimmer, aber für so ein wichtiges Thema kommt er sicher gerne herunter«, säuselte Viktoria, die plötzlich aufgetaucht war und ihm über die Schulter seiner Mutter hinweg siegessicher zuzwinkerte.

Julian wusste schon jetzt, wie das Gespräch ausgehen würde. Christopher Heinbach war zwar ein intelligenter Mann, der ein Unternehmen mit knapp eintausend Mitarbeitern allein in Kreuztal leitete, doch zu Hause hatte er keine Chance. Seine Frau und seine Tochter hatten ihn fest im Griff. Wenn Julians Oma noch gelebt hätte, wäre sie wahrscheinlich die Dritte im Bunde gewesen, die das ‚Heinbach-Zepter' fest in der Hand hielt.

»Yvonne, was gibt es denn so Dringendes? Du weißt doch, dass ich die Rede vor der IHK heute Abend noch überarbeiten muss.«

»Setz dich!«, kam die kurze Anweisung seiner Mutter. »Viktoria, lass uns allein!«

Julian sah zu, wie seine Schwester schmollend das Wohnzimmer verließ, die Tür aber einen Spalt breit offen gelassen hatte. Er sah es förmlich vor sich, wie sie es sich auf der Treppe gemütlich machte, die Lauscher aufstellte und sich genüsslich die Hände rieb.

»Dein Sohn will mit dieser Paula auf den Abiball gehen. Kannst du ihm das bitte ausreden!«, eröffnete seine Mutter kurzerhand das Gespräch.

»Die beiden sind ein Paar, wo ist das Problem?«, fragte sein Vater verständnislos.

Eins zu null für mich, freute sich Julian etwas zu früh.

»Wo das Problem ist? Christopher, das fragst du mich ernsthaft? Das Problem liegt darin, dass dein Sohn mit einem Mädchen zusammen ist, dessen Vater aus unerfindlichen Gründen in die USA abgehauen ist und dessen Mutter in einer Sozialwohnung wohnt. Denkst du im

Ernst, diese Paula ist der richtige Umgang für deinen Sohn?« Yvonne hatte sich in Rage geredet.

»Jetzt beruhige dich doch erst einmal. Aber du hast natürlich recht. Ich hätte nicht auf Viktoria hören und dem Rubens drüben in der Niederlassung eine Stelle anbieten sollen. Das arme Kind.«

Julian wurde sofort hellhörig.

»Papa, wovon sprichst du? Was soll das heißen, Viktoria hat dich um eine Versetzung von Paulas Vater gebeten?«

»Julian, das geht dich nun wirklich nichts an und außerdem ist das gerade nicht das Thema!«, entschied seine Mutter. Damit war das Thema Lothar Rubens für sie beendet.

»Fakt ist, diese Paula ist kein guter Umgang für deinen Sohn!«, wandte sie sich wieder seinem Vater zu. »Weißt du eigentlich, dass er regelmäßig seinen Cellounterricht ausfallen lässt, nur, um bei dieser Gör und ihrer Mutter zu hausen?«

Julian wurde langsam wütend. Er liebte Paula und ließ ganz sicher nicht zu, dass seine eigene Mutter so über seine Freundin sprach. Er wollte gerade intervenieren, als sein Vater das Wort ergriff.

»Julian, gibt es denn nicht ein anderes nettes Mädchen auf deiner Schule, mit der du zum Ball gehen könntest?«

Julian sah ihn entsetzt an, unfähig ihm zu antworten. Es tat weh, dass sich sein Vater mal wieder hinter seine Mutter und gegen ihn stellte – und das gegen seine eigene Überzeugung.

»Genau, was ist denn mit dieser Leonie? Wäre die nicht etwas für dich?«, sprang seine Mutter sofort auf den Vorschlag an.

»Du meinst die Tochter des Arztes aus der Klinik in Hilchenbach?«, wollte sein Vater wissen.

»Genau! Er ist zwar nur Oberarzt, aber immerhin kein Sozialhilfeempfänger.«

»Yvonne, bitte.«

»Ist doch wahr! Julian, jetzt sag doch auch mal was!«
Julian fehlten die Worte. Er konnte nicht glauben, was er da hörte. Dass seine Mutter so war wie sie war, das wusste er. Aber sein Vater? Hatte er wirklich nicht mehr Rückgrat, um sich hinter seinen Sohn zu stellen? War seine eigene Mutter nicht Zahnarzthelferin gewesen, bevor sie sich kennengelernt hatten? Hatten sie das tatsächlich beide vergessen?
Langsam erhob er sich von seinem Stuhl, sah seine Eltern tief enttäuscht an und ging wortlos an ihnen vorbei zur Tür.
»Julian, wenn du jetzt gehst …!«, hörte er seine Mutter hinter ihm herrufen. »Entscheide dich! Diese Paula, oder wir!«

Diese Entscheidung wird mir ganz sicher nicht schwer fallen!, dachte Julian traurig.

Viktoria

»Wir müssen uns unbedingt etwas einfallen lassen! Meine Mutter hat absolut recht! Wie kann mein Bruder bloß auf die Idee kommen und mit dieser Paula auf den Abiball gehen wollen? Kann mir mal jemand erklären, was die an sich hat, was Julian so an ihr fasziniert? Ich will diese Ghetto-Braut auf keinen Fall eines Tages als Schwägerin in die Familie aufnehmen.«

»Vicki, jetzt übertreibst du aber wirklich! Es ist doch nur der Abiball – und meinst du nicht, du hast schon genug Schaden angerichtet? Schließlich musste sie wegen dir die Schule wechseln. Sie hat genug gelitten. Gönn ihr doch bitte wenigstens den Ball!«

Viktoria musste lachen. Es war ein kaltes Lachen.

»Ja, das war wirklich ein Geniestreich von mir, aber dass sie die Schule verlassen musste, das hat sie eindeutig ihrem Vater zu verdanken. Vielleicht wäre ich etwas gnädiger mit ihm gewesen, hätte er mich nicht so eiskalt abblitzen lassen.«

Ihr kamen wieder die Bilder von Paula in den Sinn, wie sie wochenlang mit verheulten Augen in die Schule gekommen war. Sie hätte ihr fast leidgetan – doch nur bis zu dem Moment, an dem sie feststellen musste, dass der Schuss nach hinten losgegangen war.

Dabei hatte sie so lange an ihrem Plan gefeilt und die Fotos, die Svenja geschossen hatte, waren Gold wert gewesen. Besser hätte es eigentlich nicht laufen können. Man konnte Paulas Vater eindeutig in den Armen einer nackten jungen Frau mit langen blonden Haaren erkennen, die sich hingebungsvoll an ihn schmiegte.

Viktoria konnte sich noch gut an das Gespräch erinnern, das sie eine Woche später an der Talsperre mit ihm geführt hatte. Sie hatte ihn auf seiner Laufstrecke abgepasst. Er hatte erst nicht stehen bleiben wollen.

»Ich habe hier etwas, das Sie unbedingt sehen sollten«, hatte sie hinter ihm hergerufen.

Widerwillig hatte er kehrtgemacht und sich ungläubig die Fotos angesehen, die sie ihm vor die Nase gehalten hatte.

»Was soll das?«

»Jetzt seien Sie doch kein Spielverderber. Können Sie sich das nicht denken?«

»Nein, das kann ich nicht!«, war seine erboste Antwort gewesen. »Lass mich gefälligst in Frieden!«

»Hm, das mache ich gerne. Aber erst, wenn Sie mit Ihrer Familie das Siegerland verlassen haben.«

Lothar Rubens hatte sich verschluckt und einen Hustenanfall bekommen.

»Habe ich da etwa jemanden leicht verunsichert?«, hatte sie zynisch gefragt.

»Du kleines freches Blag. Wie kommst du bitte auf so eine absurde Idee? Wieso sollte ich mich von dir mit diesen Fotos erpressen lassen? Wer bist du überhaupt?«

»Wer ich bin? Ich bin die noch minderjährige Tochter deines Arbeitgebers, mit der du dich, wie man unschwer erkennen kann, gerne im Wald vergnügst«, hatte sie aufgetrumpft.

Lothar Rubens hatte sie nur schweigend angesehen und die Welt nicht mehr verstanden. Endlich schien er begriffen zu haben, dass sie ihn in der Hand hatte.

»Wem wird mein Vater, oder noch besser, die Polizei, wohl eher glauben?«, fragte sie süffisant. »Hier ist mein Vorschlag: Wir vergessen das Ganze und ich besorge dir eine schöne Arbeitsstelle am Ende der Welt! Ich bin ja kein Unmensch. Zufällig weiß ich, dass in Texas die Stelle des Geschäftsführers für unsere Niederlassung frei wird. Na, wäre das nichts?«

Noch immer war Paulas Vater nicht in der Lage gewesen, ein Wort zu sagen. Er hatte sie nur angewidert angesehen und war dann im Höchsttempo weggerannt.
Na, wenn das mal keine Rekordzeit wird.
Es hatte nur wenige Wochen gedauert, da hatte sie ihren Vater so weit bearbeitet, dass er Lothar Rubens die Stelle angeboten hatte – allerdings mit dem Hintergedanken, dass er Paulas Vater und seiner Familie einen großen Gefallen mit der Beförderung tat.

»Überleg doch mal, wie gut Paula Englisch sprechen kann, wenn sie nach ein paar Jahren zurück kommt und Julian in der Firma unterstützen wird. Das kommt doch auch uns zugute«, hatte sie gesäuselt.
Tja, leider hatte ihr perfider Plan nicht zu dem von ihr gewünschten Erfolg geführt: Paula und ihre Mutter lebten noch immer im Siegerland, während Vater Rubens in Texas Karriere machte.
Viktoria war fälschlicherweise davon ausgegangen, dass ihr Bruder die Beziehung nach ein paar Wochen beenden würde. Wer hatte schon Lust, seine Zeit mit einer dauerverheulten Freundin zu verbringen. Doch sie hatte sich getäuscht. Das Band zwischen den beiden war noch fester geworden. Julian verbrachte mittlerweile mehr Zeit bei ihr am Fischbacherberg als in seinem luxuriösen Zuhause. *Muss Liebe schön sein!*
Es war langweilig geworden. Ihre Mutter war ständig unterwegs, ihren Vater sah sie abends nur kurz vorm Schlafengehen und jetzt musste sie auch noch auf ihren Bruder verzichten. Sie hatten sich zwar nie gut verstanden, aber dass eine andere Besitzansprüche an ihn und somit auch an die Firma stellte, das musste unbedingt unterbunden werden.

»Bist du nun meine Freundin oder nicht?«, fragte sie Svenja fordernd.

»Natürlich bin ich deine Freundin. Aber es gibt eben auch Grenzen. Und bei dem, was ich da gerade in deinem

Gesicht lesen kann, führst du nichts Gutes im Schilde!«, antwortete Svenja tapfer.

»Ach Süße, wie gut du mich doch kennst«, säuselte Viktoria, »und jetzt lass uns in die City-Galerie nach Siegen fahren, ich brauche dringend eine Ablenkung!«

»Einverstanden!«, gab ihre Freundin auf und schaute auf die Uhr. In ungefähr acht Minuten kommt der Bus.«

»Bist du verrückt? Ich bestelle uns ein Taxi!«

Heute

Julian

Julian wollte nicht nach Hause. Er hatte keine Lust, sich Simone zu erklären. Sie war vorhin schon sauer auf ihn gewesen, weil er sie von Freudenberg zum Krankenhaus nach Weidenau beordert und dann sofort wieder nach Hause geschickt hatte.
Auf dem Weg zu seinem Wagen, den er auf dem kleinen Parkplatz an der Weidenauer Straße gegenüber dem Krankenhausparkhaus abgestellt hatte, hörte er fröhliches Lachen.
Er erinnerte sich schmerzhaft daran, wie er gemeinsam mit Paula auf einer ihrer Roller-Touren in der Schwarzen Ziege am Fuße des Haardter Berges im Biergarten unter einer großen Trauerweide gesessen hatte. Paula hatte eine Altbierbowle bestellt, er eine Cola. Was waren das für schöne Zeiten gewesen. Was hatten sie gelacht, unter dem Tisch Händchen gehalten und sich von ihrer Woche erzählt.
Glücklich waren sie gewesen.
Julian ging durch die Unterführung auf die Schwarze Ziege zu und fand einen freien Tisch.

»Was darf ich Ihnen bringen?«, fragte die junge Bedienung freundlich.

»Eine Cola!«

»Und? Darf es sonst noch etwas sein?«

»Nein!«, antwortete er kurz und knapp.

Ihm war schlichtweg nicht nach Konversation zumute. *Was bildet sich dieser Arzt eigentlich ein? Erst schmeißt mich diese Schwester Astrid aus dem Krankenhaus, dann fängt mich der schnöselige ‚Halbgott in Weiß' mit seinem zahnseideweißen Grinsen ab und verbietet mir, Paula wiederzusehen.*

»Eigentlich dürfte ich ja gar nicht mit Ihnen über Frau Rubens sprechen«, hatte er ihm gegenüber vertraulich getan.

Dann tun Sie es auch nicht!, hatte er gedacht.

»Sehen Sie, es ist so, Frau Rubens hat eine Schockstarre erlitten und dieses Krankheitsbild geht immer einher mit einem für den Patienten extrem belastenden Ereignis.«

Warum erzählt er mir das alles?

»Können Sie sich denken, warum ich mit Ihnen darüber spreche?«

»Nein!«, antwortete Julian kurz und knapp.

»Naja, die Lähmung ihrer Beine setzte ein, nachdem sie Sie gesehen hat«, erklärte ihm der Arzt geduldig.

»Glauben Sie nicht, dass es da einen Zusammenhang geben könnte?«, hatte er ihn gefragt und dabei durchdringend angesehen.

Julian hatte einen Moment nachdenken und ihm schließlich widerwillig Recht geben müssen. »Vielleicht!«, gab er zu.

Es war ihm etwas peinlich, dem Arzt diese Frage zu stellen, tat es aber trotzdem. Es war eine Frage, die er unbedingt mit ‚Ja' beantwortet haben wollte und musste.

»Kann es denn nicht sein, dass ihr die Beine aus purer Freude darüber, mich wiederzusehen, weggesackt sind?«

»Nein! Das ist unmöglich! So leid es mir tut. Sie sollten Paula endgültig vergessen«, riet er ihm. Obwohl es für Julian eher wie ein Befehl klang. »Freuen Sie sich an der schönen Zeit, die Sie beide miteinander verbracht haben und halten Sie sie fest. Eine gemeinsame Zukunft wird es für Frau Rubens und Sie ganz sicher nicht geben. Das war

ihre eindeutige Aussage. Wie gesagt, es tut mir leid.«
Warum glaube ich diesem Kerl sein ‚es tut mir leid' nicht? Liegt es an dem Leuchten in seinen Augen? An der Art, wie er Paulas Namen ausspricht? Na warte, das wollen wir doch mal sehen. Da muss schon jemand anderes kommen und mir sagen, dass Paula mich nicht sehen will ...
Julian saß über seiner Cola und dachte weiter über Mark Hommrighausen nach. Es passte ihm ganz und gar nicht, dass der Psycho-Doc so viel über Paula, über ihn und über ihre gemeinsame Vergangenheit wusste. Außerdem hatte sie ihm bestimmt auch erzählt, wie es ihr in den letzten Jahren ergangen war, während er selbst keinerlei Ahnung hatte.
Aber so schnell würde er nicht aufgeben. Er zahlte die Cola, gab ein großzügiges Trinkgeld und machte sich auf den Weg zurück zu seinem Auto. Sein Handy klingelte:

» ...«

»Um Neun und um Mitternacht?«

» ...«

»Und wo ist dieser Hintereingang?«

» ...«

»Philipp, warum erzählst du mir das alles?«

» ...«

»Wie, ein Tipp von Schwester Astrid? Was hast du denn mit der zu tun?«

» ...«

»Deine Frau? Na, herzlichen Glückwunsch!«

Julian sah auf seine Uhr. Noch knapp zwei Stunden, dann würde die Nachtschwester bei Paula ins Zimmer sehen und ihr eine gute Nacht wünschen. Wenn Schwester Astrid recht hatte, blieben ihm ganze zweieinhalb Stunden Zeit, um Paula davon zu überzeugen, dass sie ihn unbedingt wieder in ihr Leben lassen musste.
Obwohl er wusste, dass Simone zu Hause mit dem Essen auf ihn wartete, entschied er sich, die Zeit in Siegen zu

vertreiben. Er fuhr in Weidenau bei dem großen Autohaus auf die HTS Richtung Siegen auf und verließ sie kurze Zeit später bei der Abfahrt zur City-Galerie.
Ziellos fuhr er durch die Gegend, bis ihn sein Weg wie von selbst die Oberstadt hinaufführte. Wie er vor den Eingang zum Park des Oberen Schlosses gekommen war, wusste er nicht. Aber hier hatte er damals viel Zeit mit Paula verbracht.
Sie hatte diesen Park geliebt. Auch das alte Gemäuer hatte es ihr angetan. Julian musste daran denken, wie sie stundenlang mit ihrer Kamera zwischen den Blumenbeeten entlang gelaufen war, auf der Suche nach einem gelungenen Foto. Einmal hatte sie sogar ein Pärchen angesprochen und gefragt, ob sie für sie im Innenhof des Schlosses posieren würden. Die beiden hatten sich angesehen und lachend zugesagt. Julian wunderte sich noch heute darüber, wie viel Spaß es ihm gemacht hatte, auf Anweisung von Paula die Reflektoren so zu halten, bis das perfekte Licht auf das Paar gefallen war.
Er war stolz auf seine Paula gewesen und begeistert, als sie ihm eine Woche später das Ergebnis präsentiert hatte. Noch nie hatte er zwei so strahlende Menschen auf einem Foto gesehen. Wieder durfte er erleben, wie es Paula verstand, die natürliche Schönheit ihrer Motive auf einem Foto einzufangen.
Während Julian sich auf den Stufen vor dem Musikpavillon niederließ, der heute ungeschmückt so ganz anders aussah als gestern Nachmittag, wurde er von den Geschehnissen überwältigt. Die Vergangenheit hatte wieder von seinem Herzen Besitz ergriffen. Dabei hatte er doch krampfhaft versucht, Paula zu vergessen.
Wie gerne hätte er sich ihr damals erklärt. Paula hätte wissen müssen, dass er niemals dazu in der Lage gewesen wäre, sie derart zu täuschen und auf solch bösartige Art und Weise zu hintergehen. Bis heute schmerzte es ihn, dass sie ihm dieses Verhalten zugetraut hatte.

Ihm war bewusst, dass es so ausgesehen hatte, als dass nur er der Schuldige gewesen sein konnte – das hatte Viktoria perfekt eingefädelt. Doch er war unschuldig und auch ein Opfer der Intrige seiner großen Schwester – genau wie Paula. Seit dem Abiball hatte er nicht mehr mit Philipp gesprochen und jeglichen Kontakt mit seiner Schwester vermieden – sofern sich das ermöglichen ließ.

Er dachte an Philipp. Philipp und Schwester Astrid – er konnte es noch immer nicht glauben. Wie hatte er sich bloß eine solch hübsche und zugleich resolute Frau angeln können?

Klar, wer bei den beiden der Herr im Hause ist, musste er schmunzeln. *Geschieht dir ganz recht, mein Freund.*

Sein ehemaliger Freund hatte heute alles getan, um ihm zu helfen und zum Dank hatte er ihm eine blutige Nase verpasst. Hatte er überreagiert? Es hatte so verdammt gut getan, all seine Wut in diesen einen Schlag zu legen. Philipp hatte sich nicht gewehrt. Warum nicht?

War das sein ganz persönliches Schuldeingeständnis? Wollte er den Verrat von damals wieder gut machen, in dem er nicht zurückgeschlagen hatte? Als Polizist hätte er ganz sicher alle Möglichkeiten gehabt, ihn mit einem Schlag niederzustrecken.

Trotz allem was geschehen war – so musste Julian sich eingestehen – hatte er sich doch gefreut, ihn wiederzusehen. Philipp hatte sich verändert: er hatte weniger Haare auf dem Kopf, dafür aber einen Vollbart und mindestens zwanzig Kilo mehr auf den Rippen. Sein schelmisches Grinsen trug er allerdings noch immer im Gesicht.

Warum es so viele Jahre gedauert hatte, wusste er nicht, doch plötzlich traf ihn die Erkenntnis, dass er Philipp vielleicht Unrecht getan haben könnte. Er hatte ihm nie die Chance gegeben zu erklären, warum er all die persönlichen und intimen Dinge, die er ihm anvertraut hatte, an Viktoria weitergegeben hatte.

Ausgerechnet an Viktoria, die ihm von klein auf das Leben zur Hölle gemacht hatte, die noch heute eifersüchtig auf ihn war, ohne dass er wusste warum. Sie war Papas Liebling, sie war die hübsche Tochter des Hauses, die sich in den richtigen Kreisen bewegte.
Der Stolz der Firma, die Frau in der Geschäftsleitung, die alle fürchteten und die höchste Gewinne erzielte. Noch nie hatte es einen Grund für sie gegeben, auf ihn eifersüchtig zu sein. Warum also hatte sie mit Philipp an ihrer Seite so systematisch daran gearbeitet, sein Glück zu zerstören?
Bis heute behauptete Viktoria felsenfest, dass sie nichts mit der Sache zu tun hatte, obwohl sie beide wussten, dass das nicht der Wahrheit entsprach. Er würde es wohl nie erfahren …

Philipp war gekommen, als er ihn gerufen hatte. Dazu wäre er keinesfalls verpflichtet gewesen – und doch war er im Krankenhaus aufgetaucht. Julian war ihm etwas schuldig. Er sollte ihm zumindest die Möglichkeit einer Erklärung geben.
Erst recht, da er ihm eben den Tipp mit der Nachtschwester gegeben, und leise, damit seine Frau es nicht hören konnte, ins Telefon geflüstert hatte, dass Paula nicht verheiratet war und vermutlich alleine in ihrer alten Wohnung am Fischbacherberg wohnte.

Wie hatte er das bloß an einem Sonntag herausfinden können?

Früher

Paula

»Oh Paula, so schlimm? Diesen Film siehst du dir doch sonst nur an, wenn es dir so richtig dreckig geht. Was ist los?«, fragte Lina sie besorgt.
Paula konnte nicht in Worte fassen, wie dankbar sie für die Freundschaft mit Lina war. Wie sollte sie jemals ohne ihre Freundin klarkommen? Warum bloß hatte sie sich entschieden, nach dem Abi als Au-Pair Mädchen in die USA zu gehen. Und dann auch noch ausgerechnet nach Texas. Paula hasste dieses Texas. Alles, was ihr lieb und teuer war, verschwand nach Texas. Ob Lina wohl je zurückkehren würde?
Sie war die Einzige aus ihrer alten Schule, zu der sie noch Kontakt hatte. Außer Julian und Philipp natürlich. Trotz ihres strammen Lernplans fürs Abitur und der weiten Entfernung bis nach Siegen, kam Lina sie dennoch regelmäßig besuchen. Und umgekehrt. Seit Paula vor ein paar Wochen achtzehn geworden war und endlich die Drossel aus ihrem schönen alten Roller ausgebaut werden durfte, waren sie fast nur noch zusammen unterwegs.
Lina, Philipp und Julian hatten ihre letzte Abi-Prüfung hinter sich gebracht und genossen zurzeit das Leben, während sie morgens brav zur Arbeit fuhr.
Doch der frühe Abend gehörte dafür ganz ihnen. Gestern waren sie zu viert zur Trupbacher Heide gefahren und Paula hatte dort traumhafte Fotos geschossen. Erst von der

Heidelandschaft, dann vom wolkendurchzogenen Himmel und schließlich von Julian, Lina und Philipp in allen möglichen und unmöglichen Posen. Ihr Gelächter muss man bis runter nach Langenholdinghausen gehört haben.

Ja, das Leben hatte sie zurück und sie war glücklich. Nicht zuletzt, weil es ihrer Mutter auch wieder besser zu gehen schien. Sie hatte die Filialleitung eines hübschen Ladens in der City-Galerie übernommen, in dem es alles zu kaufen gab, was man rund ums Kochen und Backen benötigte. Sie war richtig aufgeblüht und auf der Arbeit ganz in ihrem Element. In der Küche ihrer kleinen Wohnung türmten sich Schneebesen, Schüsseln, Backpinsel und Bratpfannen, die sie gerne selbst ausprobierte, bevor sie sie ihren Kunden empfahl.

Das Lustigste, was ihre Mutter letzte Woche mitgebracht hatte, war ein PiepEi mit Namen Detlef. Man legt es mit den Eiern ins kochende Wasser und wartet, bis Detlef ‚Ich wollt‘ ich wär‘ ein Huhn‘ pfeift, sobald die Eier weichgekocht sind. Für hartgekochte Eier, so hatte ihre Mutter erzählt, gäbe es noch den ‚Hartmut‘.

Ihr großer Traum aber war ihre ganz eigene KitchenAid-Küchenmaschine, und eines Tages, so schwor sich Paula, würde sie ihrer Mutter diesen Wunsch erfüllen. Vielleicht nächstes Jahr, wenn sie mit der Ausbildung fertig war und ihr erstes großes Geld verdiente. Paula freute sich jetzt schon darauf.

Ihre Ausbildung machte ihr Spaß. Sie hatte den Schritt, die Schule abzubrechen, bisher nicht bereut. Sie hatte beim Optiker in der Oberstadt kurzfristig eine Ausbildungsstelle bekommen können und fühlte sich dort pudelwohl.

Bisher hatte sie zwar noch keine Brille anfertigen dürfen, dafür wurde sie aber immer öfter nach vorne in den Verkaufsraum gerufen, um dort modisch beratend zu unterstützen. Ihre Kollegen hatten schnell erkannt, dass sie ein Auge dafür hatte, welche Farbe zu welchem Hauttyp

und welches Modell bestens zu welcher Kopf- und Nasenform passte.
Julian hatte diese Entscheidung damals nicht unterstützen wollen. Paula erinnerte sich noch an ihren Streit: »Paula, es sind noch zwei Jahre bis zu deinem Abitur. Mit der Hochschulreife hast du später viel bessere Möglichkeiten im Berufsleben.«

»Wir brauchen aber jetzt das Geld. Mama hat schon genug Probleme, da will ich ihr nicht auch noch auf der Tasche liegen.«

»Denkst du nicht, deine Mutter würde alles dafür tun, damit du hier bleiben und dein Abitur machen kannst?«, hatte er versucht, sie zu überzeugen.

»Das ist es ja gerade! Genau das will ich nicht. Ich will nicht, dass sie sich so aufreibt. Sieh sie dir doch mal an.«

»Paula, ich verstehe das nicht. Dein Vater muss euch doch finanziell unterstützen. Dazu ist er sogar rechtlich verpflichtet. Es kann doch nicht sein …«

»Jetzt hör mir bloß mit meinem Vater auf! Der kann mir gestohlen bleiben.«

»Aber …«

»Kein Aber! Das Einzige, was ich wissen muss, ist, ob du hinter mir stehst. Julian, ich liebe dich! Aber meine Mutter braucht mich jetzt«, hatte sie versucht ihm zu erklären.
Sie war nicht sicher gewesen, ob Julian dagegen war, weil sie später kein Zeugnis über die Hochschulreife in der Hand halten würde, oder weil sie so weit weg nach Siegen ziehen würde und sie sich deshalb nicht mehr täglich sehen konnten. Wahrscheinlich eine Mischung aus beidem. Ihr ging es ja selbst genauso. Doch würde sie sich einen Hauch des Zweifels auf gar keinen Fall anmerken lassen. Ihre Mutter würde es sonst niemals zulassen.

Und heute, zwei Jahre später, hatte sich tatsächlich alles zum Guten gewendet. Sie ging gerne auf die Arbeit, hatte

sogar noch Zeit, sich mit kleinen Jobs als Fotografin etwas Geld dazuzuverdienen und war zufrieden mit ihrem Leben. Sie hatte Julian, eine klasse Frau zur Mutter, nette Freunde und ihre freie Zeit genoss sie sehr.
Samstags saßen sie oft gemeinsam in der Dreifachturnhalle in Kreuztal, wenn die erste Mannschaft aus Julians Verein Handball spielte und feuerten den TuS Ferndorf kräftig an. Und manchmal, wenn sie auf der Arbeit einen Tag frei hatte, wanderten sie den ganzen Tag lang auf einem der vielen Wanderwege, die es im Siegerland gab. Ja, das Leben meinte es wieder gut mit ihr!

Erst war es ihr schwer gefallen, aus Dahlbruch und ihrem großzügigen Zuhause wegzuziehen, vor allem in eine Gegend, die nun wirklich nicht gerade als ‚attraktiv' bezeichnet werden konnte. Selbst sie hatte lange suchen müssen, bis sie ein paar schöne Ecken entdeckt hatte.
Gemeinsam mit Julian, Lina und Philipp war sie auf Erkundungstour gegangen. Paula erinnerte sich noch gut. Ihre Mutter hatte extra für sie einen Kuchen gebacken, den sie auf einer Bank vor dem Jugendtreff gemeinsam vertilgt hatten. Für die anderen war es ein Abenteuer, doch für sie war es das Kennenlernen ihres neuen Zuhauses gewesen.
Während zu Beginn des Fischbacherberges noch schöne Einfamilienhäuser gestanden hatten, reihte sich am Ende der endlos langen Ypernstraße ein Häuserblock an den anderen.
Es hatte eine ganze Zeit gedauert, bis Paula den Charme dieser Siedlung für sich entdeckt hatte. Mittlerweile hatte sie sich sogar mit einigen Jugendlichen angefreundet, denen es ähnlich ergangen war wie ihr, genau wie vielen anderen Familien auch: der Vater weg, die Mutter hatte das Haus alleine nicht mehr abbezahlen können – es hatte eine kleine bezahlbare Wohnung hergemusst.
Die Alternative wäre die Fritz-Erler-Siedlung in Kreuztal gewesen. Doch als sie Samstagnachmittags zur Besich-

tigung vor Ort mit dem Makler verabredet gewesen waren, waren sie angerempelt, nach Geld gefragt und zweimal lauthals als Schlampen beschimpft worden. Dem Makler nach eine völlige Ausnahme.
Die ehemalige Kollegin ihrer Mutter aus der Bäckerei in Dahlbruch hatte ihnen letztlich den entscheidenden Tipp gegeben und so waren sie in einer kleinen Drei-Zimmer Wohnung im achten Stock am Fischbacherberg untergekommen. Ihre Mutter hatte es nicht weit zur City-Galerie und Paula konnte in einer Viertelstunde mit ihrer Vespa über Koch's Ecke, am Löhrtor-Gymnasium vorbei, in die Oberstadt zu ihrer Arbeit fahren. Und mit der dem Roller hatte sie zum Glück keine Parkplatzprobleme.

Und da saß sie nun neben ihrer Freundin auf dem Bett und stellte den Ton leiser. Lina hatte recht. ‚Ein Herz und eine Krone' war ihr Lieblingsfilm und der lief immer, wenn irgendetwas sie beschäftigte, wenn sie traurig oder unsicher war oder wenn sie nicht wusste, wie sie sich zu entscheiden hatte.
Gregory Peck und Audrey Hepburn – sie waren einfach ein Traumpaar. Sie, die Prinzessin und er, der Journalist. Noch immer weinte sie, wenn am Ende die Pflicht über die Liebe siegte, als sähe sie den Film zum ersten Mal. Eine Kronprinzessin darf nun einmal keinen Bürgerlichen heiraten …
Kann denn eine ‚Ghetto-Braut', wie sie Dank Viktoria in ihrer alten Schule auf Stift Keppel noch heute genannt wurde, mit dem Firmenkronprinzen Julian Heinbach glücklich werden? Es war wie im Film – nur andersherum. Vielleicht lag Lina ja richtig und sie konnte mit Julian ihre eigene Geschichte schreiben.
Paula wischte sich ihre Tränen ab.

Immerhin hatte er sie als seine Begleitung zum Abiball eingeladen.

Heute

Julian

Simone war einfach klasse. Auch wenn sie sauer auf ihn gewesen war, hatte sie doch alles, was er benötigte, in eine Kiste gepackt und ihm vorbei gebracht.
Sein ‚ich erkläre dir alles später' hatte sie zwar nicht zufriedengestellt, aber Simone hatte es akzeptiert und war wieder zurück nach Freudenberg gefahren.
Es war kurz nach neun, als er durch den Hintereingang schlich und die Treppe hinauf in den dritten Stock lief. Vorsichtig öffnete er die Tür zur Psychiatrie. Sie war aus Glas mit einem roten Aufkleber in der Mitte, auf den in Großbuchstaben die offiziellen Besuchszeiten gedruckt worden waren. Kein Wunder, dass der Flur jetzt wie leergefegt war, wo den ganzen Tag über ein Riesentrubel geherrscht hatte.
Mit einem schlechten Gewissen sah er sich um. Paulas Zimmer war das vorletzte hinter dem Stationszimmer auf der rechten Seite. Der Stuhl, auf dem er in den vergangenen beiden Tagen viele Stunden verbracht hatte, stand noch immer vor ihrer Tür.
Auf dem Flur war niemand zu sehen. Die Nachtschwester schien im Stationszimmer zu sein.
Vielleicht sollte ich warten, bis ein Patient nach ihr klingelt, überlegte er. Er hatte die letzten zwei Tage oft genug beobachtet, dass über der Tür des Krankenzimmers ein Licht leuchtete, sobald ein Patient den Klingelknopf

betätigt hatte. Eine der vier Schwestern machte sich auf den Weg zu dessen Zimmer, sprach mit ihm und entschied, ob der Arzt hinzugezogen werden musste, oder ob sie das Problem alleine lösen konnte. Anschließend schaltete sie das Notruf-Licht mit ihrem Schlüssel wieder aus.

Heute Abend hatte zum Glück nur eine Schwester Dienst und der durfte er auf keinen Fall begegnen. Sie würde ihn sofort und unverrichteter Dinge wieder nach Hause schicken. Im Treppenhaus unter ihm hörte er Geräusche. Zwei Män-ner kamen keuchend die Treppe hoch.

»Diese Scheiß-Raucherei!«, schimpfte der eine über sich selbst. »Das war die letzte Zigarette vor der OP!«

»Ok, für morgen bist du entschuldigt. Dann also übermorgen wieder?«, lachte der andere. »Du lässt dich doch sicher von einem Gipsbein nicht abhalten, dich runter vor die Tür zu schleichen, oder?«

»Da kannst du Gift drauf nehmen!«, antwortete ihm der andere.

Julian wusste nicht, was er tun sollte. Er war ein ungebetener Besucher zu später Stunde – und das auf einer psychiatrischen Station. Er hatte wirklich keine Lust entdeckt zu werden – weder von der Security, die seit neuestem abends Patrouille lief, noch von zwei unbelehrbaren Männern, die selbst im Krankenhaus mit ihrer Raucherei alles dafür taten, um Petrus an der Himmelspforte frühzeitig gegenüber zu treten.

Kurzentschlossen nahm er seine Kiste und lief die Treppe hinunter, den Männern entgegen, um ihnen vorzuspielen, er wolle gerade das Krankenhaus verlassen.

Als er im zweiten Stock ankam, war das Treppenhaus leer. Julian sah die beiden durch die Glastür von hinten in ihren Adiletten und Trainingsanzügen aus Ballonseide den Flur entlang gehen und in ihren Zimmern verschwinden. Schnell lief er die Stufen wieder hinauf und sah sich erneut auf dem Flur um. Er hatte Glück. Über der Zimmertür schräg gegenüber von Paula brannte ein Licht. *Jetzt!*

Sein Herz schlug schneller. *Bleib ruhig,* ermahnte er sich selbst. *Du bist schließlich nicht hier, um jemandem ein Kopfkissen aufs Gesicht zu drücken oder die Geräte heimlich abzustellen.* Julian schüttelte den Kopf über sich selbst. *Welch seltsame Gedanken einem ins Hirn schießen, wenn man ein schlechtes Gewissen hat.*

Leise schlich er über den Flur auf das Zimmer zu. Nur fünf Schritte vom Ziel entfernt, wurde gegenüber die Tür aufgerissen. Julian erstarrte. Wo sollte er hin? *Ich kann mich ja schlecht in einem Patientenzimmer verstecken. Wie sieht das denn aus? Vielleicht erwische ich sogar ein Frauenzimmer,* schoss es Julian durch den Kopf. *Was, wenn sie anfangen zu schreien, weil sich plötzlich spät am Abend ein Mann in ihr dunkles Zimmer schleicht? Für jemanden mit einer psychischen Erkrankung sicher nicht gerade sehr förderlich.* Er musste sich schleunigst entscheiden.

»Herr Manderbach, das Flurazepam wird sicher gleich wirken. Ich bin nur zwei Zimmer von Ihnen entfernt und sofort bei Ihnen, falls der Schatten wieder auftauchen sollte.«

Noch hatte die Schwester ihm den Rücken zugekehrt. Es konnte aber nicht mehr lange dauern und sie würde das Zimmer verlassen und ihm genau in die Arme laufen.

Julian wollte sich gerade umdrehen, um den Rückzug anzutreten, als ihm von hinten jemand auf die Schulter tippte. Fast hätte er vor Schreck die Kiste fallen lassen.

»Kommen Sie mit! Hier hinein!«, wurde er am Ärmel in eine kleine Putzkammer gezogen. Er hatte noch nicht genug Zeit gehabt zu realisieren, was geschehen war, als es in der Kammer plötzlich laut knallte.

Es dauerte einen Moment, bis er begriff, dass das Geräusch von einer schallenden Backpfeife kam, die ihm ein heißes Brennen auf seiner Wange bescherte.

»Die war für die Nase meines Mannes!«

»Einverstanden!«

Schwester Astrid

Die Backpfeife hat er wahrlich verdient, dachte sie und rieb sich ihre schmerzende Hand. All die Jahre hatte dieser Julian Heinbach zugelassen, dass ihr Mann ein schlechtes Gewissen hatte. Dabei wusste Philipp scheinbar selbst nicht, warum. Er war der ehrlichste und zuverlässigste Mensch, den sie kannte. Selbst wenn er etwas Unrechtes getan hätte: Jeder macht mal einen Fehler. Genauso hat auch jeder eine zweite Chance verdient.
Auch mein Philipp!
Astrid hatte all die Jahre nicht gewusst, was genau damals vorgefallen war, bis Paula es ihr heute Nachmittag erzählt hatte. Für sie als Unbeteiligte sah es ganz deutlich danach aus, dass die Gutmütigkeit Philipps von diesem Miststück Viktoria aufs Übelste missbraucht worden war.
Philipp wäre gar nicht in der Lage, jemanden so zu hintergehen – und erst recht nicht seinen besten Freund, da war sie sich sicher.
Sie hoffte inständig, dass das Kriegsbeil zwischen den beiden bald endgültig begraben sein würde. Dieser Julian schien ja ansonsten ganz in Ordnung zu sein.
Es hatte ihr imponiert, wie hartnäckig er versucht hatte, in Paulas Zimmer zu gelangen. Er hatte sich noch nicht einmal von ihr verscheuchen lassen – und das kam bei ihr selten vor.
Erst als sie mit dem Sicherheitsdienst gedroht hatte, hatte er letztlich klein beigegeben und war gegangen.
Während sie neben ihrem Mann in der Notaufnahme auf das Röntgenergebnis gewartet hatte, war sie das Gefühl nicht losgeworden, dass eine große Last von Philipp

abgefallen war – trotz seiner schiefen und blutenden Nase. Ihre Vermutung wurde bestätigt, als sie ihn leise murmeln hörte: »Wenigstens hat er überhaupt mal reagiert ...«
Astrid wünschte den beiden, dass sie sich endlich berappeln würden. Es würde sicher nicht mehr werden wie damals, als sie noch beste Freunde gewesen waren. Aber sich mit Respekt zu begegnen, das war das Mindeste, was sie sich von ihnen erhoffte.

Dass Philipp im Krankenhaus auf ihrer Station aufgetaucht war, ohne sie darüber zu informieren, wer da die ganze Zeit auf dem Stuhl vor Paula Rubens Zimmer gesessen hatte – dafür hatte er eine Lektion verdient … und die hatte er auch bekommen. Astrid musste lächeln.
Dass ihr Anblick in hübschen Dessous noch immer solch eine Reaktion bei ihrem Mann auslösen konnte, freute sie zutiefst. Am Ende hatte sie allerdings nicht nur ihn, sondern auch sich selbst bestraft. Es wäre ein schöner Ausklang der Woche gewesen, sich nicht nur dem Rotwein hinzugeben.

»Herr Heinbach, ich sehe, Sie sind meinem Vorschlag, sich etwas einfallen zu lassen, gefolgt. Darf ich fragen, was Sie sich ausgedacht haben, um Ihre Liebste zurückzuerobern?«, fragte sie den Mann, mit dem sie auf engstem Raum in einer Putzkammer stand und dem sie eben eine gescheuert hatte.

»Ein sehr guter Plan!«, sagte sie zwei Minuten später begeistert. »Ich mache Ihnen einen Vorschlag: Ich gehe zu Paula und helfe ihr dabei, sich im Bad bettfertig zu machen und Sie tun in der Zwischenzeit das, was Sie tun müssen. Ich hoffe, Sie haben an alles gedacht und ihr Plan funktioniert.«
Sie wollte gerade aus der Kammer schleichen, als er sie am Ärmel zurückhielt: »Ich weiß, dass Doktor Hommrighausen angeordnet hat, mich nicht in Paulas Zimmer zu lassen – also, Danke!«

»Verbocken Sie's nicht!«
Mit diesen Worten verließ sie ihn, eilte zu Paulas Zimmer und klopfte leise an. *Hoffentlich mache ich hier gerade keinen riesen Fehler.*

»Astrid, was machst du denn so spät am Abend noch hier? Hattest du solche Sehnsucht nach mir?«

»Genau! Und da ich mich extra wegen dir auf den weiten Weg von Niederdielfen zurück ins Krankenhaus gemacht habe, kann ich auch einen etwas aufgehübschten Anblick von dir erwarten. Also, ab mit dir ins Bad!«, sagte sie und schob den Rollstuhl vor Paulas Bett. *Oh Mann, konnte dir nicht eine bessere Ausrede einfallen? Das nimmt sie dir doch nie ab* ... zweifelte sie an sich selbst.

»Aber ich habe meine Zähne doch schon geputzt«, intervenierte Paula.

»Ja und? Bin ich es denn nicht wert, dass du dich für mich ein klein wenig zurecht machst? Außerdem kannst du bestimmt ein anderes Nachthemd gebrauchen. Grünweiß steht dir nämlich gar nicht«, sagte sie und kam kurz darauf mit einem rosageblümten Nachthemd zurück.

»Wo hast du das denn her?«

»Für so Fälle wie dich, die ohne ihr Köfferchen bei uns ‚anreisen', haben wir immer Notfallkleidung hier im Schrank. Schick, oder?«, versuchte es Astrid.

»Wirklich sehr hübsch ... Astrid! Aber was ist los? Irgendetwas ist doch da im Busch. Los, gib's zu!«, wurde sie skeptisch aufgefordert.
Astrid spürte, wie sie rot wurde. Sie war einfach keine gute Lügnerin. »Jetzt lass dich doch mal überraschen!«

»Okay, okay, eine Überraschung also«, freute sich Paula. »Na dann mal los«, sagte sie und warf ihre Beine über die Bettkante.
Während Astrid ihrer neuen Freundin im Bad ins Nachthemd half, ihr anschließend die Bürste, dann den Lidschatten, den Eyeliner und zum Schluss den Lippenstift

anreichte, hörten sie nebenan, wie jemand etwas auf den Boden stellte, einen Stuhl hin und her schob und sich in Paulas Zimmer zu schaffen machte.

»Du weißt aber schon, dass da gerade jemand mein Zimmer auf den Kopf stellt, oder?«

Allerdings! Mensch, Heinbach! Kannst du denn nicht etwas leiser sein?, schimpfte sie innerlich.

»Echt? Ich höre nichts!«

»Du lügst so unglaublich schlecht«, lachte Paula sie aus.

Nachdem ihr langsam nichts mehr einfiel, womit sie die Jugendliebe von Julian Heinbach noch länger im Badezimmer halten konnte, war sie erleichtert, als endlich aus dem Nebenzimmer keine Geräusche mehr zu vernehmen waren.

Sie hoffte inständig, dass Julians Überraschung funktionierte. Wenn nicht, würde sie morgen ziemlichen Ärger vom süßen Doktor Hommrighausen bekommen.

Sie öffnete die Tür und Paula lugte gespannt um die Ecke.

Astrid beobachtete ihre Freundin ganz genau. Im ersten Moment schien sie nichts Besonderes zu entdecken, bis ihr Blick auf das Kopfkissen fiel. Dort lagen eine Fernbedienung und ein Zettel.

Paula sah sie fragend an: »Kannst du ihn mir bitte geben?« Ihre Stimme war zittrig. Trotz der vielen vergangenen Jahre schien Paula die Handschrift sofort wiederzuerkennen. Astrid reichte ihr das Stück Papier und las neugierig über Paulas Kopf hinweg mit:

»Wenn du mich sehen willst … ich bin da!« Darunter hatte Julian seine Handynummer hinterlassen.

Astrid beobachtete, wie Paula schweigend in ihrem Rollstuhl saß. Ihre Augen wurden feucht, bis ihr die Tränen die Wangen hinunter liefen.

Ohje, das war wohl doch keine so gute Idee!

»Astrid, bitte hilf mir ins Bett!«

Sie legte ihre Arme um Paula, hob sie aufs Bett und deckte sie liebevoll zu.

»Ach Astrid, was soll ich bloß tun?«, wurde sie verzweifelt gefragt. »Ich weiß nicht, ob ich schon so weit bin, ihn anzurufen.«
Klar sollst du ihn anrufen! Verstehst du es denn nicht? Julian Heinbach liebt dich noch immer!
Doch laut sagte sie etwas anderes.

»Ach Schätzchen, du solltest ihn erst anrufen, wenn du dir ganz sicher bist«, ermutigte sie Paula sich Zeit zu lassen. »Aber eine Entscheidungshilfe hätte ich da noch für dich: Drück einfach mal auf den Play-Knopf bei deiner Fernbedienung.«
Mit einem mulmigen Gefühl schloss Astrid die Tür hinter sich.

Sie liebt ihn auch noch immer, da war sie sich ganz sicher.

Früher

Viktoria

»Was hat mein Bruder doch für eine schöne Handschrift«, freute sich Viktoria und hielt triumphierend einen bordeauxroten Briefumschlag in die Höhe.

»Und du bist dir sicher, dass du das wirklich tun willst?«, fragte Svenja fast flehentlich.

»Natürlich bin ich mir sicher. Darauf habe ich schließlich die letzten drei Jahre hingearbeitet. Paula Rubens wird nach dem Abiball endgültig Geschichte sein.« prophezeite Viktoria.

Svenja sah sie beunruhigt an: »Wo hast du überhaupt den Umschlag her?«

»Den Umschlag? Den habe ich dem kleinen Philipp zu verdanken. Die Investition in ihn war für mich Gold wert.«

»Vicki, du redest von ihm wie von einer Kapitalanlage. Tu das nicht. Ich glaube, er ist wirklich in dich verknallt.«

»Wer verknallt sich nicht in mich? Das ist doch wohl eher die Frage«, lachte Viktoria. »Durch ihn kenne ich das Versteck, in dem Julian seine persönlichen Dinge aufbewahrt. Und das ist tatsächlich eine Kapitalanlage. Man muss nur etwas länger auf die Rendite warten.«

»Und das Versteck deines Bruders hat Philipp dir einfach so verraten? Toller Freund! So hätte ich ihn nicht eingeschätzt«, sagte Svenja verwundert.

»Naja, so ganz freiwillig hat er es natürlich nicht rausgerückt.«

Svenja schien froh zu sein, dass Philipp es ihrer Freundin offenbar doch nicht so leicht gemacht hatte, ihn auszuhorchen.
Und dann erzählte Viktoria von dem Tag, an dem sie sich für Philipp etwas ganz Besonderes ausgedacht hatte: Sie brauchte dringend mehr Infos über ihren Bruder und diese Paula – dafür sollte ihr kleiner Freund auch gebührend belohnt werden. Sie hatte das Gartenhaus mit Lichterketten geschmückt, ihren CD-Spieler angeschlossen und aus den Auflagen für die Gartenliegen ein hübsches Bettenlager gebaut.
Svenja zog eine Augenbraue hoch und sah sie an.

»Guck nicht so, das war reine Taktik!«, versicherte sie.

»Wenn du das sagst! Wo waren denn Julian und deine Eltern?« Ihre Eltern waren auf Gran Canaria, Julian im Handballtraining gewesen. Sie erinnerte sich an Philipps glückseliges Gesicht, als er in der Tür des Gartenhauses gestanden hatte. Die Vorfreude hatte ihm im Gesicht gestanden.

Es war ein überraschend schöner Abend gewesen. Nicht nur für ihn. Während sie sich später wieder angezogen, die Auflagen in der Box verstaut und die Lichterketten abgehängt hatten, war ihr Philipps Blick aufgefallen. Er hatte zwar nur kurz, aber doch intensiv genug hingesehen, um Viktorias Interesse zu wecken. Sie drehte sich um und folgte seinem Blick. Dieser lag auf einem unscheinbaren Karton, der oben auf einem Werkzeugschrank stand und aus dem ein paar alte Inliner und eine kaputte Frisbee-Scheibe herausragten.
Noch spät am Abend war sie an Julians Zimmer vorbei zurück ins Gartenhaus geschlichen und hatte den Karton vom Schrank geholt. Es war die reinste Fundgrube gewesen.

»Und dort versteckt er also all die Dinge, die sonst keiner sehen soll.«

»Genau! Letztes Weihnachten hatte Julian dort sein Geschenk für mich versteckt. Natürlich habe ich an Heiligabend ganz überrascht getan«, erinnerte sie sich belustigt. »Die fünf im Physiktest lag auch eine Zeit lang im Karton. Aber das Beste … und ich meine wirklich das Beste, sind die Briefe von Paula, die er dort aufbewahrt.«

»Du hast seine Briefe gelesen?«, fragte Svenja abgestoßen. »Vicki, das ist nicht in Ordnung!«

Viktoria war so in Fahrt, dass sie nicht registrierte, wie sie mit jedem weiteren Satz die Freundschaft zwischen ihr und Svenja ins Aus katapultierte.

»Hach, was ging es der lieben Paula schlecht, nachdem ihr Vater sie verlassen hatte. Das arme Mädchen ...«, setzte Viktoria noch einen oben drauf und bemerkte etwas zu spät, wie angewidert ihre Freundin sie betrachtete. »Was ist los? Was guckst du mich so an?«

»Nichts ist los, Viktoria! Ich merke nur gerade, dass ich nicht länger mit dir befreundet sein will. Ich habe mich schon genug von dir für deine Intrigen missbrauchen lassen, aber jetzt ist Schluss. Ich mache da nicht mehr mit.«

Viktoria blieb der Mund offen stehen. So hatte bisher noch niemand mit ihr gesprochen. »Du lässt mich jetzt nicht hängen! Hast du mich verstanden? Du bist meine Freundin und Freundinnen halten zusammen. Also bleib!«

»Nein, Viktoria, es tut mir leid – nein, eigentlich tut es mir nicht leid – aber ich mache da nicht mehr mit. Du hast Paula schon genug angetan. Jetzt reicht's!«

»Falsch, meine Liebe! Nicht ‚ich', sondern ‚wir'! Vergiss das nicht!«

Svenja zog sich ihre Jacke an, nahm die Handtasche vom Stuhl und sah Viktoria an: »Du tust mir leid mit deiner krankhaften Eifersucht.«

Kurz darauf hörte Viktoria, wie die Haustür zugezogen wurde. *Soll sie doch gehen. Ich schaffe das auch alleine!* Siegessicher betrachtete sie den wertvollen Umschlag, den sie in Julians Versteck gefunden hatte und auf dem in seiner unverwechselbaren Schrift die Worte: *‚Für meine geliebte Paula‘* geschrieben standen. Das ‚P‘ von Paula war etwas zu groß geraten, daher hatte Julian wohl einen zweiten Versuch gestartet, um seiner ‚geliebten Paula‘ seinen Liebesbrief in einem perfekt beschrifteten Umschlag zu überreichen. Dieser leere Umschlag jedenfalls war für sie ein Geschenk des Himmels. Vor zwei Monaten hatte sie ihn in Julians Schatzkiste entdeckt und auf den Moment gewartet, wann ihr eine Idee kam, um ihn vielversprechend einzusetzen.

»... und dieser Moment war nun gekommen!«

Paula

Paula genoss ihre Mittagspausen, in denen sie durch die Stadt streifen konnte. Meistens hatte sie ihren Fotoapparat dabei, immer auf der Suche nach einem schönen Motiv. So hatte sie auch die wunderschöne Altstadt Siegens kennen- und lieben gelernt.
Mal lief sie hinauf in den Schlossgarten, mal setzte sie sich ins Café Flöckchen und bestellte sich einen Teller Hühnereintopf, für den dieses Café bekannt war.
Wenn sie aber mittags einfach nur einen Rückzugsort suchte, fand sie ihn hinter der Marienkirche. Dort gab es ein altes Fachwerkhaus, vor dem eine große alte Linde stand. Der Baum lud förmlich dazu sein, sich auf einer der Bänke niederzulassen, denen er mit seinem Blätterdach im Sommer herrlichen Schatten spendete.
Paula wusste nicht, wie viele Fotos sie schon von diesem Ort geschossen hatte. Ging man links durch die Donzenbachstraße wieder bergauf, hatte man einen wunderschönen Blick auf die Spitze der Nikolaikirche mit ihrem glänzenden Krönchen, dem Wahrzeichen der Stadt Siegen. Sie liebte dieses Motiv!
Als sie wieder mal in ihrer Pause die Löhrstraße hinab schlenderte und von dort durch die Alte Poststraße vorbei am Hirtenbrunnen lief, dachte sie über den bevorstehenden Abiball nach.
Noch immer hatte sie kein passendes und vor allem erschwingliches Kleid gefunden. Sie wollte ihrer Mutter auf jeden Fall so schnell wie möglich den Wunsch nach einer eigenen KitchenAid erfüllen – da blieb kein Geld für ein kostspieliges Kleid, das sie nur einmal im Leben tragen

würde. Zumal sie selbst nur als Gast eingeladen und keine Abiturientin war.
Es würde schon seltsam genug werden, das Erlangen der Hochschulreife ihrer ehemaligen Mitschüler zu feiern und selbst nicht dazuzugehören. Da wollte sie nicht noch mit einem Kleid auffallen, das dem Anlass nicht entsprach. *Doch woher nehmen, wenn nicht stehlen?,* dachte Paula fieberhaft nach.
Sie kämpfte sich schwer atmend die steile Kölner Straße hinauf und fand sich vor dem neueröffneten Braut- und Abendmoden-Geschäft wieder, an dessen Schaufenster sie sich seit fast einer Woche die Nase platt drückte und in dem ihr Traumkleid hing. Es war rosafarben, besetzt mit Perlen, die zwei Farbtöne dunkler schimmerten, und dem Kleid dadurch einen faszinierenden Glanz verliehen.
Paula hatte es gesehen und sich sofort verliebt. Während sie sich ausmalte, wie sie in diesem Kleid an Julian Heinbachs Seite durch die Tür des Gläsersaals schritt, wurde sie von einer netten Dame mit polnischem Akzent angesprochen.
»Ihnen gefällt das Kleid?«
»Und wie«, antwortete Paula verträumt.
Die Dame lachte. »Das sieht man Ihnen an. Dann kommen Sie doch rein und probieren es an«, schlug sie vor.
Paula zögerte: »Das ist sehr nett von Ihnen, aber leider lässt das mein Geldbeutel gerade nicht so ganz zu.«
»Ach, das macht doch nichts! Was wären wir Ladies denn ohne unsere Prinzessinnen-Träume? Ich hole es für Sie gerne aus der Auslage.«
Das ließ sich Paula nicht zweimal sagen und ging mit der Verkäuferin, die sich ihr als Frau Aleks vorstellte, hinein. Paula zog sich die Jacke aus und ließ sich betrachten.
»So, dann wollen wir mal sehen … Bei Ihrer Oberweite schlage ich eine Nummer größer vor, in der Taille können wir es dann etwas enger nähen«, sagte Frau Aleks und verschwand die Treppe hinauf, um kurz darauf mit Paulas

Traumkleid über dem Arm, freudig strahlend wieder zu erscheinen.

Paula machte sich leichte Sorgen: *Ich werde das Kleid ganz sicher nicht kaufen können. Warum gibt sie sich trotzdem so viel Mühe?* Sie hoffte sehr, dass die Verkäuferin sie richtig verstanden hatte.

»Ihre Kamera können Sie gerne hier über den Haken hängen« sagte sie, während sie den Vorhang der Umkleidekabine zuzog. »Geben Sie mir Bescheid, wenn Sie Hilfe brauchen.«

Bevor Paula in das Kleid stieg, drehte sie zögernd das Preisschild um und errötete leicht.

Durch den Vorhang hindurch begann die nette Dame mit einem Small-Talk. »Sie suchen das Kleid für Ihren Abiball?«

Und wieder ein Stich in die Wunde.

»Nein, mein Freund hat mich als Begleitung eingeladen. Ich arbeite ein Stückchen weiter oben bei Brillen Hase und bin noch in der Ausbildung zur Augenoptikerin.« *Warum erzähle ich dieser fremden Frau das alles?*

»Das klingt interessant. Und warum laufen Sie dann in Ihrer Mittagspause mit Ihrer Kamera durch die Gegend?«, fragte Frau Aleks.

»Ich fotografiere gern«, war ihre kurze Antwort.

»Verstehe! Sie haben ein Auge für das Schöne und möchten es gerne festhalten, richtig?«

Paula steckte ihren Kopf verblüfft an der Seite des Vorhangs heraus und sah ihr Gegenüber an:

»Stimmt, woher wissen Sie das?«

»Ach Kindchen, man muss Sie doch nur ansehen und zwei Worte mit Ihnen wechseln, dann spürt man sofort Ihre Leidenschaft. Genau so geht es mir mit meinem Laden.«

Oh, sie ist also die Inhaberin, registrierte Paula.

»Und jetzt kommen Sie endlich aus der Umkleidekabine heraus. Ich bin schon ganz gespannt.«

Etwas schüchtern schob Paula den Vorhang zurück und trat

vor. Andächtig betrachtete sie sich im Spiegel. Sie war gerührt von ihrem eigenen Anblick. Noch nie hatte sie ein solch schönes Kleid getragen. Frau Aleks beobachtete sie bewundernd, sagte aber kein Wort. Dann schenkte sie ihr einen Moment allein vor dem Spiegel – Paula konnte hören, wie sie im oberen Stockwerk telefonierte.

Als die Besitzerin des Ladens die Treppe herunterkam, stand Paula wieder umgezogen und mit ihrer Kamera in der Hand da, um sich zu verabschieden.

»Moment mal! Wo wollen Sie denn jetzt hin?«

»Ich, äh, meine Mittagspause ist gleich zu Ende. Ganz herzlichen Dank, dass Sie sich die Zeit für mich genommen haben, obwohl ich das Kleid leider nicht nehmen kann.«

»Aber so geht das nicht«, sagte Frau Aleks streng.

Paula wurde es unangenehm: »Es tut mir wirklich leid, aber ich habe Ihnen doch von vornherein gesagt, dass ich mir das Kleid sicher nicht leisten kann«, entschuldigte sich Paula.

»Richtig! Sie können aber jetzt nicht einfach so gehen, ohne mir ein paar Ihrer Fotos gezeigt zu haben.«

Paula sah sie überrascht an. »Meine Fotos? Äh, … ja sicher! Gerne!«, antwortete sie verwirrt und euphorisch zugleich. Dabei vergaß sie völlig, dass sie in zehn Minuten wieder zurück bei Brillen Hase sein musste.

Sie steckten die Köpfe dicht zusammen und sahen sich auf dem kleinen Display Paulas aktuelle Fotos an.

»Wow, Sie haben wirklich Talent!«, wurde sie von der begeisterten Inhaberin gelobt. »Wissen Sie was? Ich habe da eine Idee ...«

Paula hörte gespannt zu, wie die Frau, die sie gerade erst kennengelernt hatte, sich daran machte, von jetzt auf gleich ihr Leben umzugestalten. Die Hochzeitsfotografin der Tochter ihrer Freundin war krank geworden und lag mit hohem Fieber im Bett, sodass das Brautpaar völlig verzweifelt auf der Suche nach kurzfristigem Ersatz war.

»Meine Freundin wird mir gleich um den Hals fallen, wenn ich ihr erzähle, dass hier eine pfiffige junge Dame in meinem Laden steht, der ich ein Hochzeits-Shooting voll und ganz zutraue«, sagte die Inhaberin begeistert.

Paula stand mit offenem Mund da und starrte sie an.

»Wo ich diese Aufnahmen hier gesehen habe, bin ich mir absolut sicher«, machte sie ihr Mut.

Paulas Mund stand noch immer offen.

»Kindchen, nun sagen Sie doch was!«, forderte Frau Aleks sie lachend auf. »Morgen Nachmittag, siebzehn Uhr in Dreslers Park. Das bekommen Sie doch hin, oder?«

»Ich, … ein Hochzeits-Shooting?«

Bisher hatte sie hin und wieder Freundinnen, Pärchen und auch mal einen Hund gegen einen kleinen Obolus fotografiert. Aber eine Hochzeit? Das war die Königsdisziplin. Sie war hin- und hergerissen zwischen einem aufgeregten ‚Wahnsinn, was für eine Chance' und einem zweifelnden ‚Ich? Ob ich das überhaupt kann?'

»Mein Vorschlag ist allerdings nicht ganz selbstlos«, sagte Frau Aleks.

Wäre ja auch zu schön gewesen, um wahr zu sein, dachte Paula enttäuscht. Dabei hatte die Frau so einen netten Eindruck gemacht.

»Mir ist bisher noch nicht das richtige Hochzeitsgeschenk für die beiden eingefallen und langsam wird es Zeit«, fuhr sie fort. »Was halten Sie von meinem Vorschlag: Ich verschenke Sie an das Brautpaar und im Gegenzug bekommen Sie dieses wunderschöne Kleid von mir als Gage. Wie wäre das?«

Ungläubig starrte Paula sie an, unfähig etwas zu sagen. Dann endlich begriff sie, welch unglaubliches Angebot ihr gerade offeriert worden war und fiel der Inhaberin des Brautmodenladens um den Hals.

Mit diesem Auftrag sollte ihr Leben von nun an in anderen Bahnen verlaufen.

Lothar Rubens

Paulas Vater saß an seinem Schreibtisch und schrieb, wie jeden Monat, einen Brief. Er hatte mittlerweile aufgehört zu zählen. Bisher hatte er auf keine seiner vielen Zeilen eine Antwort erhalten.
Wie hatte das alles bloß passieren können? Warum hatte er sich von dieser Viktoria so unter Druck setzen lassen? Und noch viel schlimmer: warum hatte er seiner Familie damals nicht von dem unseligen Vorfall an der Breitenbachtalsperre erzählt? Wäre es nicht selbstverständlich gewesen, dass sie ihm geglaubt hätten?
Die Fotos hatten eine eindeutige Sprache gesprochen – obwohl die Situation alles andere als eindeutig gewesen war. Sie zeigten ihn mitten im Wald eng umschlungen mit einer jungen Frau, die sich völlig nackt an ihn schmiegte. Für den neutralen Beobachter war das Szenario auf dem Foto nicht anders zu deuten, als dass er gerade dabei erwischt worden war, wie er mit einer jungen Frau, die nur von hinten zu erkennen war, Sex hatte.
Die Tochter seines Chefs hatte ihm zwei Wochen Bedenkzeit gegeben. Genau die zwei Wochen, in denen er für die Endverhandlungen in Denver eingeplant gewesen war. Er hatte die Chance genutzt, einen Zwischenstopp eingelegt und sich die Tochtergesellschaft der Heinbach GmbH in Dallas etwas genauer angesehen.
Und dann, ganz plötzlich, hatte es vor ihm gestanden: sein neues Leben! CEO der Heinbach Inc. und damit Chef über dreihundert Mitarbeiter zu sein – das war schon was.
Er war sicher gewesen, dass Gabi und Paula sich mit ihm freuen würden. Gut, für Paula wäre es ein schlechter

Zeitpunkt gewesen, die Schule schon wieder zu wechseln, doch in Dallas gab es eine sehr gute deutsche Schule, was ihrem Lebenslauf später sicher gut gestanden hätte. Und Gabi? Sie käme überall mit ihm hin, daran hatte er keinerlei Zweifel gehabt.

Wie hatte er sich so sehr täuschen können? Gabi war so verletzt gewesen, dass er sie vor dieser großen Entscheidung nicht um ihre Meinung gebeten hatte, dass sie sofort ihre lange und glückliche Ehe infrage gestellt hatte. Gut, er hatte einen Fehler gemacht, aber er hatte auch unter enormem Druck gestanden.
Er war einfach nur froh gewesen, diese Viktoria auf diesem Weg für immer los zu sein und im gleichen Zuge auch noch mit einer Beförderung belohnt zu werden.

Hatte er auch der Versuchung in Form einer jungen und zugegebenermaßen hübschen Frau widerstanden, so war er doch der Versuchung des Karrieresprungs erlegen gewesen. Gabi hatte ihn angefleht, den Job nicht anzunehmen. Sie wollte Paula nicht schon wieder aus ihrem sozialen Umfeld reißen. Außerdem war sie glücklich in ihrem gemütlichen Haus in Dahlbruch, das sie mit so viel Liebe eingerichtet hatte.

»Du hast mir damals versprochen, Freude und Leid mit mir zu teilen, gemeinsam mit mir durchs Leben zu gehen und gemeinsam über die Richtung unseres Lebensweges zu entscheiden«, hatte sie ihn unter Tränen an sein Treueversprechen in der Netphener Kirche erinnert.
Dennoch war er hart geblieben. Das bereute er heute zutiefst. Was hatte er von all dem Geld, wenn niemand da war, mit dem er es teilen konnte. Wenn niemand zu Hause auf ihn wartete, wenn er abends von der Arbeit nach Hause kam. Er war einsam.
Heute war er sich sicher, dass Gabi und Paula an ihn geglaubt hätten. Zusammen hätten sie gegen Viktorias

Intrige angekämpft. Egal, wie es letzten Endes ausgegangen wäre. Auch wenn er seine Stelle verloren hätte und in Dahlbruch wegen der angeblichen Sexaffäre mit einer Minderjährigen seltsam angesehen worden wäre – das alles hätten sie gemeinsam ertragen können. Gabi und Paula hätten sich fest hinter ihn gestellt! Warum bloß hatte er das damals nicht gesehen, oder sehen wollen?

Viktoria hatte ihn damals sehr unter Druck gesetzt:
»Niemand wird je hiervon erfahren! Haben wir uns verstanden? Keine Ehefrau, keine Tochter und erst recht nicht mein Bruder! Sie wollen nicht wissen, wie mein Vater reagieren wird, wenn ich ihm die schockierenden Fotos zeigen muss, auf denen wir beide … na, Sie wissen schon!«, hatte sie ihm deutlich gemacht.
Er hatte geschwiegen, hatte seine Familie verlassen, sich für die Karriere entschieden und war zu dem Mann geworden, der er heute war. Ein einsamer Mann mit einer tiefen Sehnsucht nach seiner Familie.

Kam diese Erkenntnis für ihn zu spät?

Heute

Paula

Paula lag in ihrem Bett und schluchzte. All die nicht geweinten Tränen der letzten Jahre schienen sich Bahn zu brechen. Die ihr so vertraute Musik, der smarte Gregory Peck und ihre geliebte Audrey Hepburn.
Hätten sie sich nicht heute Abend ausnahmsweise am Ende des Films in die Arme fallen und gemeinsam glücklich werden können?

Oh Julian! Du hast es nicht vergessen, wie viel mir dieser Film bedeutet. Wie oft habe ich ihn, besonders in den ersten Monaten nach unserer Trennung gesehen und jedes Mal am Ende bitterlich geweint. Nicht nur Audrey hat sich als Kronprinzessin gegen die Liebe entschieden, sondern auch du!
Paula musste an Lina und ihre Worte denken. Konnten sie die Geschichte wirklich umschreiben? Gab es die Chance auf eine gemeinsame Zukunft? Sollte sie es noch einmal wagen? Sich erneut verletzlich machen, obwohl die alten Wunden offenbar noch immer nicht verheilt waren?
War es ein Liebesbeweis, dass er ihren Lieblingsfilm und einen DVD-Recorder ins Krankenhaus geschmuggelt hatte, um ihr eine Freude zu machen? Oder wollte er sich einfach nur in Erinnerung rufen und sein schlechtes Gewissen beruhigen. Vielleicht war er verheiratet, hatte Kinder, so wie Lina …

Sie konnte und wollte jetzt keine Entscheidung treffen. Als die Nachtschwester kurz nach Mitternacht ihr Zimmer betrat, lag sie noch immer wach in ihrem Bett.

»Darf es noch einmal eine Schlaftablette sein? Ich kann schnell eine holen. Der Arzt hat es erlaubt«, bot ihr die Schwester an.

»Nein danke, ich brauche einen klaren Kopf!«, war ihre entschiedene Antwort.

Sie hatte noch lange grübelnd wach gelegen, war dann aber in den frühen Morgenstunden doch in einen unruhigen Schlaf gefallen. Bilder von ihr und Julian auf der Picknickdecke, auf der Vespa, in der Schwarzen Ziege, Bilder von Doktor Hommrighausen hinter seinem Schreibtisch, von ihr und Julian auf der Bank im Oberen Schloss, im Café Flöckchen in der Oberstadt, Doktor Hommrighausen neben ihrem Krankenbett …

All diese Bilder ließen um kurz nach sechs eine verwirrte Paula Rubens aufwachen.

Es dauerte nicht lang, als das Licht anging und ein fröhlicher Pfleger, fröhlich summend die Vorhänge aufzog, fröhlich den Blutdruck kontrollierte und sie fröhlich fragte: »Na, wie haben wir denn heute Nacht geschlafen?«

So viel Fröhlichkeit konnte sie kaum ertragen.

»Ist Schwester Astrid nicht da?«

»Nein, tut mir leid, sie kommt erst heute Mittag. Auch unsere Schwester Astrid darf hin und wieder morgens mal ausschlafen. Sie müssen heute Morgen wohl oder übel mit mir Vorlieb nehmen«, antwortete der Pfleger leicht pikiert.

»Oh!« Mehr fiel Paula nicht ein.

Sie hätte Astrid heute gerne um sich gehabt, hätte ihren Rat gebraucht und vor allem hätte es sie interessiert, wie Julian es geschafft hatte, Astrid auf seine Seite zu ziehen. Die beiden mussten sich abgesprochen haben, sonst hätte Astrid niemals dieses alberne Ablenkungsmanöver im Badezimmer gestartet.

Der Pfleger war schon fast wieder zur Tür hinaus als Paula hinter ihm herrief: »Entschuldigung? Können Sie mir sagen, wo der DVD-Recorder hin ist?«

»Welcher Recorder? Tut mir leid, aber so etwas haben wir in den Krankenzimmern nicht. Dafür bekommen Sie aber mindestens dreiundzwanzig Programme über den Fernseher. Da wird bestimmt etwas für Sie dabei sein.«, klärte er sie auf und ging.

Paula sah sich um. Weg! Er war weg! Alles war weg! Kein Recorder, keine DVD-Hülle, keine an den Fernseher angeschlossenen Kabel mehr und … stellte sie mit Entsetzen fest, kein Zettel.

Paula setzte sich auf, suchte in und auf ihrem Nachttisch, beugte sich gerade so weit aus dem Bett, dass sie nicht herausfiel und suchte den Boden nach der so wertvollen Telefonnummer ab.

Der Zettel war weg!

Philipp

Eigentlich hätte er morgen seinen freien Tag gehabt. Da aber sein Kollege Holger Stein nach einem Schuss in den Oberschenkel noch immer nicht in der Lage war, seinen Dienst wieder aufzunehmen, mussten die übrigen Kollegen dessen Schichten unter sich aufteilen.
Also hatte auch er in den sauren Apfel gebissen und sich für eine zusätzliche Frühschicht gemeldet, weil Julian ihn überraschend angerufen und gefragt hatte, ob sie morgen Abend zusammen ein Bier trinken gehen wollten.
Zunächst hatte er vermutet, Julian wolle sich für die blutige Nase entschuldigen, als er seine Nummer im Display erkannt hatte. Aber davon kein Wort. Philipp hatte es ihm durchgehen lassen. Er konnte sich vorstellen, dass Julian der Anruf bei ihm nicht leicht gefallen war.

»Lust auf ein Bier?«, war er ohne Begrüßung mit der Tür ins Haus gefallen.

»Gut! Wo?«

»In der Hammerscheune?«

»Okay, wann?«

»Morgen Abend um acht?«

»Einverstanden!«

Damit war das Telefonat beendet gewesen. Männer halt. Ein erster Schritt. Philipp freute sich.

»Du glaubst ja nicht, was heute passiert ist«, schloss Astrid freudestrahlend die Tür auf.

»Du wirst es mir sicher gleich verraten«, rief er, stand vom Küchentisch auf und reichte seiner Frau ein alkoholfreies Radler rüber.

So überschwänglich hatte er sie schon lange nicht mehr erlebt. Wenn er Astrid so ansah, schien der Plan aufgegangen zu sein. Sie hatte ihn gestern Abend kurz angerufen und ihm von Julians Idee mit dem Film erzählt. Er war beeindruckt gewesen.

»Warte aber nicht auf mich, ich muss noch etwas erledigen. Es wird sicher spät. Schlaf gut, Süßer.« Dann hatte sie aufgelegt, ohne dass er etwas hätte erwidern können.

»Hat euer Manöver von gestern Abend denn wenigstens geklappt?«, fragte er neugierig.

»Pah, unser Manöver … klar hat das geklappt. Aber mein Manöver von heute Nachmittag – das war die Krönung«, sagte sie stolz.

Und dann erzählte sie ihm, wie sie sich nachts zurück in Paulas Zimmer geschlichen und alles wieder abgebaut hatte, damit ihr Chef von alledem nichts mitbekam.

»Aber das Beste kommt erst noch.«

Philipp sah seine Frau fragend an: »Astrid, jetzt mach es verdammt noch mal nicht so spannend!

»Jetzt warte doch mal ab.«

Paula

»Astrid, da bist du ja endlich! Du bist meine Rettung! Sag mal, hast du den DVD-Recorder wieder abgebaut?« Sie hatte es kaum erwarten können, dass ihre neue Freundin endlich mit ihrer Schicht begann.

»Ja klar, oder willst du, dass ich von Doc George gefeuert werde?«, antwortete Astrid theatralisch. »Ich freue mich übrigens auch dich zu sehen!«

»Ja, ja, ich freue mich auch«, antwortete Paula ungeduldig. »Gibst du mir bitte den Zettel?«

»Welchen Zettel?«

»Jetzt hör aber auf mit den Spielchen«, lachte sie. »Ich meine ‚den' Zettel – du weißt schon ...«

»Ach so, du meinst Herrn Heinbachs kostbares Schriftstück? – Den hab ich nicht.«

»Astrid, bitte!«

»Den habe ich wirklich nicht. Ganz ehrlich. Denkst du etwa, ich spiele das ganze Theater mit und lasse dann die Handy-Nummer von dem Kerl verschwinden?«

Das klang logisch. Aber wenn sie ihn nicht mitgenommen hatte, wo war er dann? Ob das ein Wink des Schicksals war? Vielleicht war das ein Zeichen, dass sie Julian auf keinen Fall wiedersehen sollte.

»Dann kann man da wohl nichts machen«, sagte Paula und gab sich keinerlei Mühe, ihre tiefe Enttäuschung zu verbergen. »Ich glaube, ich möchte jetzt gerne alleine sein.«

Sie hatte keine Lust auf Kaffee und Kuchen und erst recht nicht auf die gute Laune von Astrid. Deshalb stellte sie sich

schlafend, als eine Stunde später die Tür geöffnet wurde und jemand leise ein Tablett auf ihrem Nachttisch abstellte.
Das kann doch alles nicht wahr sein. Was mache ich denn jetzt? Auf keinen Fall werde ich in der Firma anrufen und dort nach Julians Nummer fragen. Eher hacke ich mir beide Hände ab, entschied Paula. *Irgendwo muss dieses Blatt Papier doch sein!*
Obwohl sie noch nicht entschieden hatte, ob sie tatsächlich Kontakt zu Julian aufnehmen sollte, wollte sie sich doch zumindest die Option bewahren.
Noch einmal durchsuchte sie den Nachttisch. Sie schüttelte ihre Bettdecke aus. *Es wäre ja auch zu schön gewesen.*
Doch dann plötzlich sah sie ihn. Er lag vor ihrem Bett auf dem Fußboden. Paula wunderte sich. *Wie habe ich ihn dort bloß übersehen können? Verrückt!*
Aber wie komme ich denn nur an ihn ran bevor die Visite ins Zimmer kommt und der gute Doc mich erwischt, wie ich gerade dabei bin, unsere Absprache zu brechen? Ich hatte ihm fest zugesagt, den Kontakt zu Julian Heinbach nicht wieder aufleben zu lassen. Wie um alles in der Welt, sollte Paula ihm erklären, dass der Zettel mit Julians Handynummer ganz zufällig zu ihren Füßen lag?
Es half nichts. Sie brauchte dieses Stück Papier! Paula fasste ihre Beine und legte sie über die Bettkante. *Das wäre doch gelacht!*
Mit Schweißperlen auf der Stirn rutschte sie langsam mit dem Po von der Bettkante und verlagerte das Gewicht Stück für Stück auf ihre Füße, bis sie schließlich auf beiden Beinen stand. Paula war so überrascht, dass sie sich nicht auf dem Fußboden liegend wiederfand, dass sie lauthals lachen musste.
Es war ein befreiendes Lachen. Sie lachte und lachte, bis ihr dicke Tränen der Erleichterung die Wange hinunter liefen.

Paula stand inmitten ihres Krankenzimmers und war gerade dabei, sich nach den für sie so wertvollen Zeilen zu bücken, als die Tür geöffnet wurde.
Staunend kam Astrid auf sie zu und nahm sie fest in den Arm. Dann holte sie ein Taschentuch aus ihrem Kittel und schnäuzte sich selbst die Nase. So sehr freute sie sich mit Paula.
Mit feuchten Augen sah Astrid sie glücklich an: »Ich hole den Doc!«
Allein im Zimmer beugte Paula sich vor ihr Bett und hob den Zettel auf. Überrascht las sie auf der Rückseite:

Herzlichen Glückwunsch!
Deine Astrid

Früher

Julian

Julian freute sich auf den Abiball. Endlich war es so weit. Er wusste, dass der Abend für Paula nicht so leicht werden würde wie sie vorgab. Wäre ihr Vater damals nicht einfach abgehauen und hätte die Familie ohne finanzielle Unterstützung sitzen lassen, würde sie heute auch zu den Absolventen gehören und ihr Zeugnis über die erworbene Hochschulreife in Händen halten. Aber Paula war tapfer. Sie wollte ihm die Freude nicht verderben und riss sich zusammen. Trotzdem konnte sie ihm nichts vormachen, dafür kannte er sie zu gut.
Leider hatte er sie nicht zu Hause abholen können, weil seine Eltern den ganzen Tag mit ihm verplant hatten. Da sie nach dem großen Streit schließlich doch eingewilligt hatten, dass er mit seiner langjährigen Freundin auf den Abiball gehen durfte, hatte auch er ihnen entgegenkommen wollen und den Tag mit seinen Eltern verbracht.

Draußen war es noch hell, als sie mit der S-Klasse seines Vaters auf den Parkplatz hinter dem Gläsersaal fuhren. Julian kannte das Geflüster, das immer dann entstand, wenn sie als Familie gemeinsam aus dem Wagen stiegen:
»Oh, da kommt ja die Kreuztaler High Society.«
Er hatte lange überlegt, ob es klug war, auch Viktoria zu dieser Veranstaltung einzuladen. Doch seit sie an der Uni auf dem Haardter Berg Betriebswirtschaftslehre studierte,

hatte er den Eindruck, sie sei etwas umgänglicher geworden. So hatte er seinen guten Willen gezeigt und ihr eine Einladung zu seinem Abiball überreicht – verbunden mit der Bitte, nett zu Paula zu sein.
Paula würde aufgeregt genug sein, all ihre früheren Mitschüler wiederzusehen. Da konnte er keine große Schwester gebrauchen, die sie herablassend behandelte.

»Aber natürlich, Bruderherz, ich werde mich von meiner besten Seite zeigen«, hatte sie ihm versichert.

Fragt sich nur, was ihre beste Seite ist, dachte Julian skeptisch.

Paula

Das Kleid saß perfekt. *Julian wird Augen machen,* freute sie sich. Sandra aus dem Stockwerk unter ihr hatte ihr die Haare zu einer zauberhaften Hochsteckfrisur geflochten. Gefühlte Tausend Nadeln hielten das kleine Kunstwerk auf ihrem Kopf zusammen.

»Mama, jetzt hör doch mal damit auf!«, lachte Paula. Seit zwei Stunden lief ihre Mutter mit der Kamera durch die Wohnung und schoss ein Foto nach dem anderen, als würde sie auf ihren eigenen Abiball gehen. Irgendwie war es rührend, wie sie sich mit ihrer Tochter auf diesen Abend freute. Sie mochte Julian und manchmal hatte Paula das Gefühl, sie sähe sich schon in der Rolle der Schwiegermutter.

Paula sah auf die Uhr. Jetzt wurde es langsam Zeit. Eigentlich hatte sie geplant, mit dem Bus zum Siegener ZOB zu fahren und von dort die zehn Minuten zu Fuß zum Gläsersaal zu laufen. Doch zum Glück hatte ihre Mutter darauf bestanden, sie mit ihrem Auto zu fahren. Sonst hätte sie sicher schon die ersten Blasen an den Füßen gehabt, bevor sie dort überhaupt angekommen wäre.

Schon an der Ampel konnte Paula ihre ehemaligen Mitschüler auf der Wiese entdecken, wie sie in ihren schicken Kleidern und Anzügen für ein Erinnerungsfoto posierten.

»Tschüss, meine Kleine, ich wünsche dir einen schönen Abend! Genieß ihn! Und lass dich von Julian nach Hause bringen! Und ...«

»Mama, du bist ja aufgeregter als ich«, versuchte sie ihre eigene Nervosität zu überspielen.

Paula schlug die Autotür zu, richtete ihr Kleid und ging auf den Eingang des Gläsersaals zu. Julian konnte sie nirgendwo entdecken. Wie gerne hätte auch sie ein Erinnerungsfoto an seinen besonderen Abend gehabt.
Ihre Aufregung stieg. Julians Eltern hatte sie in all den Jahren noch immer nicht kennengelernt. Sie war zwar ein paar Mal bei ihm zu Hause gewesen, doch immer nur, wenn weder Viktoria, noch seine Eltern anwesend waren.
Wie sie wohl sind? Werden Sie mich freundlich begrüßen?
Paula spürte, wie ihre Hände vor Aufregung immer kälter wurden.
Während sie sich durch die bunte Menge schlängelte, wurde sie von allen Seiten überschwänglich begrüßt.

»Paula, du siehst mega aus! Schön, dich zu sehen!«

»Hey, Paula, herzlichen Glückwunsch. Du machst ja gerade Karriere als Hobby-Fotografin. Eine Freundin von mir hatte neulich ein Foto-Shooting bei dir. Wir waren alle begeistert.«

»Wo hast du dieses Wahnsinnskleid denn her? Du siehst unglaublich aus.«

Paula konnte sich vor Komplimenten und Umarmungen kaum retten. Damit hatte sie nicht gerechnet.
Sie hatte Sandra gerade einen schönen Abend gewünscht, als jemand nach ihrer Hand griff und sie hinter sich herzog. Es war Lina.

»Eieiei, du hast ja Eishände. Das erste Date mit deinen Schwiegereltern? Hey, ich bin ja auch noch da, für den Fall, dass sie dich beißen!« schürte sie unwissentlich Paulas aufkommende Sorge. »Komm mit, da vorne ist Philipp und noch jemand, der dich gerne sehen würde und der sich endlich von seinen Eltern loseisen konnte.«

Und dann stand sie plötzlich Julian gegenüber. Es war das erste Mal, dass sie ihn in einem Anzug sah. Unglaublich gut sah er darin aus. Sein vom Handball gut trainierter Körper, sein Lächeln, seine langen, schlanken Finger und

besonders das Blitzen in seinen Augen – Paula liebte einfach alles an ihm.
»Du siehst umwerfend aus!«, sagte er stolz, legte seinen Arm um ihre Schultern und strahlte übers ganze Gesicht, während Lina mit Paulas Fotoapparat ein Bild nach dem anderen schoss.

»Ihr seid echt ein Traumpaar!«, rief sie begeistert zu ihnen herüber. »Und jetzt bitte noch einen Kuss!«, forderte Lina ihre Freundin auf.
Julian hatte sich nicht lange bitten lassen und ihr unter den Blicken seiner Mitschüler einen innigen Kuss auf den Mund gegeben. Paula spürte, wie sie errötete. Julian nahm sie an der Hand und führte sie in Richtung Eingang. »Du machst mich glücklich, weißt du das?«
Was für eine schöne Liebeserklärung.

»Und ich freue mich, dass ich heute Abend deine Begleiterin sein darf«, erwiderte Paula.

»Komm, ich bringe dich hoch in die Höhle der Löwen«, sagte er und hielt sie ganz nah an sich. Scheinbar konnte er ihre Aufregung spüren.

»Sie werden dich nicht zerfleischen«, scherzte er, doch Paula war gerade alles andere als nach Scherzen zumute.

Und dann stand sie auch schon vor dem wunderschön eingedeckten Tisch, an dem Yvonne und Christopher Heinbach mit ihrer Tochter Viktoria saßen und sie anstarrten. Julians Vater erhob sich, ganz gentlemanlike, von seinem Stuhl und begrüßte sie freundlich.

»So, sie sind also Paula. Adrett sehen Sie aus«, sagte er und lächelte sie wohlwollend an.
Puh, das hat ja gar nicht wehgetan, dachte Paula erleichtert.
Während sie sich für das Kompliment bedankte und Herrn Heinbach anbot, sie doch zu duzen, fing sie einen durchbohrenden Blick auf, den Julians Mutter ihrem Ehemann zuwarf.

Verunsichert ging Paula um den Tisch herum und reichte ihr zur Begrüßung die Hand. »Guten Abend, Frau Heinbach, schön, Sie kennenzulernen. Julian sieht toll aus heute Abend, da haben Sie etwas Schönes für ihn in Düsseldorf ausgesucht«, versuchte sie, etwas Konversation zu betreiben. Stieß damit allerdings auf Granit.

»Guten Abend, Paula.« Das war's. Mehr kam nicht über Yvonne Heinbachs Lippen und dabei sollte es ihr gegenüber auch den ganzen Abend bleiben.

Viktoria begutachtete sie von oben bis unten und ließ sich zu einem: »Hey«, herab. Jetzt war es Julian, der seiner Schwester einen vielsagenden Blick zuwarf. Beschützend nahm er Paulas kalte Hand und hielt sie fest. Seine Wärme tat ihr gut.

»Ich bin bei dir und wir machen uns einen wunderschönen Abend! Versprochen! Egal, was heute Abend noch passiert, wir lassen uns die gute Laune nicht verderben!«, flüsterte er ihr leise ins Ohr.

Wenn du das sagst!

Eine halbe Stunde später saß Paula mit Julians Familie alleine am Tisch, da die Absolventen von der Stiftsoberin, Frau Brücher, nach vorne auf die Bühne gebeten wurden. Hier sollte die persönliche Zeugnisübergabe stattfinden. Normalerweise geschah das immer vormittags in einer feierlichen Stunde, losgelöst vom Abiball, doch in diesem Jahr wollten die Jahrgangsstufensprecher anscheinend andere Wege gehen.

Gespannt rutschte Paula auf ihrem Stuhl hin und her. Gleich war Julian an der Reihe. Die Oberin war mittlerweile bei ‚F' wie ‚Flender' angekommen, da konnte ‚H' wie ‚Heinbach' nicht mehr lange auf sich warten lassen. Doch erst fiel noch ein anderer, ihr gut bekannter Name:

»Philipp Fries«, rief Frau Brücher den besten Freund von Julian auf. Der Saal klatschte, Philipp nahm sein Zeugnis entgegen, verbeugte sich und stellte sich wieder zurück in die Reihe.

»Und nun, liebe Eltern, Schüler, Freunde und Verwandte, ist es mir eine besondere Ehre, unseren Jahrgangsbesten nach vorne zu bitten. Julian Heinbach!«
Paula setzte sich vor Überraschung kerzengerade auf. *Das hat der Schlawiner mir gar nicht erzählt.*
Ein Blick auf seine Eltern zeigte ihr, dass auch sie vorher nicht gewusst hatten, wie stolz sie auf ihren Sohn sein durften. Was für eine schöne Überraschung für sie alle.
Was ihr allerdings gar nicht gefiel war Viktoria. Sie saß entspannt auf ihrem Stuhl, so als hätte sie schon vorab gewusst, was gerade dort oben auf der Bühne geschah.
Das passte nicht zu ihr. Sie kannte Viktoria – eigentlich müsste sie schäumen vor Eifersucht, dass ihr Bruder ein besseres Abitur gemacht hatte als sie selbst. Warum war sie so ruhig?
Ihre Blicke trafen sich.
»Ach Paula, das hätte ich fast vergessen. Den soll ich dir von Julian geben. Es war ihm wichtig, dass du ihn bekommst, während er dort oben auf der Bühne steht.«
Verwundert nahm sie den Briefumschlag aus Viktorias Hand und las:

»Für meine geliebte Paula«

Viktoria

Das läuft ja wie geschmiert, freute sich Viktoria. *Ach Paula, wie sehr ich dir diesen Abend und deinen glamourösen Auftritt gönne ... aber, er ist gleich eh für dich vorbei.*
Wo auch immer du das Geld für dieses, zugegeben, wirklich schöne Kleid her hast, es wird dir nichts nützen. Auch deine Mitschüler, die dich eben noch so herzlich begrüßt haben, werden dir nicht helfen können, weil du nicht verstehen wirst, was gleich geschehen wird.
Dein Herz wird zerreißen. Du wirst dich verraten fühlen, weil dein geliebter Julian dich genauso hintergangen hat wie dein Vater. Und das wirst du ihm nie verzeihen.
Jetzt musste nur noch ihre ehemalige Direktorin mitspielen. Ein Schachzug, auf den sie besonders stolz war und der ihr heute Abend hoffentlich gelingen würde. Sie hoffte sehr, dass sich Julians Leistungskurslehrerin Frau Winkel in der letzten Woche nicht mehr mit Frau Brücher über ihren Bruder unterhalten und ihren gut ausgeklügelten Plan zunichte gemacht hatte.
Es war nicht schwer gewesen, eine E-Mail-Adresse anzulegen, die den Namen ‚Winkel‘ in sich trug und von dieser aus der Direktorin zu schreiben.

Wie unbedarft die kleine Paula auf ihrem Stuhl saß und sich mit Julian freute. Aber damit war es gleich vorbei. In freudiger Erwartung holte sie den Briefumschlag aus ihrer Handtasche.

Good bye, Paula Rubens!

Julian

Julian freute sich, dass ihm die Überraschung geglückt war. Er wusste, wie stolz seine Eltern in diesem Moment darauf waren, dass er als Jahrgangsbester abgeschnitten hatte – vor allem, weil es an diesem Abend vor den versammelten Gästen bekanntgegeben wurde.
Auch Paula lächelte ihn über die vielen Tische hinweg beeindruckt an.
Die Direktorin schüttelte ihm die Hand und überreichte ihm sein Zeugnis. Verblüfft stellte er fest, dass sie vor Rührung feuchte Augen bekommen hatte. Unter lautem Beifall verbeugte er sich und wollte sich zurück in die Reihe stellen, als Frau Brücher ihn zurückhielt.

»Mit besonderem Stolz hat mich letzte Woche die freudige Nachricht erreicht, dass Julian Heinbach, dank seiner Intelligenz, seiner Sportlichkeit, aber auch seiner sozialen Kompetenzen ein Stipendium für Stanford bekommen hat«, verkündete sie mit Stolz in der Stimme, als wäre er ihr eigener Sohn. »Es tut uns leid, dass du Deutschland schon am Montag für die nächsten Jahre verlassen wirst, aber wir alle freuen uns von Herzen mit dir. Herzlichen Glückwunsch!«
Julian stand auf der Bühne, unfähig etwas zu sagen.
Ich habe ein Stipendium bekommen? Das kann nicht sein. Das ist ein Irrtum. Ich habe mich doch gar nicht beworben, schoss es wie Blitze durch seinen Kopf.
Sein Blick ging von Frau Brücher zu seinen Eltern, die aufgestanden waren und begeistert in den tosenden Applaus mit eingestimmt hatten. Er sah zu Paula hinüber, die genauso regungslos dastand wie er. Viktoria war ebenfalls

aufgestanden. Julian konnte sie aus der Ferne auf eine Art lachen sehen, die ihn erschaudern ließ. Bevor er realisieren konnte, was gerade passiert war, wurde er schon von seinen Mitschülern umringt, die ihm alle gratulieren wollten.

»Mensch Julian, das hättest du uns auch mal erzählen können!«

»Gut gemacht, Alter!«

»Stanford, wow!«

»Wer wirft in der nächsten Saison die Tore für uns?«, fragte Jannik, sein Mannschaftskollege vom TuS Ferndorf.

»So, wenn wir dann bitte weitermachen könnten!«, bat die Oberin mit gefasster Stimme ins Mikrofon.

Endlich wurde Julian aus seiner Trance gerissen. *Ich muss das klarstellen. Ich gehe nicht nach Stanford. Auf keinen Fall! Wo bitte, kommt diese Nachricht an die Direktorin her?*

Er ging nach vorne und bat um das Mikrofon. Das Missverständnis musste er sofort aufklären.

»Julian, Sie dürfen gleich gerne als Jahrgangsbester ein paar Worte an Ihre Lehrer und Mitschüler richten, aber jetzt fahren wir mit der Zeugnisvergabe fort.«, sagte die Oberin freundlich, aber entschieden.

So stand er am Abend seines Abiballs auf der Bühne des Gläsersaals und sah hinüber zu dem Tisch, an dem seine Familie saß. Doch ein Platz war leer.

Wo ist Paula?, fragte er sich panisch.

Paula

Paula stand gemeinsam mit Julians Eltern und seiner Schwester am Tisch und applaudierte. Der ganze Saal applaudierte. Aber warum? Paula musste die Direktorin falsch verstanden haben. Sie hatte gehört, dass Julian die nächsten Jahre in Stanford studieren würde und das konnte ja nicht sein.
Paula hielt inne: *Oder habe ich doch richtig gehört? Nein, das kann nicht sein. Julian geht nach Stanford? Niemals! Das hätte er mir gesagt. Er würde nie eine so weitreichende Entscheidung ohne mich treffen. Nein, das würde er mir nicht antun. Ich kenne Julian. Das muss ein Missverständnis sein.*
Bitte, lieber Gott, mach, dass das nicht wahr ist!
Der Umschlag! Noch immer hielt sie ihn ungeöffnet in der Hand. ‚Für meine geliebte Paula' hatte Julian in seiner unverkennbaren Schrift darauf geschrieben.
Langsam zog sie eine Postkarte aus dem Umschlag heraus. Es sollten nur vier gedruckte Worte sein, die ihr Leben für immer verändern würden:
»Es tut mir leid!«
Die Rückseite war leer. Nichts, keine Erklärung – einfach nichts! Paula sah zu Julian auf die Bühne, doch der wurde gerade von seinen Mitschülern umringt. Sie sah zu Viktoria hinüber: »Ist alles in Ordnung?«, fragte sie. »Du siehst blass aus.«
Paula war unfähig, etwas zu erwidern. Tränen liefen ihr übers Gesicht. Sie nahm ihre Tasche und rannte, von Applaus begleitet, durch den Saal, dem Ausgang zu. Sie lief weiter, die Treppe hinunter, raus aus dem Gebäude und

blieb abrupt stehen. Sie bekam keine Luft. An einen Laternenpfahl gestützt, versuchte sie ein paar Mal tief ein und aus zu atmen, doch es gelang ihr nicht.

Ich muss hier weg!

Heute

Julian

Julian saß an seinem Schreibtisch im Büro und dachte nach. Er hatte seit Tagen Schwierigkeiten sich auf das neue Projekt zu konzentrieren, von dem sein Vater erwartete, dass er es eigenständig von Beginn an leitete und natürlich auch erfolgreich zu Ende brachte.
Eine ganze Woche war es jetzt her, dass er seine Nummer in ihrem Krankenzimmer auf dem Nachttisch hinterlassen hatte. Und noch immer hatte Paula sich nicht gemeldet. Dabei war er so guter Dinge gewesen, als Philipp ihm von Schwester Astrids Trick mit seiner Handynummer erzählt hatte.
Sie hatten sich auf ein Bier in der Hammerscheune getroffen und er hatte versucht seinen wiedergewonnenen Freund auszuhorchen. Philipp hatte ihn natürlich sofort durchschaut und ihm, ohne sich lange bitten zu lassen, alles erzählt, was er wusste.

»Was? Deine Frau hat meinen Zettel verschwinden lassen?«, fragte Julian entrüstet nach. »Wieso das denn? Kein Wunder, dass Paula mich nicht anruft.«

»Jetzt warte doch erst einmal ab«, beschwichtigte Philipp ihn. »Astrid hat ihn doch nur heimlich eingesteckt, um Paula aus der Reserve zu locken. Meine Frau ist nämlich ganz schön clever«, verkündete er stolz.

»Jetzt lass dir doch nicht alles aus der Nase ziehen!« Julian wurde ungeduldig.

»Naja, sie hat deinen Zettel auf den Boden außerhalb der Reichweite von Paula fallen lassen, sodass die Liebe deines Lebens gezwungen war, aus dem Bett zu steigen, wenn sie unbedingt an deine kostbare Nummer gelangen wollte.«

Julian setzte sich kerzengerade auf. »Sie ist das Risiko eingegangen, wieder auf den Boden zu stürzen, nur um an meine Handynummer zu kommen? Wirklich?« Julians Augen leuchteten auf. »Philipp, das bedeutet doch etwas, oder?« Julian wartete gar nicht erst ab und gab sich die Antwort selbst: »Natürlich bedeutet das was.«

Er konnte sein Glück kaum fassen. »Und dann?«, fragte er gespannt.

»Sie ist aufgestanden, um das Bett herumgegangen und hat ihn vom Boden aufgehoben«, fasste Philipp das Unglaubliche in Kurzform zusammen.

»Und ihre Lähmung?«

»Weg!«

»Im Ernst? Paula kann wieder gehen? Sie ist also wieder ganz gesund?«

»Körperlich anscheinend ja!«

Julian strahlte. »Das müssen wir feiern! Bitte noch zwei Bier«, bat er die Kellnerin, »und einen Schnaps«, rief er hinterher. »Ich spendiere dir ein Taxi! Und jetzt erzähl mir mehr!«, forderte er Philipp auf.

»Hallo? Es gibt da so etwas wie Schweigepflicht, mein Lieber. Und die gilt auch für Krankenschwestern!«, hatte Philipp ihn belehrt. »Du kannst froh sein, dass ich dir überhaupt so viel erzählt habe.«

»Hast ja recht! Dann ist sie also wieder zu Hause?«

»Soweit ich weiß, ja!«

»Sehr gut! Mehr muss ich nicht wissen.«

Paula

Noch immer wusste Paula nicht, ob sie sich bei Julian melden sollte oder nicht. Auf der einen Seite hatte sie nur durch pure Willenskraft ihre psychogene Lähmung in die Wüste geschickt, auf der anderen Seite war sie sich nicht sicher, ob sie sich noch einmal in ein Gefühlschaos stürzen sollte.
Es war völlig verrückt. Seit ein paar Tagen wohnte sie wieder in ihrer kleinen aber feinen Wohnung am Fischbacherberg. Zum Glück war sie selbstständig und musste sich bei keinem Arbeitgeber wegen dieser seltsamen Diagnose krankmelden. Es hätte sicher Erklärungsbedarf bestanden.
Paula fühlte sich, als sei sie eine Ewigkeit weg gewesen, so viel war in ihrem Leben geschehen. Sie hatte Julian wiedergesehen, Doktor Hommrighausen kennengelernt, sich mit Astrid angefreundet … und hatte ihren ersten Job als Hochzeitsrednerin hinter sich gebracht. Bei dem Gedanken daran stieg ihr noch immer die Röte ins Gesicht. Sie musste unbedingt Rike anrufen und sich bei ihr entschuldigen.

Dass draußen vor dem Haus zwei ganze Tage lang ein dicker Benz gestanden hatte, freute sie sehr. In dem Wagen hatte der Mann gesessen, der ihr den letzten freien Parkplatz am Oberen Schloss geklaut und sie eine Stunde später auf seinen Armen ins Krankenhaus getragen hatte. Julian schien wirklich etwas daran zu liegen sie wiederzusehen. Paula hatte deswegen lange mit Lina telefoniert. Die war ganz aus dem Häuschen gewesen.

»Warum hast du dich nicht früher gemeldet? Ich wäre sofort in den nächsten Flieger gestiegen und hätte Julian eins auf die Nase gegeben«, hatte sie sich ereifert.

»Seit wann bist du denn so aufbrausend?«

»Das kann ich dir sagen – seit ich endlich nochmal drei Nächte am Stück durchgeschlafen habe. Ich strotze förmlich vor Energie.«

»Dann sollte sich wohl am besten ganz Amerika vor dir in Acht nehmen«, lachte Paula. »Aber weißt du was? Ich habe im Krankenhaus jemanden kennengelernt. Ich glaube, ihr würdet euch gut verstehen.«

Und dann erzählte sie Lina alles, was ihre neue Freundin in den letzten Tagen so getrieben hatte. Sie berichtete ihr, wie Astrid Julian Heinbach in der Putzkammer eine Ohrfeige gegeben, wie sie den Zettel mit Julians Handynummer vor ihr versteckt und wie sie Paula mit einem Trick ans Laufen gebracht hatte.

»Unglaublich!«, staunte Lina.

»Und das Beste kommt erst noch«, freute sich Paula darauf, »es hat sich herausgestellt, dass Schwester Astrid die Ehefrau von Philipp Fries ist. Ist das nicht der Knaller?«

»Das ist allerdings ein Knaller«, stimmte Lina ihr zu. »Der gute alte Philipp. Die Frau muss ich unbedingt kennenlernen. Sie scheint ganz schön taff zu sein. Klasse, dass ihr euch angefreundet habt. Dann könnt ihr ja demnächst immer zu viert um die Häuser ziehen«, wurde Paula von ihrer Freundin aufgezogen.

»Wie jetzt? Eben wolltest du ihm noch eins auf die Nase geben und jetzt soll ich mit ihm um die Häuser ziehen? Entscheide dich mal!«

Lina war ernst geworden. »Willst du wirklich meinen Rat hören?«

»Deshalb habe ich dich angerufen.«

»Fahr zu ihm! Sieh ihm in die Augen, wenn er dir erklärt, warum er dich damals so verletzt hat.«

Paula musste einen Moment überlegen. Lina hatte wahrscheinlich recht.

»Ich überleg es mir. Danke! Selbst aus der Ferne bist du mir eine gute Freundin«, sagte Paula dankbar.

»Immer wieder gerne … und halte mich auf dem Laufenden, ok?«

»Ja klar. Pass auf dich auf und grüß Nick und die Kinder ganz lieb von mir!«

Nachdem sie das Telefonat beendet hatte, schickte sie eine Sprachnachricht an Astrid, in der sie sie bat, ihr über Philipp die Adresse von Julian zu besorgen.

Paula konnte schon im Geist die Schnappatmung hören, die Astrid bekommen würde, sobald sie nach ihrer Schicht die Mailbox abhörte.

Paula hatte es sich nicht leicht gemacht. Aber sie hatte sich entschieden: Sie würde Julian Heinbach eine zweite Chance geben.

Aber nur die eine!, schwor sie sich selbst.

Julian

Julian hatte seine indischen Geschäftspartner im noch recht neuen Hotel an der Koblenzer Straße abgesetzt und fuhr die Freudenberger Straße entlang nach Seelbach, bog hinter der Filiale der Siegener Stadtbank rechts ab und fuhr den Stich hinunter auf den Parkplatz. Simone hatte vergessen Eier zu besorgen und ihn gebeten auf dem Heimweg kurz beim Supermarkt anzuhalten.
Julian wusste, dass er ihre Geduld in den letzten Tagen sehr strapaziert hatte. Er war schlecht gelaunt, kam oft zu spät zum Essen nach Hause und gesprächig war er zurzeit auch nicht.
Auf dem Weg zu seinem Wagen machte er kurzentschlossen kehrt, schnappte sich einen bunten Strauß Blumen und stellte sich erneut an der Kasse an. Er hatte Simone sowieso viel zu selten Blumen mitgebracht. Es wurde Zeit, dass er ihr endlich mal wieder zeigte, wie wertvoll sie für ihn war.
Die Ampel am Seelbacher Weiher war wie immer rot. Kurze Zeit später fuhr er vorschriftsmäßig durch Lindenberg, um nicht wieder wegen überhöhter Geschwindigkeit geblitzt zu werden. Schmunzelnd erinnerte er sich daran, wie er damals mit Paula im Bürgerhaus auf den achtzehnten Geburtstag seines Mannschaftskollegen eingeladen war. Es war ein schöner Abend gewesen. Sie hatten zusammen getanzt, geschwoft und sich geküsst. Nach zwei Stunden hatten sie die Party verlassen und waren in seinem grünen Polo umhergeirrt, bis sie endlich eine Stelle am Waldrand gefunden hatten, wo sie ungestört knutschen konnten. Das hatten sie auch ausgiebig getan.

Und wieder eine rote Ampel, dachte Julian, während er auf der Wilhelmshöhe auf Grün wartete. Kurze Zeit später bog er hinter der Galerie von der Olper Straße rechts ab und fuhr die Fließenhardtstraße hinauf. Noch einmal nach links und er war zu Hause. Er nahm die Blumen aus dem Fußraum, klemmte sich die Eier unter den Arm und suchte an seinem Schlüsselbund nach dem Haustürschlüssel.
Er wollte ihn gerade ins Schloss stecken, als die Tür von innen aufgerissen wurde und Paula wie aus dem Nichts vor ihm stand. Er konnte es nicht glauben. Paula? Bei ihm zu Hause? Die Eier rutschten an seinem Anzug entlang und fielen auf den Boden.

»Paula?«

Paula hob den Blick und sah ihn an.
Was Julian dort erkennen konnte, riss mit einem Schlag jegliche Hoffnung aus seinem Herzen.
Es war Verachtung! Pure Verachtung lag in ihrem Blick. Warum? Er verstand die Welt nicht mehr ...

»Ich, … Paula, was …?«, hörte er sich selbst stammeln.

»Ich will dich nie wieder sehen!«

»Aber ...«, Julian versuchte, sie am Ärmel festzuhalten. »Paula, bitte!«, flehte er.
Paula riss sich los, sah ihn noch einmal an, blickte auf die Blumen in seiner Hand und fragte:

»Warum tust du mir das an?«

Simone

Endlich. Sie hatte schon auf sie gewartet. Simone hatte all die Jahre geahnt, dass der Tag irgendwann kommen würde, an dem Paula Rubens bei Julian vor der Tür auftauchen würde.

Jetzt war der Moment gekommen. Dass sie gerade mit Schürze und Schneebesen bewaffnet in seiner Küche stand, war ein glücklicher Zufall.

Dann mal los! Du schaffst das! Gib alles!, feuerte sie sich selbst an.

Noch bevor es klingelte, ging sie zur Tür.

»Hey Schatz, hast du an die Eier gedacht?«

Das hatte gesessen! Der neu entdeckten Jugendliebe von Julian Heinbach wich schlagartig das Lächeln aus dem Gesicht. Hatten ihre Augen gerade noch vor Aufregung gefunkelt, so war nun jeglicher Glanz erloschen.

Simone konnte zufrieden zusehen, wie ihre Anwesenheit in Julians Haus und die Worte ihrer Begrüßung alles Leben aus Paula Rubens heraus gesogen hatten.

»Oh, Entschuldigung! Ich hatte nur einen Schatten vor der Tür gesehen und dachte, Sie seien Julian.«

Simone beobachtete, wie Paula versuchte Haltung zu bewahren und nach den richtigen Worten suchte, aber keine fand.

»Ich bin Paula, Paula Rubens.« Mehr kam ihr nicht über die Lippen.

»Ach, Sie sind Paula? Das ist ja nett. Endlich lernen wir uns mal kennen. Julian hat schon so viel von Ihnen erzählt. Und? Wie hat Ihnen der Film gefallen? Gregory Peck ist schon ein beeindruckender Mann, stimmt's? Aber, was

rede ich … Jetzt kommen Sie doch erst einmal herein!«, forderte sie Paula auf.
Wortlos trat Julians Gast ein und sah sich unbehaglich um.

»Schön haben Sie es. Wohnen Sie schon lange hier?«

Jetzt hab ich dich! Eine sehr gute Frage, aber die Antwort wird dir ganz sicher nicht gefallen.

»Was auch immer lange heißt, aber mittlerweile sind es schon vier gemeinsame Jahre.«
Simone sah ungerührt zu, wie Paula sich im Türrahmen festhalten musste. Das war der Todesstoß. Da war sie sich sicher.
Freundlich fragte sie: »Geht es Ihnen nicht gut? Möchten Sie ein Glas Wasser? Ich kann Ihnen gerne ein Glas holen. Julian müsste jeden Augenblick nach Hause kommen. Sie können gerne ablegen und mit uns essen? Ich habe sein Leibgericht gekocht.«
Tja, meine Liebe, dieses Spiel habe ich wohl gewonnen, freute sich Simone und sah zu, wie Paula aschfahl im Gesicht in Richtung Haustür ging.

»Nein, Danke!«

»Ach, das ist aber schade!«
Was dann kam war filmreif. Ausgerechnet heute hatte sich Julian entschieden, ihr Blumen mitzubringen. Das hatte er erst viermal getan und das jeweils an ihrem Geburtstag.
Ein Mann, der seiner Lebensgefährtin seine Liebe mit einer liebevollen, kleinen Geste beweist ... herrlich. Was für ein Timing.
Arme Paula, sie erlebte gerade das traurige Ende eines perfekt inszenierten Drama-Stückes, in dem sie die Hauptrolle spielte.
Aber nach allem, was sie über Paula Rubens gehört hatte, würde sie es verkraften. Und wenn nicht, gab es immer noch diesen Doktor Hommrighausen in der Psychiatrie, über den sich Julian so geärgert hatte. Da brauchte sie selbst dieser Paula gegenüber kein schlechtes Gewissen zu haben.

Sie sah hinter Julian her, wie er rufend die Straße hinunterlief. Boshaft lächelnd nahm sie ihr Handy vom Sideboard.

»Viktoria, ich bin's. Mein Job ist endlich erledigt.«

Früher

Julian

»Wo ist sie?«, fragte er seine Schwester.

»Wer?«

»Jetzt frag nicht so blöd! Ich meine Paula!«

»Keine Manieren, hat das junge Ding. Ich habe es schon immer gewusst«, mischte sich seine Mutter ein.

Julian ging nicht darauf ein. »Jetzt sag schon!« Dass seine Stimme fast flehentlich klang, war ihm egal.

»Deine Paula hat gerade tränenüberströmt den Saal verlassen.«

»Was? Wo ist sie hin?«

»Vielleicht hat dein Freund Philipp ja eine Idee. Ihm hast du schließlich zu verdanken, dass deine Freundin weg ist.«

Philipp? Was hatte der denn damit zu tun? Egal! Das würde er später klären. Ohne ein weiteres Wort eilte er aus dem Saal. Draußen auf der Treppe traf er Lina.

»Wie kannst du ihr das nur antun? Du bist echt das Letzte!«

»Was? Lina, nein! Das stimmt nicht. Wirklich nicht. Ich gehe nicht nach Stanford, keine Ahnung wie die Brücher darauf kommt.«

»Du willst mir aber jetzt nicht erzählen, dass du dich gerade da drinnen hast feiern lassen, während Paula denken muss, dass du genauso ein Schwein bist wie ihr Vater?«

»Ich habe doch erst selbst nicht verstanden, was passiert ist. Lina, bitte! Hilf mir, sie zu finden!«

»Natürlich helfe ich dir, sie zu finden. Aber, ob ich dir dann sage, wo sie ist, weiß ich noch nicht. Ich bin extrem sauer auf dich!«

Nach einer halben Stunde kehrte er völlig verzweifelt zurück. Auf der Wiese vor dem Eingang stand Philipp mit zwei ihrer gemeinsamen Freunde. Julian hörte, wie er sagte: »Ich hatte auch keine Ahnung, dass er weggeht. Ehrlich nicht.«

»Ich dachte, du bist sein bester Freund?«, fragte einer der beiden.

»Das dachte ich auch!«, antwortete Philipp leise.

Hatte Viktoria eben gesagt, Philipp sei schuld an der ganzen Sache? Julian dachte nicht weiter nach. Er musste seiner Verzweiflung endlich Raum verschaffen und lief einfach los. Er rannte auf Philipp zu, riss ihn mit sich zu Boden und setzte sich rittlings auf ihn.

»Was hast du mit Paula gemacht? Was hast du der Brücher erzählt?«, schrie er ihn an.

»Sag mal, spinnst du? Nichts hab ich gemacht. Und was soll ich der Brücher erzählt haben? Hast du sie noch alle?«, jetzt wurde auch Philipp wütend und wehrte sich.

Und dann wälzten sich plötzlich zwei Abiturienten, die bis gerade noch die besten Freunde gewesen waren, in ihren schicken Anzügen auf der Wiese.

»Sag du mir lieber, warum du einfach so abhaust, ohne mir etwas zu sagen!« schrie Philipp gekränkt zurück.

»Das verzeihe ich dir nie!«, schwor Julian.

Viktoria

Was für eine Freude, dachte Viktoria ein paar Tage später, als sie mit ihrer Mutter in Julians Zimmer über einer Vielzahl von Tapetenmustern saß.
‚Mutterliebe' war für Yvonne Heinbach ein Fremdwort. Schon immer waren ihr das Jetset-Leben, ihr Ansehen, die Firma, wichtiger als ihre eigenen Kinder gewesen. Hätte ihre Mutter nicht Hannah zu ihrer und Julians Betreuung eingestellt, die mehr als nur ein Kindermädchen für sie beide gewesen war, sie wüssten heute wahrscheinlich beide nicht, was ehrliche Zuneigung bedeutete. *Doch!,* verbesserte sich Viktoria selbst. *Seit Julian mit Paula zusammen ist, darf zumindest er es jeden Tag erfahren.*

Stanford in Kalifornien … Viktoria hatte lange überlegt, ob sie mit einem angeblichen Stipendium, ausgerechnet für diese Elite-Universität, nicht übertrieb. Doch sie wusste genau, welche Knöpfe sie drücken musste, damit ihre Mutter so reagierte, wie ihre Tochter es wollte. Ein Festsaal von applaudierenden Menschen, weil der Sohn von Yvonne Heinbach nach Stanford geht. Das war genau das, was ihre Mutter liebte – und sie hatte es ihr gegeben. Yvonne würde nicht bereit sein, diese Anerkennung und Ehre wieder herzugeben.

»Ach Mama, traurig, wie alles gekommen ist. Wirklich! Aber ihr habt auf jeden Fall die richtige Entscheidung getroffen«, schmeichelte sie.

»Uns blieb ja leider auch nichts anderes übrig. Diese Schmach, wenn herausgekommen wäre, dass sich jemand einen Scherz erlaubt und der Direktorin eine gefälschte

E-Mail gesendet hat. Ich bitte dich, was sollen denn die Leute denken?«

»Richtig! Schließlich hat Frau Brücher vor allen Gästen damit angegeben, dass jemand von ihrer Schule ein Stipendium in Stanford bekommen hat. Hast du die neidischen Blicke mancher Eltern gesehen, als sie es verkündet hat?«, stichelte Viktoria weiter. »Ihr konntet Julian keine Wahl lassen. Auch wenn es euch eine Stange Geld kostet, die Studiengebühren für Stanford aufzubringen, weil das Stipendium ja leider gar nicht existiert. Wie gut, dass Papa so eng mit George Anderson befreundet ist.«

»Das kannst du laut sagen. Säße George in Stanford nicht genau an der richtigen Stelle, hätten wir Julian niemals von heute auf morgen ohne diesen langwierigen Bewerbungsprozess dort unterbringen können. Und dass er zunächst nur als Gaststudent dort ist, muss ja außer uns niemand erfahren!«

Dass ihre ehemalige Direktorin sogar Bezug auf Julians Abreisedatum nehmen würde, indem sie ihm für seine Reise am Montag alles Gute wünschte, war die Krönung gewesen.

Viktoria hatte nicht damit gerechnet, dass ihre Eltern sofort alle Hebel in Bewegung setzen würden, damit ihr Sohn zwei Tage nach dem Abiball, wie von Frau Brücher angekündigt, das Land verlassen konnte, um nach Kalifornien zu fliegen.

Der Abend des Abiballs war so ganz nach Viktorias Geschmack verlaufen:

Paula hatte fluchtartig den Saal verlassen, nachdem sie die angeblich von Julian geschriebene Karte gelesen hatte. In der Buchhandlung in der Nähe des Kölner Tores hatte sie gefunden, was sie gesucht hatte und die vorgedruckte Karte gekauft. Mit teuflischer Vorfreude hatte sie sie in Julians beschrifteten Briefumschlag gesteckt.

Nachdem Paula weggelaufen war, war Julian an ihrem Tisch aufgetaucht. Sie hatte ihre Chance genutzt und ihm den Floh ins Ohr gesetzt, dass Philipp etwas mit der ganzen Geschichte rund um sein Stipendium zu tun gehabt hätte – und das mit nur einem leicht beiläufigen Satz. Ein spontaner Einfall, für den sie sich im Nachhinein noch immer lobte.

»Das ist ja unglaublich, Julian hat ein Stipendium, darauf sollten wir anstoßen!«, hatte sie ihr Spiel nach der großen Verkündigung weitergespielt. »Papa, da bist du sicher stolz. Dein Sohn studiert in Stanford. Was werden dich deine Geschäftskunden beneiden.«

In die Richtung ihrer Mutter gewandt, hatte sie gestichelt: »Und sicher nicht nur Papas Kunden, auch die Nachbarn und deine Freundinnen aus dem Rotary Club … sieh mal, da kommt schon Frau Menn, um dir zu gratulieren.«

Umso tiefer war Julians Fall gewesen, als er auf dem Heimweg im Auto saß und das Missverständnis aufklärte.

»Soll das heißen, du hast gar kein Stipendium? Ja, aber das geht doch nicht. Die Leute denken doch jetzt, dass du ab Montag im Ausland bist«, hatte Yvonne Heinbach die Situation für sich zusammengefasst. »Das ist eine Katastrophe! Christopher, was machen wir denn jetzt?«, hatte sie ihren Mann gefragt, ohne eine wirkliche Antwort zu erwarten.

Viktoria hatte ihren Bruder beobachtet, wie er zusammengesunken neben ihr auf der Rückbank gesessen hatte. Tröstend hatte sie ihren Arm um ihn gelegt.

»Hey Brüderchen, ich weiß, wie du dich jetzt fühlst. Stanford ist gerade dein kleinstes Problem, oder?«, hatte sie Julian ihr Mitgefühl vorgegaukelt. »Vergiss diese Paula. Vergiss Philipp, vergiss für ein paar Jahre das Siegerland und nutz deine Chance!«

Julian hatte sie groß angesehen! »Welche Chance? Bist du verrückt? Ohne Paula gehe ich nirgendwo hin.«

»Und ob du das wirst, mein Sohn! Am Montag wirst du im Flieger sitzen. Koste es, was es wolle! Wie sähe das denn sonst aus?«, hatte ihre Mutter ganz in Viktorias Sinne entschieden.

»Christopher, du wirst George Anderson anrufen und das mit einer großzügigen Spende regeln, verstanden?« Ihr Tonfall hatte keinerlei Widerrede zugelassen. Christopher Heinbach hatte wie immer nur mit den Schultern gezuckt und geschwiegen.

Julian hatte den ganzen Sonntag verzweifelt versucht, Paula oder Lina zu erreichen. Ohne Erfolg. Er war zu seiner Freundin nach Hause gefahren, doch niemand hatte ihm geöffnet. Ans Telefon war Paula auch nicht gegangen. Auch bei Lina hatte er es anscheinend versucht.

Da hatte sie ganze Arbeit geleistet. Obwohl ihr der eigene Bruder jetzt doch etwas leid tat. Dennoch musste und wollte sie den letzten Schritt auch noch gehen: »Soll ich es mal bei Philipp versuchen?«, fragte sie scheinheilig.

»Ich verstehe das nicht. Gestern war doch noch alles in Ordnung! Wie kann Paula glauben, dass ich sie, ohne ein Wort zu sagen, verlassen würde? Wie kann das sein? Sag es mir!«, flehte Julian seine Schwester an.

»Ich weiß es nicht. Aber vielleicht wird dir etwas Abstand jetzt ganz gut tun?«, versuchte sie ihren Bruder halbherzig zu trösten.

»Ich werde morgen auf keinen Fall in den Flieger steigen. Ich werde Paula nicht verlassen. Ich liebe Paula, ich will nicht ohne sie sein! Das muss sie wissen, aber ich erreiche sie einfach nicht.«

»Dann versuch es weiter!«, riet sie ihm in dem Wissen, dass Paula ganz sicher nicht für ihn zu sprechen sein würde. Schließlich musste sie denken, dass Julian sich mit der ‚Es tut mir Leid'-Karte am Samstag von ihr verabschiedet hatte.

Apathisch hatte Julian am Montagmorgen neben seinen Koffern gestanden und willenlos alles über sich ergehen

lassen. Wie ein wildes Tier hatte er zuvor mit seinen Eltern gekämpft und doch verloren.
Die Wunde, die sie ihrem Bruder zugefügt hatte, hatte ihn seiner Kräfte beraubt, sodass er irgendwann kapituliert hatte und nicht mehr in der Lage gewesen war, weiter mit seinen Eltern zu diskutieren.
Viktoria hatte ihn zum Abschied in den Arm genommen:
»Ach übrigens, ich habe Philipp erreicht. Er sagt, er hätte dir nur einen Streich spielen wollen und es täte ihm leid, dass er die Mail an Frau Brücher geschickt hat.«
Du wirst es verkraften. Noch ein Jahr, Brüderchen, dann werde ich mit dem Studium fertig sein und in die Firma einsteigen. Du kannst dir in Stanford gerne eine Ami-Tusse suchen und für immer drüben bleiben.

»Schätzchen, was hältst du denn von der hier?«, fragte ihre Mutter und hielt ein Stück champagnerfarbene Tapete in die Höhe, auf die goldglänzende Lilien gedruckt waren.

»Sehr schön, Mama. Mein zweites Zimmer wird traumhaft aussehen.«

Heute

Paula

Das lasse ich auf keinen Fall zu! Niemals! Sie war wütend. So unglaublich wütend auf sich selbst. *Wie konnte ich nur so dumm sein, und mir eine gemeinsame Zukunft mit Julian ausmalen? Warum bin ich schon wieder auf ihn reingefallen?*
Paula wusste warum: *Weil es mir imponiert hat, dass er mich auf seinen Armen in die Notaufnahme getragen hat. Weil er fast zwei ganze Tage auf einem Stuhl vor meiner Zimmertür verbracht hat, nur um mit mir zu reden.*
Sie war gerührt davon, dass er mit Astrid diese unglaubliche Überraschung geplant und spät abends ihren Lieblingsfilm und den Recorder ins Krankenhaus geschmuggelt hatte.
Sie hatte es als Zeichen gesehen, dass sie der pure Wille, unbedingt an Julians Handynummer zu gelangen, von ihrer Lähmung geheilt hatte. Die Gefühle kamen doch nicht von ungefähr. Sie hatten in ihr geschlummert wie ein Bär im Winterschlaf. Und dann waren sie plötzlich mit einer Macht aufgebrochen, die sie völlig aus der Bahn geworfen hatte.
Man bin ich blöd!
Und naiv,
und dämlich,
und doof,
und ...

Paula fielen noch viele Worte für ihre bodenlose Dummheit ein. *Nein, ich werde nicht zusammenbrechen. Das ist er nicht wert. Nicht noch einmal. Ich werde ihn vergessen. Ein für alle Mal.*
Diese Simone hatte ihr die Augen geöffnet. Seit vier Jahren wohnte er schon mit ihr zusammen. Wie konnte er bloß … noch nie in ihrem Leben hatte sie sich so gedemütigt gefühlt.
Natürlich ging es Julian Heinbach nicht um sie, sondern lediglich darum, sein schlechtes Gewissen zu beruhigen. Sie fragte sich ernsthaft, wie weit er wohl gegangen wäre. Hätte er Simone mit ihr betrogen? Wann hatte er ihr sagen wollen, dass er fest liiert war.
Bei aller Wut und Enttäuschung zwang sich Paula fair zu bleiben. Realistisch gesehen hatte Julian nichts Unrechtes getan. Er hatte lediglich versucht, mit ihr zu reden und seine Handynummer für sie hinterlassen. Mehr nicht.
Sie war es, die sein Verhalten völlig fehlinterpretiert hatte. Die sich so sehr ein unerwartetes Happy End gewünscht und sich eingeredet hatte, dass auch er bei ihrem Wiedersehen seine Liebe zu ihr wieder neu entdeckt hatte.
Ich werde es überleben! Julian Heinbach, ab heute bist du für immer Geschichte!, schwor sie sich. *Ab morgen fängt ein ganz neues Leben für mich an.*

»Aber erst ab morgen!«, wiederholte sie schluchzend ihren Schwur, als sie sich in ihrem Hosenanzug ins Bett legte und bis in den frühen Morgen hinein durch weinte.
Ab sofort musste sie sich ablenken.
Gerade wollte sie zum Handy greifen, als es auf dem Tisch zu bimmeln begann.

»Astrid, hey, wie geht's?«

» ...«

»Mir? Mir geht's gut, warum fragst du?«

» …«

»Gestern Abend? Oh, der Abend war auf jeden Fall sehr aufschlussreich.«

» ...«

»Nein, mehr gibt es nicht zu erzählen. Mir geht's gut und ich muss auch jetzt los«, würgte sie ihre Freundin mit einer Lüge ab.

Paula sammelte sich kurz und rief dann bei Mark Hommrighausen an. Auch er hatte ihr seine Handynummer gegeben. »Für alle Fälle, falls Sie mal jemanden zum Reden außerhalb eines Therapiegespräches brauchen. Ich bin ein guter Zuhörer ...«

Über Astrid wusste sie, dass er verwitwet war. Sie würde daher kaum Gefahr laufen, bei ihm zu Hause einer Simone zu begegnen. Sie sehnte sich nach zwei starken Armen, die sich sanft um sie legten und sie vor der Welt beschützten. Also verabredete sich mit dem Doktor in der 10bar in Siegens Oberstadt. Das war unverfänglich.

Sie musste Julian aus ihrem Herzen verbannen und wünschte sich nichts sehnlicher, als dass das Gesicht, das sie seit Jahren in ihren Träumen vor sich sah, durch das eines anderen Mannes ersetzt würde.

Es war ein schöner Abend gewesen. Richtig nett sogar! Mark war wirklich ein toller Zuhörer.

Sie hatten draußen im Biergarten gesessen, einen Wein getrunken und sich gut unterhalten. Mehr nicht. Doch Paula wollte mehr. Den ganzen Abend hatte sie auf seine Hände gestarrt, auf seinen Mund, auf die gekrausten Haare, die über seiner Brust aus dem Hemd herauslugten. Als er sie später zu ihrem Auto brachte und sie zur Verabschiedung weder in den Arm nahm, noch sie nach einem weiteren Treffen fragte, nahm sie das Zepter selbst in die Hand, gab ihm einen Kuss auf die Wange und lud sich für das nächste Treffen schlichtweg selbst bei ihm ein.

Auf dem Heimweg zog sie ein kurzes Resümee:

Mark ist ein interessanter Mann, der mir dabei helfen wird, Julian Heinbach endlich zu vergessen.

Doktor Hommrighausen

Er war aufgeregt. Niemals hätte er zu träumen gewagt, dass ihm das noch einmal passieren würde.
Mark kam aus der Dusche und trocknete sich ab. Wie lange war es her, dass er weiblichen Besuch bei sich zuhause empfangen hatte. Er meinte damit nicht die Ehefrauen seiner Freunde, die sich nach dem Tod seiner Frau rührend um ihn gekümmert hatten. Nein, dass er sich jemals wieder verlieben würde, damit hätte er nicht gerechnet.
Paula Rubens war aber auch etwas Besonderes. Wie verletzlich und gleichzeitig willensstark sie in ihrem Krankenbett gelegen hatte. Sie wollte sich vom Leben nicht unterkriegen lassen und nach allem, was sie ihm in den beiden Therapiesitzungen aus ihrer Lebensgeschichte erzählt hatte, war ihr das auch bisher gelungen – solange, bis dieser Julian wieder in ihr Leben getreten war.
Eine psychogene Lähmung, das war schon harter Tobak. Die bekam man nicht einfach so, nur weil man nach vielen Jahren seine alte Jugendliebe wiedersah. Julian Heinbach musste sie damals zutiefst verletzt haben. Er hatte ihr Vertrauen missbraucht. Er hatte sie von jetzt auf gleich verlassen und war in die USA gegangen, genau wie Paulas Vater. Und das, obwohl er gewusst haben musste, wie sehr sie unter dem Verrat des Vaters gelitten hatte. Das war für Paula unverzeihlich.
Die beiden wichtigsten Männer in ihrem Leben hatten sie allein gelassen. Das hatte eine Wunde in ihr Herz geschlagen, die bis heute nicht verheilt und die an jenem Nachmittag bei der Trauung im Schlossgarten wieder aufgerissen worden war.

Die Liebe zwischen den beiden musste damals eine ganz besondere Tiefe gehabt haben, sonst wäre Paula nicht zusammengebrochen. In den Gesprächen hatte er ihre Zerrissenheit deutlich spüren können. Sie liebte Julian noch immer. Nach all den Jahren. Für ihn völlig unverständlich, doch so war das wohl mit der Liebe.
Ob sie Julian Heinbach jemals vergessen und offen für eine neue Beziehung sein wird?
Diese wunderbare Frau hatte einen Mann an ihrer Seite verdient, der absolut ehrlich und aufrichtig zu ihr war. Aus diesem Grund hatte er sich selbst hinterfragt: Natürlich hätte er ihr am liebsten deutlich dazu geraten, unbedingt die Finger von dem Kerl zu lassen und ihn auf keinen Fall wiederzusehen. Doch war er sich nicht sicher gewesen, ob er ihr diesen Rat aus medizinischer Sicht oder aus der Sicht eines verliebten Mannes gegeben hätte.
Das war der Moment gewesen, an dem er die letzte Sitzung im Krankenhaus abgebrochen und sie an seine Kollegin übergeben hatte.
Umso erfreuter war er gewesen, als sie ihn gestern anrief, um sich mit ihm zu treffen. Sie bräuchte jemanden zum Reden, hatte sie gesagt. Natürlich war ihm klar, dass es für Paula noch viel zu früh war, an eine neue Partnerschaft zu denken, aber den Grundstein dafür, den konnte er mit gutem Gewissen legen.
Immerhin war sie nicht mehr seine Patientin und daher gab es aus moralischer Sicht keinerlei Einwände, sich mit ihr zu treffen. Also hatte er ‚Ja‘ zu ihrer ersten Verabredung gesagt.
Ich werde behutsam sein. Zuhören, sie zu nichts drängen – einfach als ein guter Freund an ihrer Seite stehen. Vorerst. Vielleicht wird sich im Laufe der Zeit etwas Festes daraus entwickeln. Es gibt nichts, was ich mir mehr wünschen würde, als mit Paula gemeinsam durchs Leben zu gehen, versuchte Mark seine Gefühle zu analysieren. *Wir sind uns zwar kürzlich erst begegnet und ich habe Paula ganz*

sicher noch nicht mit all ihren Facetten kennengelernt, und doch würde ich ihr gerne meine Liebe schenken, wunderte er sich über sich selbst.
Diese Erkenntnis war für ihn nicht leicht zu akzeptieren. Er hatte seine Frau verloren und kannte den Schmerz, den der Verlust eines geliebten Menschen mit sich brachte. Deshalb hatte er auch bisher nicht zugelassen, dass sich eine andere Frau seinem Herzen näherte.
War Paula Rubens die Richtige für ihn? Sie hatte viele Jahre einen ähnlichen Schmerz mit sich herumgetragen, der sich in dem Wiedersehen mit Julian Heinbach endlich Bahn gebrochen hatte. Das war gut. Als Psychiater war ihm bewusst, wie wichtig es für seine Patienten war, die Gefühle zu analysieren und sich ihnen zu stellen. Nur dann war man eines Tages in der Lage, mit ihnen abzuschließen und wieder neu in die Zukunft zu sehen.
Genau das war bei Paula geschehen. Endlich gab es nach so vielen Jahren für sie die Chance, endgültig mit ihrer alten Liebe abzuschließen und ein neues Leben zu beginnen. Jetzt, wo sie der Ursache ihres jahrelangen Schmerzes ins Auge gesehen hatte.
Wie gerne würde er ihr dabei helfen!

Es war ein schöner Abend im Biergarten der 10bar gewesen. Sie hatten viel gelacht und Paula hatte sich noch einmal bei ihm für die – wie sie sich ausdrückte – wertvollen Gespräche bedankt. Julian Heinbach war den ganzen Abend kein Thema gewesen und er hatte der Versuchung widerstanden, danach zu fragen, ob sie sich mit ihm getroffen hatte oder nicht.
Dass sie ihn zum Abschied gefragt hatte, ob sie den Abend noch einmal wiederholen sollten, war ihm Antwort genug. Er hatte sie zu ihrem Wagen gebracht, den sie gekonnt am Seitenstreifen der steilen Löhrstraße abgestellt hatte. Unsicher wie ein kleiner Junge hatte er dagestanden und nicht gewusst, wie er sich verabschieden sollte. Letztlich

war sie es gewesen, die ihm einen Kuss auf die Wange gegeben und gesagt hatte: »Gute Nacht Mark, bis morgen bei dir?«
Er hatte seinem Stationsarzt mitgeteilt, dass er nur im Notfall gestört werden dürfe, hatte im Blumenladen in der Schlosserstraße in Weidenau angehalten und war weiter über Schleifmühlchen nach Hause gefahren. Sein Weg hatte ihn den Lindenberg hinauf, an der Eremitage vorbei bis nach Rödgen geführt. Dort war er nach der Simultankirche rechts abgebogen und in den Höhenweg gefahren.

Jetzt standen die Blumen auf dem Couchtisch, der Grauburgunder war kaltgestellt und die Pralinen, die er eben noch schnell im Krankenhaus-Shop besorgt hatte, waren auf einer Etagere angerichtet. So aufgeregt war er lange nicht mehr gewesen. Er konnte sich nicht daran erinnern, wann er sich das letzte Mal Gedanken darum gemacht hatte, welches Aftershave er benutzen sollte.

Es klingelte. Mark Hommrighausen öffnete die Tür und war sprachlos. Paula stand in einem engen grünen Etuikleid und silberglänzenden Highheels vor ihm. Er war von ihrem Anblick so gefesselt, dass er völlig vergaß sie hereinzubitten.
Paula ließ ihn lachend stehen und schlängelte sich an ihm vorbei in den Flur. Ihr Haar trug sie heute offen. Das hatte er noch nicht an ihr gesehen. Erst jetzt registrierte er, wie lang sie waren und wie der warme brünette Ton ihr Gesicht umschmeichelte.

»Machen wir uns heute einen schönen Abend?«, fragte sie.

»Ich bitte darum!«

Früher

Julian

Die ersten Wochen in Kalifornien waren eine Katastrophe gewesen. Er hatte sich nicht länger als eine halbe Stunde auf den Unterricht konzentrieren können, ohne dass seine Gedanken zu Paula abgeschweift wären. Der Dozent hatte ihn schon zweimal ermahnen müssen. Beim dritten Mal, so hieß es, würden die Eltern informiert. Sie waren es schließlich, die das Studium ihrer Kinder finanzierten.
Ja und? Sollen sie doch! Ich bin schließlich nicht freiwillig hier!
Noch immer hatte er nicht verstehen können, was genau eigentlich geschehen war. Philipp, ausgerechnet Philipp, sollte ihm einen Streich gespielt haben, der sein Leben ruiniert hatte?
Genau so hatte er es gesehen: Sein Leben war ruiniert. Wie sollte er jemals ein Leben ohne Paula an seiner Seite leben können?
Seine Kommilitonen hatten kein Verständnis für seine schlechten Leistungen – sowohl im Handball als auch in den anderen Fächern. Ganz im Gegenteil. Sie waren von seiner schlechten Laune genervt und hatten sich von ihm zurückgezogen. Er war eh ein Außenseiter. Er kam aus Deutschland und seine Englischkenntnisse reichten zwar aus, um dem Unterricht zu folgen, aber so manche Pointe der Witze, die sich die Jungs gerne erzählten, war an ihm vorübergezogen.

Einige Monate später, von Paula hatte er nichts mehr gehört, hatte er sich endlich darauf einlassen können, die Zeit an der Stanford University zu nutzen und es als ein Privileg zu sehen, dort studieren zu dürfen.
Die hohen Leistungsansprüche hatten ihn nach einer schmerzvollen Zeit von seiner Trauer um Paula abgelenkt. Ein Jahr später hatte er sich voll und ganz eingelebt. Auch die Sprache stellte keine Barriere mehr dar. Er konnte mittlerweile genauso seine Witzchen reißen wie alle anderen auch. Der Unterricht forderte ihn positiv heraus. Er war akzeptiert, hatte sich einen Stammplatz in der Handball-Mannschaft erkämpft und fühlte sich geehrt, seine Uni in den USA sportlich vertreten zu dürfen.
Hatte er es zunächst nicht erwarten können, sein Master-Studium abzuschließen und zurück nach Deutschland zu gehen, zog ihn später nichts mehr Heim. Christopher Heinbach hatte seine Kontakte spielen lassen und seinem Sohn eine führende Position in einem amerikanischen Unternehmen vermittelt, das einem seiner vielen Geschäftspartner gehörte.
Julian hatte abgelehnt.
Er war es leid, sich von seinen Eltern sein Leben diktieren zu lassen und war mit seiner Freundin Abby nach Boston gezogen. Er hatte nur zwei Bewerbungen an zwei große Unternehmensberatungsfirmen geschrieben, war bei zwei Vorstellungsgesprächen gewesen und hatte nach zwei Wochen die Zusage beider Unternehmen erhalten. Die Zahl ‚Zwei' schien seine Glückszahl zu sein. Er war stolz. Und das durfte er auch sein. Er hatte einen sehr guten Abschluss der Stanford University in der Tasche und das Strippenziehen seines Vaters zum Glück nicht nötig.

Abby war super. Sie war intelligent, hübsch, sportlich, liebte es, zu shoppen und mit ihm ins Kino zu gehen. Doch als der Prüfungsstress vorbei war und er sich an seinem neuen Arbeitsplatz hervorragend eingelebt hatte, fiel ihm

auf, dass das tatsächlich alles war. Sollte er seine Freundin charakterisieren, fielen ihm genau diese Dinge ein.
Er hatte an seinem Schreibtisch aus teurem Mahagoni-Holz gesessen und über Paula nachgedacht. Wieder mal … Wie würde er sie beschreiben, wenn man ihn nach seiner ersten großen Liebe fragen würde? Warmherzig, lebensfroh, mitfühlend, ehrlich, fair, liebevoll und stets auf das Wohl anderer bedacht, waren nur einige ihrer vielen Charaktereigenschaften.
An diesem Tag hatte ihn eine tiefe Erkenntnis getroffen: Paula Rubens war nicht nur seine erste große Liebe, sondern auch seine einzige. Noch am selben Abend war er vom Büro in sein luxuriöses Appartement in Beacon Hill gefahren und hatte sich von Abby getrennt.
Ein halbes Jahr später hatte ihn seine Mutter angerufen und angefleht, zurück ins Siegerland zu kehren, um für eine Zeit die Geschäfte der Firma zu übernehmen.

»Junge, du musst sofort nach Hause kommen!«, hatte sie ohne Umschweife das Gespräch eröffnet.
Seitdem er das Angebot seines Vaters ausgeschlagen hatte, für seinen Freund zu arbeiten, herrschte zwischen ihm und seiner Familie Funkstille. Es musste etwas passiert sein, wenn seine Mutter ihn jetzt anrief.
Julian hatte noch gut ihren letzten Streit im Ohr:

»Dein Vater hat sich für dich weit aus dem Fenster gelehnt, mein Sohn. Du wirst dieses Angebot auf keinen Fall ablehnen. Wie sieht denn das in der Geschäftswelt aus? Ein Sohn, der sich gegen seinen Vater stellt … das kannst du uns nicht antun!«, waren ihre deutlichen Worte gewesen. Doch er hatte abgelehnt. Er musste sich aus den Fängen seiner Eltern befreien.
Sie hatten ihn gegen seinen Willen nach Stanford geschickt – auch wenn er ihnen heute dankbar dafür war – aber das hätten sie nicht tun dürfen.

»Warum, Mutter, sollte ich nach Hause kommen? Ich bin sehr glücklich hier.«

»Dein Vater ist krank.«
Scheinbar reichte das seiner Mutter als Erklärung.

»Papa ist krank? Wie geht es ihm?«, fragte Julian erschrocken nach. Er kannte seinen Vater nur als großen starken Mann, den nichts aus der Bahn werfen konnte. Seien es zähe Verhandlungen bis tief in die Nacht, Viktoria mit ihrem Herumgezicke oder Yvonne mit ihrem anstrengenden Standesdünkel. Ihm fehlte schlichtweg die Fantasie, sich seinen Vater in einem Krankenbett liegend vorzustellen.

»Christopher hatte einen Herzinfarkt und braucht dich unverzüglich in der Firma.«
Das war es also. Er sollte nicht zurückkommen, weil sein Vater ihn gerne in seiner Nähe haben wollte. Nein, der Sohn sollte die Brücken hinter sich abbrechen, um sich um die Firma des Vaters zu kümmern. Julian musste sich beherrschen, den Hörer nicht auf die Gabel zu werfen. Stattdessen fragte er:

»Was ist mit Viktoria? Warum vertritt sie ihn nicht?«

»Muss ich dir das wirklich erklären? Was denkst du denn, warum ich nach der Geburt von Viktoria noch einmal schwanger geworden bin? Seit Generationen wird unser Unternehmen an den jeweils erstgeborenen Sohn übergeben und dein Vater und ich werden da ganz sicher keine Ausnahme machen.«
Julian konnte nicht glauben, was er da hörte.

»In welchem Jahrhundert lebt ihr eigentlich? Viktoria hat Betriebswirtschaftslehre studiert und nach allem was ich von ihr höre, macht sie bei euch einen sehr erfolgreichen Job.«

»In welchem Jahrhundert wir leben? Das ist Tradition, mein Sohn! Viktoria wird auf keinen Fall das Unternehmen deines Vaters übernehmen, es sei denn ...«
Julian wurde hellhörig: »Es sei denn was?«, fragte er nach.

»Es sei denn, du hast noch keinen männlichen Nachfolger gezeugt bis du fünfunddreißig Jahre alt bist.«

Julian war sprachlos. Davon hörte er heute zum ersten Mal. In der Firmengeschichte, war das Unternehmen zwar stets an einen männlichen Nachkommen übergeben worden, aber die Zeiten hatten sich geändert. Waren seine Eltern tatsächlich auch heute noch so engstirnig, dass Viktoria mit ihrer Qualifikation keine Chance hatte? Selbst in den Königshäusern war das heute kein Thema mehr.

»Also, wann kommst du? Ich lasse dir einen Fahrer an den Flughafen schicken.«

»Ich werde nicht kommen, Mutter.«

»Du wirst kommen. Dein Vater liegt im Sterben und du lässt ihn auf seinem Sterbebett im Stich?«, fauchte sie in den Hörer.

Julian musste nachdenken.

»Also gut, ich habe hier noch einiges zu regeln und werde mir zwei Wochen frei nehmen. Und Mutter ... spiel keine Spielchen mit mir! Ich komme nicht, um die Firma zu übernehmen, sondern um meinen Vater zu sehen. Hast du verstanden?«

»Schick Viktoria eine Mail, wann du landen wirst. Sie kann sich um dich kümmern.«

Doch Yvonne hatte ein Spiel gespielt. Sein Vater hatte zwar einen Herzinfarkt gehabt, doch war es nur ein leichter gewesen, sodass er schon nach ein paar Tagen, nachdem er drei Stents gesetzt bekommen hatte, wieder auf den Beinen gewesen war.

Von einem Sterbebett war plötzlich keine Rede mehr – zum Glück!

Es hatte seinen Vater viele Überredungskünste gekostet, dass er länger als die geplanten zwei Wochen blieb.

Und er war geblieben. Er hatte das Appartement in Boston verkauft und einen schönen Bungalow in Freudenberg nach seinen Wünschen entwerfen lassen. Etwas oberhalb vom Gambachsweiher und weit weg von seinem Elternhaus.

Die Entscheidung, im Siegerland zu bleiben, so hatte er erst später bemerkt, lag in seiner Hoffnung begründet, eines Tages zufällig Paula über den Weg zu laufen. Viktoria schien von dem Testament seiner Eltern nichts zu wissen, denn sie war wider Erwarten sehr freundlich und hilfsbereit zu ihm gewesen. Sie hatte ihm sogar eine Haushaltshilfe besorgt, die im Gegenzug für ihre Dienste unten in seiner Einliegerwohnung wohnte. Und das jetzt schon seit vier Jahren.
Er hatte Simone lieb gewonnen. Sie war für ihn das Mädchen für alles. Sie kochte, putzte, kaufte ein, kümmerte sich um seine Wäsche und um den Garten. Sie verstanden sich so gut, dass er sie hin und wieder abends zu einem Glas Wein nach oben in seine Wohnung einlud und hin und wieder, als gute Freundin, auf eine Geburtstagsfeier mitnahm.
Seine Arbeitszeiten waren oft bis spät in den Abend hinein, da war er froh, den Haushalt in guten Händen zu wissen.

Ich kann Viktoria für den Tipp mit Simone gar nicht genug danken.

Gabi Rubens

Da war ihr wieder ein ganz besonderes Schmuckstück gelungen. Es hatte sich unter den Brautpaaren schnell herumgesprochen, dass es bei ihr leckere und individuelle Hochzeitstorten zum adäquaten Preis gab. Heute hatte sie sogar eine Bestellung in der Transportbox stehen, die sie vorsichtig bis nach Königswinter ausliefern musste.
Gabi genoss die Zeit, die sie entspannt in ihrem Wagen verbrachte. Sie konnte beim Fahren so wunderbar nachdenken. Noch schöner aber war es, wenn Paula auf dem Beifahrersitz saß. Mittlerweile hatten sie einige gemeinsame Aufträge und Gabi freute sich über jede Minute, die sie mit ihrer Tochter verbringen konnte.
Paula war eine bekannte und vor allem professionelle Hochzeitsfotografin geworden, die in den letzten Jahren sogar bundesweit gebucht wurde. Meistens aber nahm sie Aufträge in der näheren Umgebung an. Gabi hatte manchmal das Gefühl, ihre Tochter tat das nur, damit ihre Mutter nicht so lange alleine zuhause war.
Sie waren zu einem guten Team zusammen gewachsen. Paula als Fotografin, sie als Hochzeitstortenbäckerin mit einer kleinen Backküche, die sie in Kaan-Marienborn angemietet hatte. Kaum, dass sie sich selbstständig gemacht und ihr Gewerbe angemeldet hatte, war jemand vom Gesundheitsamt vorbeigekommen und hatte ihr die offizielle Genehmigung erteilt, dort für die Brautpaare zu backen, die Paula ihr vermittelt hatte.
Ohne Paula hätte sie diesen Schritt wahrscheinlich nie gewagt. Ihre Tochter hatte es ihr vorgemacht. Sie hatte Mut bewiesen und nach der Ausbildung den Job bei Brillen-

Hase aufgegeben, obwohl man sie dort gerne übernommen hätte.

»Mama, das Fotografieren ist meine Leidenschaft. Ich muss diesen Weg jetzt einfach gehen«, hatte sie ihr damals ohne jeglichen Zweifel erklärt.

Paula hatte neben ihrer Arbeit in der Oberstadt so viele Anfragen von Familien, werdenden Müttern und Brautpaaren erhalten, dass sie schon lange nicht mehr alle Termine unter einen Hut bekam. Abends saß sie oft bis kurz vor Mitternacht am PC und bearbeitete die Bilder, die sie zuvor geschossen hatte.

»Ich weiß, mein Kind! Das weiß ich schon lange!«, hatte sie geantwortet und war dafür fest umarmt worden.

»Danke Mama, deine Meinung ist mir wirklich wichtig!«

Schon nach ein paar Monaten hatte sich Paula vor Anfragen nicht mehr retten können. Ihre Samstagnachmittage waren für das kommende Jahr schon fast alle belegt. Sie hatte ihre Tochter lange nicht mehr so glücklich gesehen.

Seit drei Monaten suchte sie jetzt sogar nach passenden Räumlichkeiten für ein eigenes Studio. Sie brauchte Ausstellungsfläche – einen gemütlichen Raum, in dem sie ihre Kunden empfangen und deren Wünsche bezüglich des Shootings aufnehmen konnte. Nicht zuletzt aber auch, um eine warme und trockene Kulisse zu haben, wenn das Wetter draußen nicht mitspielte – und das auch noch zu einem erschwinglichen Preis. Gabi war überzeugt, dass Paula auch dafür eine Lösung finden würde.

Sie kennt inzwischen so viele nette Menschen. Es hat bestimmt bald jemand einen Tipp für sie. Da war sich Gabi ganz sicher.

Das Leben war gerade wieder so richtig schön. Ihr Chef aus der City-Galerie hatte ihr zum Abschied einen großen Karton mit Altbeständen zusammengestellt, die sie wunderbar in ihrer neuen Küche gebrauchen konnte. Die

Krönung aber hatte sie von Paula bekommen: eine echte KitchenAid-Küchenmaschine in liebesapfelrot.
Beim Auspacken war es Paula, die Tränen in den Augen gehabt hatte, so sehr hatte sie sich gefreut, dass sie ihrer Mutter endlich diese Freude bereiten konnte.

Jetzt war es langsam Zeit, sich zu revanchieren. Paula hatte eine gute Ausbildung genossen, war bodenständig, konnte mit Geld umgehen, wusste, was sie wollte und ... sie hatte Zukunftspläne. Sie wollte in eine eigene kleine Wohnung ziehen und ein Fotostudio eröffnen.
Ja, genau jetzt ist der Zeitpunkt gekommen, um es ihr endlich zu sagen.

Es war Samstagnachmittag, die Sonne schien von links durch die Scheibe und wärmte ihr Gesicht. Gabi hatte lange nach einem Auto suchen müssen, das bezahlbar und möglichst nicht reparaturanfällig war. Vor allen Dingen aber musste die große Transportbox gut gesichert in den Kofferraum gestellt werden können. Darin hatte die größte Herausforderung bestanden. Am Ende war ein dunkelgrüner Renault Kangoo dabei heraus gekommen.
Paula hatte lachend auf der Straße gestanden, als sie mit ihrer neuen Errungenschaft vor ihrem Häuserblock vorgefahren war.
»Sag nichts! Ich weiß - schön ist etwas anderes!«
Eine Woche später, Paula war schon früh zu einem Shooting gefahren, um eine hochschwangere Kundin in der Morgendämmerung zu fotografieren, war sie aus dem Haus gekommen und hatte für einen kurzen Augenblick nach ihrem Auto gesucht. Dieses Grün war doch nun wirklich nicht zu übersehen gewesen. Bei dem Gedanken daran musste Gabi lachen. Paula hatte jedoch kein Shooting gehabt, sondern mit viel Liebe einen großen Aufkleber mit pinkfarbener Schrift an beiden Autotüren angebracht, auf dem unverkennbar ‚Gabi's Tortenträume'

geschrieben stand. Noch immer war sie ganz gerührt, wenn sie daran zurückdachte. Sie liebte Paula und heute Abend würde sie es ihr unbedingt noch einmal sagen!

Hinter Overath machte die A4 eine kleine Rechtskurve. Die Sonne blendete. Und da stand er plötzlich – der LKW – mitten auf der rechten Spur. Der Bremsweg war kurz. Gabi trat das Bremspedal bis zum Anschlag durch.

Im Unfallbericht der Polizei würde am Abend zu lesen sein:

»Das Opfer verstarb noch an der Unfallstelle!«

Heute

Philipp und Astrid

»Wir müssen etwas unternehmen. So kann das auf keinen Fall weitergehen!«, schimpfte Astrid. »Jedes Mal, wenn ich bei ihr anrufe, sagt sie, alles sei in bester Ordnung und hängt einfach ein.«

»Das kenne ich. Bei Julian ist es ganz genauso. Dabei haben wir uns gerade wieder etwas angenähert.«

»Da muss etwas vorgefallen sein. Es kann doch kein Zufall sein, dass Paula mich nach Julians Adresse fragt und beide danach nicht mehr für uns zu sprechen sind«, grübelte Astrid.

»Bin ich froh, dass ich die Liebe meines Lebens nicht mehr suchen muss und jeden Morgen neben ihr aufwachen darf.«

Philipp nahm seine Frau an der Hand und lief mit ihr an der Ferndorf entlang zu ihrem Auto.

Astrid schmiegte sich an ihn.

»Und weißt du, was auch noch ganz seltsam ist? Doc George ist eben von Schwester Margret dabei gesehen worden, wie er Pralinen gekauft hat.«

»Ja und?« Philipp stand auf dem Schlauch.

»Wie, ja und? Bist du bei der Polizei, oder ich? Ich spreche von Doktor Mark Hommrighausen, der seit Jahren keine Frau mehr angeguckt hat und nie mehr als rein medizinisches Interesse an ihnen gezeigt hat – bis Paula aufgetaucht ist. Was, wenn die Pralinen für sie sind?«

»Und das alles glaubst du, hoffst du oder weißt du, Frau Oberkommissarin.«

»Das ‚Frau-Oberkommissarin-spielen' überlasse ich mal lieber deiner Kollegin Johanna. Aber mal im Ernst. Kommt dir das nicht auch verdächtig vor?«

»Aber wieso denn? Selbst wenn er sich mit Paula trifft und ihr Pralinen schenkt, dann ist das doch gut.«

»Ist es nicht!«

»Ist es nicht?«

Astrid wurde langsam sauer. »Musst du mich ständig wiederholen? Selbstverständlich haben beide wieder ein neues Glück verdient, aber der Doc ist der Falsche für Paula.«

»Warum?« Er bemühte sich inständig, die Logik seiner Frau zu verstehen, hatte aber große Mühe damit.

»Sie sind beide Single, haben keine gemeinsame Vorgeschichte und können sich ganz unbeschwert in ein Liebesabenteuer stürzen.«

»Aber doch nicht, wenn ihr Herz einem anderen gehört«, erklärte Astrid.

»Astrid, Liebes, ich würde mich ja auch freuen, wenn Julian und Paula endlich wieder zusammenkommen würden, aber es soll wohl nicht sein. Paula hat von uns seine Adresse bekommen, ist zu ihm gefahren und dann wird irgendetwas passiert sein, von dem wir nichts wissen«, fasste Philipp die Situation zusammen.

»Aber was denn bloß? Die beiden waren doch auf einem so guten Weg.«

»Weiß der Himmel, wie Julian es mal wieder geschafft hat, es zu verbocken. Aber scheinbar hat es bei ihrem Treffen endgültig ‚Puff' gemacht. Aus und vorbei mit der Liebe! Und jetzt ist es Zeit, sich nach einer neuen Liebe umzusehen«, war seine Theorie.

»Ihr Männer tickt auch nicht mehr ganz richtig«, tadelte Astrid ihn. »Die Liebe macht doch nicht einfach ‚Puff'!«
Nachdenklich stiegen sie ins Auto.

»Nein, nein, nein … ich muss wissen, was da los ist. Kannst du mich bitte zu Paula fahren?«
Sie hatten beide zur gleichen Zeit ihre Schicht beendet und saßen nun schweigend nebeneinander im Auto auf dem Weg zum Fischbacherberg.
»Ihr Mazda ist nirgendwo zu sehen«, stellte Philipp nüchtern fest.
»Warte hier!«
Fünf Minuten später kam Astrid enttäuscht zurück.
»Sie macht nicht auf.«
»Oder sie ist nicht da!«
»Stimmt. Weißt du was? Ich habe da eine Idee.«
Sie fuhren über Koch's Ecke geradeaus Richtung Kreisel und dann den Lindenberg hinauf. Auf Höhe des Sportplatzes sagte Astrid: »Ich muss es einfach wissen.«
»Findest du das wirklich in Ordnung?«
»Allerdings! Ich habe nur Paulas Glück im Auge!«
» … und bist vielleicht auch ein klitzekleines Bisschen neugierig?«, zog Philipp seine Frau auf.
»Ja, vielleicht!«, räumte Astrid ertappt ein.
Statt an der Eremitage links Richtung Niederdielfen abzubiegen und nach Hause zu fahren, blieben sie auf der B54.
»Warte, fahr etwas langsamer. Hier irgendwo muss der Höhenweg abgehen«, suchte Astrid nach dem Straßenschild. »Stopp! Hier ist er! Die Hausnummer weiß ich nicht. Aber in dieser Straße muss er wohnen.«
»Und was erhoffst du dir jetzt von diesem Manöver?«
Im Schritttempo fuhr Philipp durch den Höhenweg. Es war eine lange Straße. Dann, vor einem großzügigen Einfamilienhaus, entdeckten sie tatsächlich Paulas türkisfarbenen Wagen.
Astrids Stimme überschlug sich: »Sie ist hier! Ich hab's gewusst! Philipp, ich hab's gewusst. Was sagst du jetzt?«
Philipp war überfordert. Was sollte er dazu sagen?
»Freu dich doch, dass die beiden einen schönen Abend haben.«

Sie sahen aus dem Seitenfenster hinauf zum Wohnzimmer von Mark Hommrighausen, hinter dessen Gardine sich gerade zwei Menschen zuprosteten.

»Wir fahren!«, entschied Philipp und ließ den Motor an.

»Warte!«

»Astrid, du kannst gerne aussteigen und das Haus beobachten, aber ich fahre jetzt nach Hause.«

Beleidigt sagte sie: »Na gut! Aber fünf Minuten hättest du mir ruhig noch geben können!«

Philipp fuhr los, drehte etwas oberhalb vor einer Garage und schlich seiner Frau zuliebe im Schneckentempo den Berg wieder hinunter.

Jetzt war es Philipp, der seinen Blick nicht von dem Haus des Doktors abwenden konnte und interessiert beobachtete, wie ein weiblicher Schatten seinem Gegenüber langsam das Hemd aufknöpfte, um es ihm dann ungeduldig über den Kopf zu ziehen.

»Oha!«, sagten Astrid und Philipp gleichzeitig.

Doktor Hommrighausen

Wunderschön liegt sie vor ihm auf dem Teppich. Ihr langes glänzendes Haar hat sich aufgefächert wie ein Heiligenschein. Sie lächelt ihn an. Ihre Brüste sind prall, ihre Taille gertenschlank. Mark kann sich nicht an ihr sattsehen. Er möchte dieses Bild für immer in seiner Erinnerung festhalten.

Seine Hose wird eng, als sie ihm andeutet, sich zu ihr zu legen. Seine Hände berühren sanft ihre Wangen. Dabei sieht er sie zärtlich an. Er wandert mit seinen Fingern über ihren Hals, streift wie zufällig über ihre Brust und spielt an dem Piercing in ihrem Bauchnabel.

Paula stöhnt leise. Er will sie ansehen. Will jeden Moment mit ihr genießen. Er beugt sich über sie und öffnet mit seiner Zunge ihren Mund. Seine Küsse werden fordernder. Er löst sich von ihr und beginnt mit seiner Zunge ihren Hals entlangzuwandern, während er seine Hand sanft auf ihre Brust legt. Er spürt die Knospe unter seiner Handfläche, die sich unter seinen Küssen aufgestellt haben. Er beginnt sie zu streicheln, zieht seine Kreise von außen immer weiter nach innen, während er ihren Hals mit Küssen bedeckt.

Er wandert weiter nach unten, bis er ihre Knospen mit seinem Mund umschließt. Aus seiner Kehle steigt ein gieriger Laut.

Er muss sich selbst zügeln. Er öffnet den Reißverschluss seiner Jeans um etwas Platz zu schaffen und setzt sich auf sie. Was er sieht, erfüllt ihn mit grenzenloser Begierde. Kleine Schweißperlen haben sich auf Paulas Haut gebildet.

»Mach weiter!«, fordert sie ihn auf.
Sein Gesicht bewegt sich über ihren Bauch hinunter zwischen ihre Beine, während er mit seinen Händen weiter an ihren festen Brüsten spielt. Paulas Stöhnen wird lauter. Sie fingert an seiner Hose. Mark rollt sich von ihr und streift sich die Hose ab. Paula dreht ihn auf den Rücken und beginnt mit seinem Brusthaar zu spielen, während sie ihn küsst. Ihre Zunge ist feucht, die Hände sind warm. Seine Haut beginnt zu glühen. Der Atem geht schneller.
Seine moralischen Zweifel sind wie weggeblasen. Er kann nichts mehr denken, will nicht darüber nachdenken, was morgen ist. Er will mit Paula eins werden. Jetzt!
Auf der Straße hupt ein Auto. Mark setzt sich erneut auf sie und will noch einmal ihren Anblick genießen, bevor er in sie eindringt. Ihre Schönheit macht ihn sprachlos. Auf der Straße hupt ein Auto. Ihre Verletzlichkeit lässt ihn kurz innehalten, bevor er behutsam in sie eindringt.
Verletzlichkeit! Der Gedanke trifft Mark mitten ins Herz. Vorsichtig zieht er sich aus ihr zurück.
Es geht nicht! Ich werde ihre Verletzlichkeit und Sehnsucht nach Geborgenheit nicht ausnutzen.
Paula sieht ihn fragend an. Er legt sich an ihre Seite und nimmt sie zärtlich in den Arm. Sie schmiegt sich an ihn. Ein paar Minuten bleiben sie eng umschlungen liegen. Zwei Menschen, die gehofft hatten, im anderen Trost und Geborgenheit zu finden.
Paula steht auf und zieht sich an. Auf der Straße hupt ein Auto. Mark steht auf und sieht den Rücklichtern eines davonfahrenden Autos hinterher. Er hilft Paula in ihre Jacke und dreht sie zu sich um.
Sie legt ihre Arme um seinen Hals und sieht ihn lange an.

»Danke!«, sagt sie und zieht die Tür leise hinter sich zu.

Früher

Paula

Paula fiel es schwer, mit ihrem Schmerz umzugehen. Sie vermisste ihre Mutter. Die Wohnung war ohne sie so unglaublich leer. Obwohl der Unfall jetzt schon ein paar Wochen zurücklag, kroch die Trauer immer wieder an ihr hoch, wie eine Raupe an einem Ast, um sich dann gemütlich einzunisten. Das wollte sie nicht mehr.
Auch nicht, dass die Trauer ihr die Freude daran nahm, Menschen zu fotografieren, die gerade an einen Punkt in ihrem Leben angelangt waren, an dem sie glücklich und mit freudiger Erwartung in die Zukunft blickten.

So hatte Paula entschieden, weiterhin in der Wohnung am Fischbacherweg wohnen zu bleiben. Den Mietvertrag für die Einliegerwohnung mit kleinem Garten in der Dreisbach hatte sie wieder gekündigt, noch bevor sie eingezogen war. Der Vermieter hatte zum Glück verständnisvoll reagiert und ihr keinerlei Kosten in Rechnung gestellt. Er hatte selbst als junger Mann plötzlich seinen Vater verloren und konnte verstehen, dass Paula, vier Wochen nach dem Tod ihrer Mutter, nicht nach einem Umzug zumute war.
Sie war fest entschlossen nach vorne zu sehen. Sie wollte lernen, dankbar für die wunderbare und wertvolle Zeit zu sein, die sie mit ihrer Mutter verbracht hatte und hoffte inständig, dass diese Dankbarkeit eines Tages über den

Schmerz siegen würde. Es war Zeit aufzuräumen! Sie musste und wollte es endlich angehen.
Zuerst war der Kleiderschrank an der Reihe. Trotz des wenigen Geldes hatte sich ihre Mutter immer pfiffig und gepflegt gekleidet. Nicht nur einmal hatte sie beobachtet, wie sich ein Mann interessiert nach ihr umgedreht hatte. Nicht zuletzt, da sie ihre lebensbejahende Ausstrahlung zurückgewonnen hatte.
Paula behielt eine Jeansjacke und zwei Blazer, die man vorne offen tragen konnte. Sonst passte ihr leider nichts. Ihre Oberweite war wesentlich größer als die ihrer Mutter. Auch von den Hosen kam für sie nichts infrage. Gabi Rubens war acht Zentimeter kleiner gewesen als sie.
All die restliche Kleidung kam in die Umzugskartons, die sie in ihrem Kellerraum gefunden hatte, und würde später in den Second-Hand-Laden gefahren. Weiter ging es mit den Bildern an der Wand, den Büchern, der Schmuckschatulle ihrer Mutter.
Das Zimmer von Gabi Rubens wurde leerer und leerer – doch die Erinnerung blieb. Paula setzte sich aufs Bett und weinte.
Die Tränen waren in den letzten Wochen etwas seltener geflossen, doch das hier – Abschied von den Dingen zu nehmen, die ihre Mutter geliebt und die fest mit ihr verbunden waren – das tat noch einmal besonders weh.
Paula sah sich um. Die Wände waren kahl, die Regale und Schränke leer. Morgen würden die Möbel abgeholt. Sie musste nur noch das Nachtschränkchen ausräumen.
Paula zog vorsichtig, fast andächtig, die oberste Schublade auf. Taschentücher, Lesebrille, Ohropax, Labello und eine Handcreme kamen zum Vorschein. Die zweite Schublade ließ sich etwas schwerer aufziehen. Paula nahm die beiden Bücher heraus und hielt sie sich an die Brust. ‚Stolz und Vorurteil' und ‚Anna Karenina' hießen die Titel der Bücher, die ihre Mutter wieder und wieder gelesen hatte. Sie würde sie auf jeden Fall behalten!

Paula schob die Schublade wieder zu und hörte ein raschelndes Geräusch. Sie zog erneut an dem Griff und sah nach. Ein zusammengebundener Stapel Briefe musste nach vorne gerutscht sein. Paula erkannte die Handschrift ihres Vaters sofort. Irritiert nahm sie das Bündel heraus.
Paula zögerte. Sollte sie die Briefe lesen? Sie hatte Angst vor dem, was sie erwarten würde. Doch dann öffnete sie behutsam die Schleife und betrachtete den obersten Umschlag. Er war ungeöffnet und an ihre alte Anschrift in Dahlbruch adressiert. Ihr Vater musste ihn vor Jahren schon geschrieben haben.
Es war nicht leicht für sie gewesen, ihn bei der Beerdigung nach so langer Zeit wiederzusehen. Irgendjemand musste Lothar Rubens über den Tod seiner Ex-Frau informiert haben. Sie hatte es jedenfalls nicht getan.
Als Paula am Grab ihrer Mutter gestanden und ihren Vater unter den Trauergästen entdeckt hatte, war sie überfordert gewesen. Die eine Hälfte von ihr hätte sich am liebsten in seine Arme geworfen und sich von ihm trösten lassen. Er war die einzige Familie, die sie hatte. Doch die andere Hälfte wollte ihn anschreien, ihm sagen, dass er hier am Grab seiner Ex-Frau nichts zu suchen hätte.
Letztendlich hatte sie ihn mit Missachtung gestraft. Er hatte gewartet, bis die anderen Gäste ihr kondoliert hatten, um ein Wort mit seiner Tochter zu sprechen, doch sie hatte sich umgedreht und war gegangen.

Paula hatte nach dem Tod ihrer Mutter einfach nur funktioniert. Sie hatte die Beerdigung organisiert, eine Anzeige in der Zeitung aufgegeben, Blumen ausgesucht, die wichtigsten Menschen über den Tod ihrer Mutter informiert und mit dem Pfarrer über die Stationen im Leben von Gabriele Rubens gesprochen.
Doch dann, als alles vorbei war, hatte sie jegliche Kraft verloren und war in der Wohnung, in der sie alles an ihre Mutter erinnerte, zusammengebrochen.

Jetzt saß Paula noch immer mit dem Brief ihres Vaters in der Hand auf ihrem Bett – unschlüssig, ob sie ihn öffnen sollte. Und dann rief Lina an.

Paula hatte erst nicht ans Telefon gehen wollen, hatte aber dann die amerikanische Vorwahl erkannt. Es konnte nur Lina sein.

»Hey, meine liebe Freundin, wie geht es dir?«

»Ganz gut!«, hatte sie gelogen.

»Und wie geht's dir wirklich?« Lina war eben Lina.

»Nicht gut, ich liege im Bett und weine«, gestand Paula offen und ehrlich.

»Ich verstehe und das tut mir auch so unglaublich leid. Aber du musst jetzt raus aus dem Bett! Ich brauche dich hier – und zwar sofort!«

Für einen Moment war Paula gezwungen, ihren Kummer auf Seite zu schieben: »Was ist passiert?«

»Hallo? Du weißt aber schon, dass ich nicht zur Beerdigung deiner Mama kommen konnte, weil mich keine Fluggesellschaft mehr hochschwanger mitfliegen lassen wollte, oder?«

Paula verstand noch immer nicht..

»Ach Paula, komm schon!«

Endlich fiel der Groschen: »Nein, oh Lina, herzlichen Glückwunsch! Ist es ein Junge oder ein Mädchen?«

»Es ist ein Junge! Und wer könnte besser das Neugeborenen-Shooting übernehmen als du?«

»Du meinst, ich soll zu euch in die USA fliegen? Jetzt? Lina, ganz ehrlich? Ich weiß nicht, ob ich das kann.«

»Natürlich kannst du! Außerdem will doch unser Sonnenschein so schnell wie möglich seine Patentante kennenlernen.«

Schweigen herrschte in der Leitung.

»Hey, nicht weinen. Ich dachte, du freust dich?«

»Tu ich auch!«

»Sehr gut, dein Flug geht morgen früh um zehn nach sieben ab Frankfurt.«

Lina hatte Paula völlig überrumpelt. Und genau das war es, was sie gebraucht und was Lina mit Sicherheit bezweckt hatte. Sie flog in die USA, um ihre Freundin zu besuchen, ihr Patenkind kennenzulernen und eine Entscheidung darüber zu treffen, wie sie ihr Leben weiter gestalten wollte.
Bevor sie sich von Lina am Telefon verabschiedete, fiel ihr noch eine wichtige Frage ein: »Du sag mal, wie heißt denn der Kleine eigentlich?«

»Er heißt Paul!«

Lina

Ein Freudenschrei hallte durchs Wohnzimmer. Lina lag von der Geburt noch etwas geschwächt auf dem Sofa, Paul lag im Stubenwagen neben ihr und schlief.

»Da bist du ja endlich! Komm her!« Durch einen Tränenschleier hindurch lächelte sie ihren Mann an, der ihre Freundin vom Flughafen abgeholt hatte, und formte mit ihren Lippen das Wort ‚Danke'. Paula, die sich neben sie gesetzt hatte, wurde fest umarmt. Bei dieser Umarmung spürte Lina mit jeder Faser ihres Herzens, wie sehr sie ihre beste Freundin vermisst hatte. Paula schien es genauso zu gehen. Dankbar griffen sie beide in die Papierbox, die Nick ihnen fürsorglich auf den Couchtisch gestellt hatte.

»Ich koche uns mal einen Kaffee«, sagte er und ließ die beiden allein.

Sie hatten kein Wort gesprochen und sich einfach nur in den Armen gehalten.

Wie oft hatte sie mit Nick auf dem Sofa gesessen und ihm die alten Geschichten aus ihrer Jugend mit Paula, Philipp und Julian erzählt. Ihr Mann war etwas neidisch auf ihre so besondere Freundschaft gewesen. Paula jetzt live und in Farbe in ihrer Nähe zu haben, bedeutete ihr sehr viel. Das wusste auch Nick.

Sie hoffte, keinen Fehler begangen zu haben, indem sie ihre Freundin dazu gedrängt hatte, sich auf den weiten Weg zu ihr zu machen. Natürlich hatte sie das Foto-Shooting nur vorgeschoben, um Paula damit aus der Reserve zu locken.

Nick hatte nur den Kopf geschüttelt und ihr prophezeit:

»Darling, das wird nicht funktionieren. Deine Freundin

hat gerade ihre Mutter verloren und möchte jetzt alleine sein. Und du lädst sie genau jetzt in unseren Trubel ein?«

»Du kennst sie nicht! Sie wird kommen, da bin ich mir ganz sicher. Sie braucht Ablenkung … und außerdem muss sie doch nur einmal unseren Paul in ihren Armen gehalten haben, dann wird sie sofort wieder wissen, wie schön das Leben und die Liebe ist.«

»Du willst ihr zeigen, wie schön das Leben und die Liebe ist? Wenn ich dich richtig verstanden habe, hat sie ihre große Liebe verloren und trauert ihr noch immer nach. Und was das Thema ‚Leben' angeht, da hat sie gerade genau die gegensätzliche Erfahrung gemacht, wie wir zwei. Ihr hat man ein Leben genommen, uns beiden ein Leben geschenkt«, hatte Nick ihr seine Meinung mitgeteilt.

Lina hatte lange über die Worte ihres Ehemannes nachgedacht, bevor sie Paula in Deutschland angerufen hatte. Nick konnte recht haben. Sie hatte alles, Paula hatte nichts. Mit dem Besuch bei ihr und ihrer kleinen Familie würde ihrer besten Freundin vor Augen gehalten, was ihr im Leben fehlte: ein Mann, ein Kind, ein großzügiges Zuhause und eine Schwiegermutter, die jeden zweiten Tag bei ihr vor der Tür stand.

Und dennoch hatte sie angerufen. Ihre Freundschaft würde Paula helfen können, den Tod ihrer Mutter zu verarbeiten. Da war sie sich sicher. Sie wollte ihr ihre Trauer nicht nehmen, die musste sie durchleben, um eines Tages wieder voller Dankbarkeit auf die gemeinsame Zeit nach vorne blicken zu können. Aber sie musste das nicht alleine tun. Dafür waren Freundinnen schließlich da. In guten wie in schlechten Zeiten!

Paula ließ ihr Patenkind nicht mehr los, als müsse sie es vor der Welt beschützen. Sobald Paul in seinem Bettchen auch nur einen Mucks von sich gab, sprang sie auf und fragte Lina, ob sie ihn auf den Arm nehmen und trösten dürfe. Lina hatte schnell begriffen, dass es Paul war, der ihre Freundin tröstete und nicht umgekehrt. Also ließ sie Paula mit einem schmunzelnden Blick hinüber zu ihrem Ehemann gewähren.

Zwei Tage später hatte sie Lina gefragt, ob sie sich etwas in ihrer Garage umsehen dürfe.

»Ach du Schreck, in unserer Garage? Da sieht es aus wie bei Hempels unterm Bett. Ich glaube, da sind sogar noch einige alte Sachen des Vorbesitzers drin«, hatte sie versucht, Paula davon abzuhalten.

Doch eine halbe Stunde später, sie war gerade dabei, Paul frisch zu wickeln, wurde sie durchs Treppenhaus nach unten gerufen.

»Lina, kommst du runter, wenn du fertig bist? Und zieh Paul etwas Warmes an, wir machen einen kleinen Ausflug.«

Eine aufgeregte Paula stand draußen vor der Tür. Sie hatte in der Garage einen alten Bollerwagen entdeckt und ihn mit einem Weidenkorb, einem großen Blumentopf, dem eine Ecke fehlte, einem alten Jute-Kartoffelsack, einer Gießkanne und manch anderen seltsamen Gegenständen bepackt, mit denen Lina gerade so gar nichts anfangen konnte.

»Was willst du denn damit?«, fragte sie verwundert.

»Das wirst du schon sehen. Lass dich mal überraschen! Hattest du nicht gesagt, hier liefe ganz in der Nähe ein kleines Bächlein her?«

So langsam dämmerte es ihr, und als sie schließlich den Koffer mit Paulas Kameraausrüstung entdeckte, war ihr alles klar.

Es war das schönste Shooting, das Lina je erlebt hatte. Und sie war schon oft bei Foto-Sessions dabei gewesen. Natürlich bei ihrer eigenen Hochzeit, aber auch als Brautjungfer bei Nicks Schwestern. Ganz zu schweigen von den unzäh-

ligen Familienfeiern, bei denen jedes Mal ein professioneller Fotograf von Nicks Eltern gebucht wurde, der das traute Familienglück für immer festhalten sollte.
Doch bei Paula war das anders.
Paula legte Paul nicht einfach irgendwo auf eine Decke in die Wiese, nein, sie wickelte ihn erst in seine Kuscheldecke, drapierte den mitgebrachten Jutesack in den alten Bollerwagen und zog ihn ins Gras, ganz nah ans Wasser. Dann steckte sie den schlafenden Paul in den Blumentopf und legte sein Schmusetuch so über den Rand, dass man das abgebrochene Stück nicht mehr sehen konnte. Sie rupfte ein paar Gräser aus, arrangierte sie hübsch in der verzinkten Gießkanne und stellte sie etwas abseits mit ins Bild.
Lina sah fasziniert zu. Was für eine Gabe da in ihrer Freundin schlummerte. Und wie sehr sie sich in den letzten Jahren weiterentwickelt hatte. Es war einfach unglaublich. Paula musste ihren Traum vom eigenen Studio unbedingt wahr werden lassen.
Als sie zurückkamen wartete Nick schon mit dem Mittagessen. Es war herrlich, dass er zurzeit zwei Wochen Urlaub hatte. So konnte er seine Frau und deren Freundin mit leckerem Essen verwöhnen.
Paula hatte es kaum abwarten können, die eben geschossenen Bilder zu bearbeiten und hatte sich für den Nachmittag in ihr Zimmer verabschiedet. Lina wusste, dass sie das auch aus dem Grund tat, um ihr etwas Zeit mit ihrer Familie zu gönnen. So war Paula, bei allem, was sie tat, lag ihr Blick immer zuerst auf ihrem Nächsten.
Gegen Abend war Nick mit dem Kleinen zu seinen Eltern gefahren. Sie hatten ihren ersten Enkel bisher nur einmal gesehen und würden sich freuen.
Lina hatte die beiden Ohrensessel in Richtung Kamin gedreht und ein gemütliches Feuer gemacht. Auf dem Tischchen zwischen ihnen stand eine Flasche Baileys, zwei Gläser und ein Schälchen mit Eiswürfeln. Lina setzte

sich und wartete darauf, dass Paula die Treppe hinunterkam, um ein paar ungestörte Stündchen mit ihr zu verbringen.

Sie musste nicht lange warten, da hörte sie die vierte Stufe knarren.

»Hier bin ich!«, rief Lina um die Ecke.

Paula erschien mit einem Stapel Briefe in der Hand und wirkte seltsam unsicher.

»Was hast du da?«

»Das sind Briefe, die mein Vater an meine Mutter und teilweise auch an mich geschrieben hat.«

Lina wunderte sich: »Wirklich? Das ist ja toll. Aber sie sehen noch so ungeöffnet aus!«

»Das sind sie auch. Mama hatte sie in ihrem Nachtschränkchen versteckt und scheinbar nie gelesen.«

»Ich verstehe. Deine Mutter war damals sehr verletzt. Und trotzdem hat sie die Briefe aufgehoben. Sie hat deinen Vater anscheinend nie vergessen können, sonst hätte sie das Bündel sicher weggeworfen«, versuchte sie eine Erklärung für ihre Freundin zu finden, die noch immer unentschlossen mit den Briefen in der Hand vor ihr stand.

»Komm, jetzt setz dich erst einmal hin!«

»Wahrscheinlich hast du recht. Vielleicht hat sie all die Jahre auf den richtigen Moment gewartet, um sie zu lesen«, versuchte auch Paula das Verhalten ihrer Mutter zu verstehen. Sie setzte sich neben Lina in den Ohrensessel und ließ sich ein Glas Baileys reichen.

Jetzt verstand Lina, woher Paulas Unsicherheit kam. Die Ausgelassenheit vom Vormittag war verflogen, eine andere Stimmung machte sich breit. Schweigend sahen sie eine Zeit lang dem Feuer zu.

Bitte, lass mich keinen Fehler machen, betete Lina als sie fragte: »Wollen wir die Briefe gemeinsam lesen?«

»Ich hatte so sehr gehofft, dass du das sagst.«

Lothar Rubens

Meine geliebte Gabi,
ich hoffe so sehr, dass es dir und Paula gut geht. Auf all meine Briefe hast du nie geantwortet und doch werde ich nicht aufhören, dir zu schreiben. Ich habe damals den größten Fehler meines Lebens begangen und ich will, dass du das weißt. Du und Paula, ihr beide seid die wichtigsten Menschen in meinem Leben und werdet es für immer bleiben.
Erinnerst du dich an das Foto, das Paula von uns beiden gemacht hat, als sie ihre erste Kamera von uns zu Weihnachten bekommen hat? Es steht auf meinem Nachttisch. Es erinnert mich jeden Morgen beim Aufstehen und jeden Abend beim Zubettgehen daran, welch glückliche Familie wir gewesen sind.
Ich vermisse euch so sehr! Ich habe dieses Glück zerstört und ich kann nicht in Worte fassen, wie leid es mir tut.
So gerne würde ich wieder Teil eures Lebens sein. Ich möchte mehr, als euch jeden Monat mit Geld zu versorgen. Ich möchte mehr, als morgens neben einem Foto aufzuwachen.
Ich möchte wissen, wie es Paula geht. Was ist aus ihr und Julian geworden? Fotografiert sie noch? Was will sie nach ihrem Abitur studieren? Was hat sie für Zukunftspläne? Und was ist aus deinen Träumen geworden? Gibt es wieder einen Mann in deinem Leben?
Ich erwarte nicht von dir, dass du mir verzeihst, aber wenn du mir die Chance gibst, dich noch einmal zu sehen – und wenn es nur fünf Minuten sind – ich würde mich sofort morgen in den Flieger setzen und zu euch kommen.

Liebe Gabi, ich bitte dich! Du hattest schon immer ein großes Herz:

Bitte, bitte schenk mir ein kurzes Wiedersehen!

Heute

Julian

Julian saß in der Küche und verstand die Welt nicht mehr. Was war bloß passiert? Warum war Paula vor ihm weggelaufen und noch viel schlimmer – warum hatte sie ihn so verachtend angesehen?
Simone! Simone muss eine Erklärung haben.

»Ich? Ich habe gar nichts zu ihr gesagt. Ich habe ihr nur erklärt, dass du mich lediglich als deine Haushälterin eingestellt hast, weil sie natürlich verwundert war, dass eine Frau in deiner Küche steht und dir dein Abendessen zubereitet.«

»Und das war alles? Das kann nicht sein. Es muss doch etwas vorgefallen sein«, versuchte Julian den Abgang von Paula zu verstehen. »Sonst hast du nichts zu ihr gesagt?«

»Nein. Ich habe sie hereingebeten und ganz freundlich gefragt, ob ich ihr die Jacke abnehmen darf.«

»Und dann? Simone, bitte! Es ist wirklich wichtig für mich!« Julian wurde ungeduldig.

»Lass mich überlegen ...« Simone ließ sich verdammt viel Zeit, so als würde sie es genießen, ihn auf die Folter zu spannen.

»Ja, sie hat noch etwas gesagt, bevor sie gegangen ist. Jetzt fällt es mir wieder ein. Sie sagte so etwas wie ‚Ich bin nur hier, um mir über etwas klar zu werden.‘«
Simone machte eine Kunstpause. Er war kurz davor, sie zu schütteln, riss sich aber zusammen.

»Sie sagte noch, ich solle dir ausrichten, dass sie dir niemals verzeihen würde. Sie sei endlich frei für jemand anderen.« Julian musste sich setzen.

»Ach so, kurz vor der Haustür erwähnte sie übrigens den Namen Hommrighausen … falls dir das weiterhilft!«

Philipp

Was ist, wenn Astrid recht hat? Was, wenn der Doktor nur ein Ablenkungsmanöver ist und Paula in Wirklichkeit noch immer Julian liebt? Wir müssen unbedingt herausfinden, was zwischen den beiden vorgefallen ist. Astrid und er hatten schon den Sekt aufgemacht, als Paula wegen Julians Adresse bei ihnen nachgefragt hatte.
Vielleicht hatte er wirklich zu einfach gedacht. Und Frauen ticken da eh ganz anders als Männer. Frauen toben sich normalerweise nicht aus Liebeskummer bei jemand anderem aus.
Astrid hatte bisher immer nur in den höchsten Tönen von Mark Hommrighausen erzählt – fast sogar geschwärmt. Er hatte es nicht verdient, nur als Trostpflaster herzuhalten.
Er ist sicher eine gute Partie, stellte Philipp fest und dachte an das große und gepflegte Einfamilienhaus in Top-Lage am Rödgen, vor dem er mit Astrid gestern Abend die Anfänge zu einer heißen Liebesnacht beobachtet hatte. *Und dennoch – wenn die Liebe fehlt, das geht nicht!*
Erschrocken wurde ihm klar, welchen Einfluss seine Frau in den letzten Jahren auf ihn genommen hatte.
Wenn die Liebe fehlt? ... Philipp, dein Ernst?, redete er mit sich selbst. *Was ist aus dem knallharten Polizisten von damals geworden?*
Er war nicht bereit, sich diese Frage offen und ehrlich zu beantworten, denn eigentlich hatte es den nie gegeben. Schon immer hatte er einen weichen Kern besessen und lediglich versucht, ihn zu verstecken.
Astrid hätte seinen Heiratsantrag sonst auch ganz sicher nicht angenommen.

Das Gespräch mit Julian in der Hammerscheune war ihm in den letzten Tagen nicht aus dem Kopf gegangen. Sie hatten über einem Bierchen zusammengesessen und sich darüber unterhalten, wie es eigentlich zu dem Bruch zwischen ihnen beiden gekommen war. Es war kein einfaches Gespräch gewesen. Wut, Zorn, Schmerz, Trauer, waren nur einige Emotionen, die ihn später noch durch die Nacht begleitet hatten.
Immer wieder hatte er sich gefragt, warum sein damaliger Freund ihm diesen Schachzug zugetraut hatte. Weil Julian einen Schuldigen finden musste?
Er hatte die Mail an die Direktorin nicht geschrieben. Warum hätte er das auch tun sollen? Es war doch klar, dass das eine riesen Welle schlagen würde.
Außerdem wusste er genau, wie verletzt Paula darüber gewesen war, dass ihr Vater damals ohne ihr Wissen eine Stelle in den USA angenommen hatte. Da würde er die Freundin seines besten Freundes ganz sicher nicht mit der Info schocken, dass auch Julian plant, sich klammheimlich vom Acker zu machen. Die E-Mail war nicht auf seinem Mist gewachsen.
Philipp dachte nach: *Solch ein Kaliber traue ich nur einer Person zu.* Er hatte allerdings keine Ahnung, wie er Viktoria bei Julian ins Spiel bringen sollte, ohne dass er den Kontakt zu ihm sofort wieder beendete. Sein wiedergewonnener Freund hatte ihm erzählt, wie fürsorglich seine Schwester sich nach seiner Rückkehr ins Siegerland um ihn gekümmert hatte. Er war ihr noch heute dankbar, dass sie ihm eine gewisse Simone als Haushaltshilfe vermittelt hatte.
Doch je länger er darüber nachdachte, umso mehr erhärtete sich sein Verdacht.
Viktoria! Er hatte sie als eine berechnende Person kennengelernt, die immer neidisch auf die Beziehung zwischen Julian und Paula gewesen war. Die eifersüchtig auf ihre Mitschüler geblickt hatte, die in einem glücklichen

Elternhaus aufwuchsen – ohne Kindermädchen. In dem die Eltern gerne Zeit mit ihren Kindern verbrachten. Und einmal, so erinnerte er sich an Viktorias Eifersucht, hatte er sogar beobachtet, wie sie heimlich ein Tintenfässchen über den Heften ihrer Freundin Svenja ausgekippt hatte, weil der Lehrer deren Schreibstil besonders gelobt hatte.
Viktoria war von Grund auf neidisch: auf alle, die hübscher waren als sie, die glücklicher, zufriedener, sportlicher, fleißiger, beliebter waren – Philipp fiel noch so einiges ein. Es passte einfach nicht zu ihr, dass sie aus purer Freundlichkeit eine Hilfe für Julian gesucht hatte, ohne selbst davon zu profitieren.
Viktoria hatte ihn damals abserviert und er hatte nie verstanden warum. Für ihn war es eine schöne Zeit gewesen. Doch heute, mit etwas Abstand, kam er allmählich zu der Erkenntnis, dass sie ihn nur benutzt hatte.
Bei jedem Treffen hatte sie ihn ausgehorcht. Sie hatte alles über Paula und ihre Familie wissen wollen: Wo und mit wem Julian seine Zeit verbrachte und sogar, welche Hobbies Paulas Vater ausübte. Auf manche Fragen hatte er keine Antwort gewusst, doch durch ihre subtile Art hatte sie ihn jedes Mal dazu gebracht, es für sie auszukundschaften, ohne sich weitere Gedanken darüber zu machen. Doch jetzt zählte er eins und eins zusammen.
Paulas Vater ist übereilt weggezogen, nachdem ich Viktoria von Herrn Rubens Joggingrunden um die Breitenbach erzählt habe. Paula und Julian haben sich getrennt, nachdem jemand eine gefälschte E-Mail an die Direktorin geschickt hat.
Er liebte es, wenn sich ein Puzzlestück zum anderen gesellte. Er war gespannt, welcher Kopf am Ende auf dem fertigen Bild zu sehen sein würde. Doch eigentlich kannte er die Antwort schon, sie war nur zu grausam, als dass er sie glauben konnte und wollte.
Philipp grübelte weiter nach. Sollte er wirklich recht haben? Und was war heute in Freudenberg geschehen? Hatte

Viktoria wieder ihre Finger im Spiel gehabt?
Paula wollte Julian eine zweite Chance geben, sonst hätte es sie nicht interessiert, wo genau Julian wohnt. Und wieder ist irgendetwas passiert. Es muss sogar so schlimm gewesen sein, dass sich Paula in die offenen Arme des Herrn Doktors gestürzt hat.
Aber woher konnte Viktoria davon wissen? Wie konnte sie erfahren haben, dass Paula Kontakt zu ihrem Bruder aufnehmen würde?
Es dauerte einen Moment, weil sich tief in seinem Inneren etwas dagegen sträubte. Sollte Viktoria wirklich diese Simone bei ihrem Bruder eingeschleust haben, damit sie stets über dessen Leben auf dem Laufenden gehalten würde?
Philipp musste sich schütteln. Er ging ins Bad und wusch sich das Gesicht.
Er konnte es nicht fassen. Wie konnte die eigene Schwester so krankhaft eifersüchtig sein, dass sie ihrem eigenen Bruder nicht einen kleinen Funken Glück gönnte?
Natürlich kannte Philipp den Satz als Polizist auswendig: ‚Jedermann hat solange als unschuldig zu gelten, bis seine Schuld eindeutig bewiesen ist.‘
Gut! Ich brauche also Beweise und die bekomme ich nur, wenn sowohl Paula als auch Julian gemeinsam an einem Tisch sitzen und jeder seine Version der Geschichte erzählen kann.
An der Haustür raschelte es. Philipp ging in den Flur, nahm seine Jacke vom Haken, gab Astrid, die gerade hereingekommen war, einen Kuss und sagte:

»Lass deine Jacke an, wir haben etwas Dringendes zu erledigen. Du übernimmst Paula und ich Julian.«

Viktoria

Hach, war das herrlich. Simone war jeden Cent wert gewesen. Eines Tages, das hatte sie immer gewusst, würde Julian seiner Jugendliebe Paula wiederbegegnen. Dafür war das Siegerland einfach zu klein … und dann wollte sie vorbereitet sein.
Gut, es hatte sie jeden Monat fünfhundert Euro an Simone gekostet, aber es hatte sich gelohnt. Sie hatte von Julians Haushälterin jegliche Informationen bekommen, die sie benötigte, um Julian unter Kontrolle zu halten. Bei dem Priesterleben, das er führte, war das allerdings auch nicht wirklich schwer gewesen.
Hauptsache er würde älter und älter, ohne dass er heiraten und Kinder bekommen würde. Und das sah glücklicherweise zurzeit so gar nicht danach aus.
Viktoria freute sich. Ihr Ziel rückte von Jahr zu Jahr, von Monat zu Monat, immer näher. Eines Tages würde ihr die Firma gehören und das erste, was sie dann tun würde, wäre ihren geliebten Bruder vor die Tür zu setzen.
Sie war es leid, zusehen zu müssen, wie ihre Eltern ihn hofierten. Sie behandelten ihn schon seit seiner Jugend als den Kronprinzen. Sie machte ihren Job mindestens genauso gut wie er. Sie verhandelte sogar härter und lieferte bessere Zahlen. Aber nein, das alles wurde von ihrem Vater nicht anerkannt. Und sie wusste auch warum:
Ihre Eltern hatten keine Ahnung – sie war damals in der zehnten Klasse gewesen – dass sie die Diskussion mit dem Familienanwalt von der Treppe aus belauscht hatte.

»Sind Sie sicher, dass Sie diese veraltete Tradition in Ihrem Testament so aufgesetzt haben möchten? Habe ich

Sie richtig verstanden? Nur wenn Ihr Sohn im Alter von fünfunddreißig Jahren noch keinen männlichen Nachfolger vorweisen kann, wird Viktoria die alleinige Firmenerbin?«

Selbst mit ihren jungen Jahren hatte sie dort auf der Treppe sofort verstanden, dass sie gegen ihren Bruder und seine Liebe zu dieser Paula etwas unternehmen musste, sonst wäre der männliche Nachkomme schneller auf der Welt als ihre Eltern gucken könnten.

Seit jenem Tag hatte sie es sich zur Aufgabe gemacht, jeden Schritt ihres Bruders zu kontrollieren. Selbst als zwischen ihren Eltern und Julian Eiszeit herrschte, weil ihr Bruder Schande über das Haus Heinbach gebracht hatte. Er hatte den vom Vater arrangierten Job nicht angenommen und lebte mit einer gewissen Abby in Boston.

Sie hatte die Hoffnung gehabt, Yvonne Heinbach würde dafür sorgen, dass Julian aus dem Testament gestrichen würde, doch das war leider nicht der Fall gewesen.

Also hatte sie sich eine Woche Urlaub genommen, war nach Boston geflogen und hatte diese Abby observiert. Nach zwei Tagen hatte sie herausgefunden, mit welcher Freundin sie regelmäßig zum Fitness ging. Nur drei weitere Tage hatte sie gebraucht, um diese Freundin im Supermarkt mit dem Einkaufswagen anzurempeln und sie in ein Gespräch zu verwickeln.

»Oh, entschuldigen Sie bitte! Habe ich Ihnen wehgetan? Das tut mir leid!«

»Nein, nein, es ist alles in Ordnung«, hatte die Freundin geantwortet und weiter in Richtung Kasse ziehen wollen. Viktoria hatte sich etwas einfallen lassen müssen.

»Ach, sagen Sie, kenne ich Sie nicht aus dem Fitnessstudio? Sie sind doch die Freundin von Abby, richtig?«, hatte sie ihr Netz ausgeworfen.

»Ja, das stimmt. Sie kennen Abby?«

»Wir arbeiten zusammen und gehen hin und wieder gemeinsam in die Mittagspause. Haben Sie ihren Freund auch schon kennengelernt?«, fragte sie Abbys Freundin nach ihrem Bruder.

»Ja, ein toller Mann. Er unterstützt sie wo er kann. Besonders jetzt, wo es ihr nicht so gut geht.«

Viktoria hätte sich fast auf die Lippe gebissen. Sollte Abby wirklich schwanger sein?

»Die ersten Monate sind immer furchtbar, aber danach wird es von Woche zu Woche besser«, mimte sie die Verständnisvolle.

»Hoffentlich haben Sie recht. Es braucht seine Zeit, die Nachricht zu verdauen, niemals eigene Kinder bekommen zu können.«

Viktoria hatte das Gespräch zügig beendet und war glückselig nach Hause geflogen. Besser konnte es für sie nicht laufen.

Doch dann wurde ihr Vater krank und Julian kehrte zurück. Das war der Moment, in dem sie Simone engagiert hatte. Gegen einen wöchentlichen Bericht bekam sie jeden Monat Geld von ihr in die Hand gedrückt.

Julians Leben war ein Trauerspiel gewesen. Total langweilig. Arbeit, Arbeit, Arbeit … kaum Freunde. Gut, hin und wieder wurde er zu einem Geburtstag eingeladen – manchmal auch auf eine Hochzeit. Doch von einem eigenen Liebesleben keine Spur.

Simone war gut, sehr gut sogar! Sie hatte es tatsächlich fertiggebracht, Julian dazu zu bewegen, sie als seine Begleitung zu diversen Feierlichkeiten mitzunehmen. Jedes Mal hatte ihr Bruder zwar deutlich klargestellt, dass Simone nicht seine Partnerin, sondern eine gute Freundin war, doch so weit musste man es als bessere Putzfrau erst einmal bringen. Viktoria war beeindruckt.

Für Simone war jede Feier ein Fest. Sie hatte Abwechslung, wurde in die High Society des Siegerlandes eingeführt – auch wenn sie wusste, dass es nur von kurzer Dauer war – und hatte die Situation bestens im Blick, sobald sich Julian eine ledige Frau näherte. Laut Simone hatte er aller-

dings nie einen Hauch von Interesse an einer der Damen gezeigt.
Doch dann hatte eines Tages die Hochzeitseinladung von Samuel und Julia im Briefkasten gelegen. Simone hatte alles versucht, doch der Bräutigam hatte es abgelehnt, die Haushälterin von Julian Heinbach auf seine Hochzeit einzuladen.
Viktoria konnte das verstehen. Es wäre für sie selbst das Letzte gewesen, sollte sie je einmal heiraten. Es war ihr eh ein Rätsel, wie Simone Julian derart bezirzen konnte, sich für sie einzusetzen. Sie konnte noch einiges von dieser Frau lernen.
Doch ausgerechnet bei dieser Hochzeit hatte Simone versagt. Ihre Anwesenheit war nicht erwünscht. Und genau bei der Trauzeremonie von Samuel und Julia hatte ihr Bruder seine alte Jugendliebe Paula Rubens wiedergesehen. Zwei Tage, so hatte Simone erzählt, hatte er bei ihr im Krankenhaus verbracht. Julian hatte sie sogar beauftragt, einen bestimmten Film, inklusive DVD-Recorder, ins Krankenhaus zu bringen und ihr naiverweise anvertraut, dass er eifersüchtig auf einen gewissen Doktor Hommrighausen sei. Der schien ihm verboten zu haben, Kontakt zu Paula aufzunehmen. Köstlich! Das war das Futter, auf das sie gewartet hatte.
Ab diesem Zeitpunkt war Viktoria klar geworden, dass höchste Achtsamkeit geboten war. Bei der nächsten Geldübergabe hatte sie sich mit Simone ein Drehbuch ausgedacht, für den Fall, dass Paula eines Tages in Freudenberg bei Julian auftauchen würde. Sie hatte Simone sogar eine Erfolgsprämie von zweitausend Euro versprochen – und es hatte funktioniert! Ab sofort würde sie die Dienste von Simone nicht mehr benötigen.

Doch damit das auch so bleibt, werde ich dem guten Doktor Hommrighausen auf der Psychiatrie in Weidenau einen kleinen Besuch abstatten.

Früher

Paula

Paula ging es gut. Endlich! Ihre Lebensfreude und ein optimistischer Blick in die Zukunft waren zurückgekehrt.Sie saß mit einer Tasse Kaffee an ihrem Schreibtisch und bearbeitete die neuesten Fotos, die sie gestern von einer werdenden Mutter auf den Wiesen oberhalb von Hohen-hain geschossen hatte.

Wieder musste sie an die Zeit bei Lina, kurz nach der Geburt ihres Patenkindes, denken. Paula war Nick noch immer dankbar, dass er es Lina und ihr ermöglicht hatte, etwas Zeit zu zweit miteinander zu verbringen. Genau das hatte sie gebraucht. Es hatte ihr viel bedeutet, ihre Freundin in der Nähe zu haben, während sie die Briefe ihres Vaters gelesen hatte.

So gerne würde ich wieder Teil eures Lebens sein. Ich möchte mehr, als euch jeden Monat mit Geld zu versorgen. Ich möchte mehr, als morgens neben einem Foto aufzuwachen. Ich möchte wissen, wie es Paula geht. Was ist aus ihr und Julian geworden?

Sie hatte mit Lina lange über diese Zeilen gesprochen. Weinend hatte sie die Worte ihres Vaters wieder und wieder gelesen. Und Lina hatte mitgeweint.

Paula war völlig zerrissen gewesen. Sie hatte sich gefreut, dass ihr Vater Sehnsucht nach ihr und ihrer Mutter gehabt und sie nicht, wie jahrelang von ihr geglaubt, einfach so

aus seinem Leben gestrichen hatte. Auf der anderen Seite verstand sie nicht, von welchem Geld hier die Rede war. Konnte es sein, dass Lothar Rubens all die Jahre Unterhalt an seine Frau überwiesen hatte? Es hörte sich in dem Brief eindeutig so an. Aber das konnte nicht sein. Ihre Mutter hätte ganz sicher nicht zugelassen, dass ihre geliebte Tochter aus finanzieller Not heraus die Schule abbrechen und mit ihr aus Dahlbruch weg in eine kleine Wohnung am Fischbacherberg ziehen musste. Niemals!
Oder doch? Das war es, was Paula so zu schaffen machte. Die Entschuldigungsbriefe ihres Vaters waren das eine, und ja, es wühlte sie auf. Aber darüber würde sie sich später Gedanken machen. Was sie wirklich beschäftigte, war die Frage, warum ihre Mutter so viele Jahre geschwiegen hatte. Das Geld hatte ihnen beiden zugestanden. Sie hätten es sehr gut gebrauchen können.
Es musste einen Grund dafür geben, warum sie die harten Jahre über keinen Pfennig der finanziellen Unterstützung ihres Mannes angerührt hatte.
Doch Paula fand keinen.

Sie hatten beide eine Zeit lang vorm Kamin gesessen und geschwiegen, bis Lina sie gefragt hatte: »Was willst du jetzt tun?«

»Du meinst, jetzt, wo ich weiß, dass mein Vater nur ein halb so großes Arschloch gewesen ist, wie ich immer dachte und ich wahrscheinlich mit einem finanziellen Polster gesegnet bin?«
Lina musste lachen: »Du bringst die Sache ja mal wieder gekonnt auf den Punkt. Ich meine, wirst du das Geld annehmen?«

»Zuerst muss ich es mal finden.«

Wieder zu Hause hatte sie in der Wohnung alles auf den Kopf gestellt und nichts gefunden. Ein paar Tage später hatte sie das Auto stehenlassen und war von zu Hause aus den Berg hinunter in die Stadt gelaufen. Sie musste ihren Kopf frei bekommen. In der Hauptstelle der Blau-Orange Bank wurde sie freundlich von einem Herrn Söhler begrüßt. Paula fiel auf, dass er keine Krawatte trug. Die Zeiten schienen in der Bank wohl vorbei zu sein, denn auch die anderen männlichen Bankangestellten trugen zwar ein Jackett, doch eine Krawatte war nirgends zu sehen. Seltsam, was ihr in ihrer Aufregung alles durch den Kopf ging.

»Frau Rubens, mein herzliches Beileid«, sagte Herr Söhler mitfühlend und bat sie nebenan in sein Beraterzimmer. »Gut, dass Sie gekommen sind. Sie wissen, dass ihre Mutter Sie auf ihren Konten als Verfügungsberechtigte eingetragen hat, oder?«

»Ja, das haben wir gegenseitig so einrichten lassen, falls eine von uns einmal krank wird und Rechnungen dringend bezahlt werden müssen.«

Aber ganz sicher nicht mit dem Gedanken daran, dass meine Mutter so früh sterben könnte, dachte Paula traurig.

»Das war ein guter Gedanke. Ihre Mutter besaß allerdings auch ein Schließfach bei uns im Tresor. Ist Ihnen das bekannt?«, fragte Herr Söhler und blätterte dabei in seinen Unterlagen.

Paula bekam große Augen. »Nein, das ist mir neu.«

»Ich sehe hier gerade, dass damals eine Vollmacht über den Tod hinaus eingetragen wurde. Das erleichtert die Sache natürlich ungemein«, freute sich der Bankberater ihrer Mutter. Paula fiel es schwer, ihm zu folgen.

Ein Schließfach? Eine Vollmacht über den Tod hinaus? Mama, als hättest du etwas geahnt.

»Ihrer Mutter schien es sehr wichtig gewesen zu sein, dass Sie auf jeden Fall von dem Fach erfahren. Sie hat extra vermerken lassen, dass wir ihre Tochter im Todesfall darüber informieren sollen«, fuhr er fort.

Doch Paula hatte bei der Suche in ihrer Wohnung keinen Schließfachschlüssel finden können. Der wäre ihr aufge-

fallen. Herr Söhler sah darin glücklicherweise kein Problem und bat sie lediglich, am nächsten Tag wiederzukommen.
Die Sicherheitsbestimmungen besagten, so hatte sie Herr Söhler aufgeklärt, dass die Bank und der Kunde je einen Schlüssel besaßen, die beide gleichzeitig in das entsprechende Schloss gesteckt werden müssten. So konnte niemand ohne das Wissen des anderen an den Inhalt des Schließfachs gelangen.
Da nun der Kundenschlüssel nicht auffindbar war, Paula aber die Vollmacht besaß, wurde eine Sicherheitsfirma beauftragt, das Fach in ihrem Beisein aufzubohren.
Mit zittrigen Händen hatte Paula am nächsten Tag im Tresorraum der Blau-Orange Bank gesessen, nachdem Herr Söhler und der Mitarbeiter der Sicherheitsfirma sie alleingelassen hatten. Sie hatte eine Kiste aus dem Fach gezogen und vorsichtig den Deckel geöffnet. Erschrocken hatte sie ihn sofort wieder fallen lassen. Hatte sie richtig gesehen?
Wie viele Geldbündel es waren, konnte Paula nur schätzen. Auf jeden Fall genug, um für die nächsten Jahre gut versorgt zu sein. Viel wertvoller aber war der Umschlag, den ihre Mutter obenauf gelegt hatte.
Mit nur zwei Sätzen hatte sie ihrer Tochter erklärt, dass es ihr Leid tat und sie immer nur ihr Bestes gewollt hatte. Sie sei zu stolz gewesen, das Geld von Paulas Vater anzunehmen.
Bitte nimm das Geld und eröffne damit das Studio, das du dir immer so sehr gewünscht hast. In Liebe, deine Mama
Mehr nicht. Keine Erklärung dafür, warum sie ihre Tochter all die Jahre in dem Glauben gelassen hatte, ihr Vater hätte sich vor den Unterhaltszahlungen gedrückt.
Keine Erklärung, warum sie Paula unter ihrer angeblichen finanziellen Not hatte leiden lassen. Keine Erklärung dafür, warum sie ihrem Vater keine zweite Chance gegeben hatte.

Ein ganzes Jahr lang hatte sie das Geld nicht angerührt. Sie hatte sich erst über einiges klar werden müssen.

Dass sie heute in ihrem eigenen Studio in Rothemühle saß, hatte sie Lina zu verdanken. Ohne Lina hätte sie die Briefe ihres Vaters vielleicht nie gelesen. Ohne sie hätte sie das Geld, das ihr Vater monatlich an ihre Mutter überwiesen hatte, niemals angenommen. Es war eine unglaubliche Summe gewesen, die ihre Mutter da angesammelt hatte. Und nie hatte sie auch nur ein Wort darüber verloren.

»Paula, wärst du heute eine erfolgreiche und glückliche Fotografin, wenn du damals Abitur gemacht hättest? Wärst du so eng mit deiner Mutter zusammengewachsen, wenn ihr in Dahlbruch wohnen geblieben wärt?«, hatte sie Lina bei einem ihrer vielen Telefonate gefragt. »Deine Mutter hätte dich ins Vertrauen ziehen müssen. Sie hätte dir sagen müssen, dass dein Vater euch, zumindest finanziell, nicht im Stich gelassen hatte. Die Gründe, warum sie es nicht getan hat, werden wir nie verstehen, aber du kannst dir ganz sicher sein, dass sie dich geliebt und in dem festen Glauben gehandelt hat, für dich das Allerbeste zu tun.«

Zwei Abende nach diesem Telefonat hatte sie ihren Vater angerufen. Das Gespräch war kurz gewesen. Ein zaghafter Anfang. Er war die einzige Familie, die sie jetzt noch hatte. Ihr Vater hatte mit gebrochener Stimme vorgeschlagen, einmal monatlich miteinander zu telefonieren. Sie hatte zugestimmt.

Es hatte seine Zeit gedauert, bis Paula bereit gewesen war, das Leben wieder zu feiern, sich mit ihren Kunden über ihr Glück zu freuen und dieses mit ihrer Kamera festzuhalten. Doch sie hatte es geschafft. Sie war bereit. Zufrieden betrachtete sie die Fotos, die sie gerade in Hohenhain gemacht hatte.

Was für ein hübscher Babybauch!

Die ehemalige Stadtbankfiliale in Rothemühle war genau die richtige Location für ihr eigenes Fotostudio. Etwas außerhalb zwar, doch es war erschwinglich. Es hatte sich schnell herumgesprochen, dass sich der Weg dorthin auf jeden Fall lohnte, wenn man Wert auf hochwertige und mit viel Liebe geschossene Bilder legte.
Hier hatte sie die Möglichkeit, ihre unterschiedlichen Arbeiten zu präsentieren. Familienbilder, werdende Mütter, Babies, ein Mädchen mit ihrem Pferd … All diese Motive hingen in ihrer ganzen Schönheit an den Wänden des Foto-Studios und machten es zu einem Ort, an dem Glück und Lebens-freude Einzug gehalten hatten.
Jedes Möbelstück hatte Paula mit Liebe zum Detail ausgesucht. Ja, ihr Studio hatte den Charme eines liebevoll eingerichteten Wohnzimmers bekommen.
Und genau das war es auch für Paula geworden: Ihr Arbeitsplatz in Rothemühle war ihr ein Zuhause geworden, wo sie gerne und viel Zeit verbrachte.

Ja, sie war glücklich!

Heute

Julian

Viktoria hatte ihm damals den Floh ins Ohr gesetzt. Sie hatte behauptet, sein Freund Philipp hätte ihm ausrichten lassen, dass es ihm Leid täte und er mit der Mail nur einen Scherz hätte machen wollen.
In Wirklichkeit aber hatte Philipp weder vor dem Abiball, noch danach irgendeinen Kontakt zu seiner Schwester gehabt. Das hatte er ihm glaubhaft versichert. Das konnte nur bedeuten, dass Viktoria selbst diejenige gewesen war, die das Theater inszeniert hatte. Sie kannte ihre Eltern, wusste, dass ihrer Mutter der gute Ruf der Familie wichtiger war, als ihr eigener Sohn. Viktoria hatte auch fest damit rechnen können, dass sein Vater, wie er es immer tat, schweigen würde, statt sich seiner Frau zu widersetzen.
Doch warum? Was hatte sie davon gehabt? Er hatte Philipp wortlos angestarrt und gegrübelt.
Was, wenn sie doch von dem Testament gewusst hatte? Seine Mutter hatte zwar behauptet, dass sie nie mit Viktoria darüber gesprochen hatten, aber das musste nicht unbedingt etwas bedeuten. Wie oft hatte er Viktoria dabei erwischt, wie sie im Treppenhaus gesessen und ihre Eltern belauscht hatte.
Aber konnte das wirklich der Grund für ihre Niedertracht sein? Philipp hatte gerade versucht, ihn schonend mit dem Gedanken zu konfrontieren, dass seine Schwester hinter all den Intrigen stecken könnte. Konnte das wahr sein?

War seine eigene Schwester dafür verantwortlich, dass Lothar Rubens das Siegerland verlassen hatte? Hatte sie ihm mit der Vermittlung von Simone keinen Gefallen tun wollen, sondern seine Haushaltshilfe dafür benutzt, ihn auszuhorchen und zu beobachten?
Es würde zumindest erklären, warum Paula ihn bei ihrem Besuch so verachtend angesehen hatte. Wer weiß, was Simone ihr tatsächlich erzählt hatte. Schade, dass er sie nicht mehr fragen konnte. Sie hatte am Morgen ihre Koffer gepackt und behauptet, ihre Mutter würde für die nächsten Wochen dringend ihre Hilfe brauchen.
So langsam ergab alles ein Bild. Doch leider ein sehr trauriges. Für Julian war das allerdings zweitrangig. Es tat unfassbar weh, dass seine Schwester ihn und auch Paula auf so bösartige Art und Weise hintergangen hatte, doch es gab da etwas anderes, das Vorrang vor allem anderen hatte: Er wollte Paula zurück!
Sie mussten endlich miteinander reden, all die Missverständnisse, Intrigen, falschen Verdächtigungen ausräumen. Er wollte endlich mit ihr zusammen sein, wollte alles hinter sich lassen und mit ihr ein neues Leben beginnen. Er liebte sie. Er hatte sie schon immer geliebt. Er liebte sie, seit sie ihn zum ersten Mal zu sich nach Hause eingeladen hatte. Er liebte sie auch, als sie wegen ihrer Geldsorgen auf den Fischbacherberg ziehen musste. Wegen ihr hatte er sich in Bosten von Abby getrennt und wegen seiner Liebe zu Paula hatte er seither keine andere Frau angesehen. In seinem Herzen war schlichtweg kein Platz für eine andere Frau.
Ein Handy klingelte. Er sah zu, wie Philipp in seiner Hosentasche danach suchte.
»Hallo, mein Schatz, warst du erfolgreich? Was sagt Paula? Ist sie bereit für ein Gespräch?
» ...«

»Was soll das heißen, sie ist nicht da?«

Doktor Hommrighausen

Doktor Mark Hommrighausen saß an seinem Schreibtisch und sprach einen Krankenbericht in ein Diktiergerät. Es fiel ihm schwer sich zu konzentrieren. Seine Gedanken schweiften immer wieder zu dem missglückten Abend mit Paula ab.

Es war die richtige Entscheidung! Auf jeden Fall, verteidigte er sein Verhalten vor sich selbst. Es wäre nicht richtig gewesen. Paulas Herz hing noch immer an diesem Heinbach und sie würde sich professionelle Hilfe suchen müssen, um ihn zu vergessen. Aber ganz sicher war er dafür nicht der Richtige.

Er hatte sich in sie verliebt. Sie war eine wunderbare Frau, sah gut aus, war lebensfroh und hatte das Herz auf dem rechten Fleck. Aber, … sie war nicht frei. Ihre Liebe gehörte Julian Heinbach.

Mark Hommrighausen suchte nach einer Partnerin, die ihm ihr ganzes Herz schenkte und nicht nur eine kleine Scherbe, die herausgefallen war, als Paula damals das Herz gebrochen wurde.

Ohne Worte hatten sie beide gespürt, dass es für sie als Paar keine gemeinsame Zukunft gab. Das war auf der einen Seite traurig, auf der anderen Seite aber war es für ihn wie ein Befreiungsschlag gewesen. Er wusste nun, dass er sich wieder verlieben konnte – und das, ohne seiner verstorbenen Frau gegenüber ein schlechtes Gewissen zu haben. Er hatte nur die Richtige für sich noch nicht gefunden.

Paula Rubens hatte ihm die Augen geöffnet. Sie hatte die Sehnsucht in ihm geweckt, nicht weiter alleine durchs

Leben zu gehen, auch wenn sie selbst leider nicht die Richtige für ihn war.
Er fühlte sich, als hätte Paula das Schloss zu seinem Herzen geöffnet, das zuvor durch den Tod seiner Frau verriegelt worden war. Dafür würde er ihr auf ewig dankbar sein.
Und eines Tages wird diese Tür aufgehen und da wird sie stehen: meine Traumfrau!
Bei diesem Gedanken musste er lächeln.

Ohne anzuklopfen wurde plötzlich seine Bürotür geöffnet und eine hübsche Blondine stand in der Tür und lächelte ihn an. *Herr, im Himmel, das ging jetzt aber schnell!*

»Entschuldigen Sie bitte, dass ich hier einfach so hereinplatze, sind Sie Doktor Hommrighausen? Mein Name ist Viktoria Heinbach, darf ich mich setzen? Es ist wirklich wichtig«, sagte sie mit besorgter Stimme und setzte sich, ohne seine Antwort abzuwarten, auf den Stuhl gegenüber seines Schreibtisches.
Na, da habe ich mich wohl bei dem Falschen bedankt, dachte er. *Ein Geschenk des Himmels ist diese Frau bei dem Nachnamen ganz sicher nicht! Besser, ich weise sie sofort in ihre Schranken.*

»Einen schönen guten Morgen, Frau Heinbach. Sie wissen, dass Sie hier in einem Krankenhaus in der Psychiatrie gelandet sind, wo es keine Sprechstunde gibt? Oder haben Sie einen persönlichen Notfall? Ist es ein Nervenzusammenbruch? Möchten Sie sich gerne selbst einweisen? Wir können Sie sofort stationär aufnehmen, sobald wieder ein Bett frei wird. Wenn Sie dann offiziell meine Patientin sind, können wir gerne einen Termin für Ihre erste Therapiestunde ausmachen!«
Er würde sich von ihrem selbstbewussten Auftreten ganz sicher nicht die Butter vom Brot nehmen lassen.

»Ich? Ein psychisches Problem? Ganz sicher nicht«, lachte Viktoria Heinbach kalt und fuhr sich mit ihrer ring-

behangenen Hand durch ihr langes blondes Haar. »Sehe ich so aus?«
Mark Hommrighausen ging nicht auf ihre Anspielung ein:
»Frau Heinbach, in einer Viertelstunde ist Visite. Bitte kommen Sie zum Punkt!« Diese Frau hatte ihm nichts getan und doch hatte sie etwas an sich, das ihm zur Vorsicht riet.

»Gut! Wie Sie wünschen! Dann komme ich zum Punkt.« Ihre Antwort klang etwas pikiert. »Es geht um meinen Bruder Julian und diese Paula Rubens.«

Na, jetzt wird es interessant.

»Ich habe gehört, dass Sie Interesse an Paula haben und wollte Ihnen mitteilen, dass Sie meine volle Unterstützung haben werden.«

Das schlägt doch dem Fass den Boden aus. Hat sie das gerade wirklich zu mir gesagt? Und woher weiß sie überhaupt von mir und Paula?

»Wie interessant. Vielen Dank, das ist ja sehr freundlich von Ihnen. Und Sie sind also nur gekommen, um mir bei meinem Liebesleben auf die Sprünge zu helfen? Habe ich Sie da richtig verstanden?«, fragte er amüsiert nach. »Und mein Liebesleben geht Sie etwas an, weil …?«

Da bin ich aber gespannt. Er war sogar richtig neugierig geworden.

Viktoria schien ihre Rede bestens vorbereitet zu haben, als sie versuchte, die besorgte Schwester zu spielen: »Ach, wissen Sie, Herr Doktor, ich mache mir große Sorgen um meinen kleinen Bruder. Er hat Jahre dafür gebraucht, um diese Frau zu vergessen. Und jetzt ist sie plötzlich wieder da und mein Bruder leidet.«

Sehr fürsorglich für eine Schwester. Etwas zu fürsorglich – sie leidet sicher sehr unter ihrer emotional gefährlichen Geschwisterbeziehung, ging es ihm durch den Kopf.

»Sie haben ja keine Ahnung davon, was diese Frau meinem Bruder angetan hat. Er hat gelitten, wie Hänsel, als er feststellen musste, dass seine Eltern ihn und Gretel einsam und verlassen im Wald zurückgelassen hatten«, dramatisierte sie.

»So, so ... und da haben Sie sich gedacht, dass es für Ihren Bruder besser wäre, ich würde mich auf die böse Paula Rubens einlassen und leiden, bevor er das tut? Warum sollte ich das Ihrer Meinung nach tun?«

Viktoria Heinbach kramte in ihrer Louis-Vuitton-Tasche und legte lächelnd einen prallgefüllten Umschlag auf den Schreibtisch.

»Es soll nicht zu Ihrem Nachteil sein!«

Paula

Ich muss unbedingt noch einmal mit ihm reden. Ich kann meinen Abgang unmöglich so stehen lassen, dachte Paula. Obwohl er es ja eigentlich gewesen war, der ihr Liebesspiel beendet hatte. Und genau das ist es auch gewesen: ein Liebesspiel, ein Abenteuer. Sie hatte ihren Schmerz über den erneuten Betrug Julians für einen Moment vergessen wollen.

Mark war ein toller Mann. Er hatte alles, was eine Frau sich je wünschen konnte, bis auf eines – er war nicht Julian! Sie hatte wirklich gehofft, dass sie Mark eines Tages genauso würde lieben können, wie sie Julian liebte, doch an diesem Abend war ihr klar geworden, dass das ganz sicher niemals geschehen würde.

Sie grüßte die Mitarbeiterin am Empfang freundlich, lief am Info-Stand der grünen Damen vorbei, und machte sich zu Fuß auf in den dritten Stock. Paula kannte den Weg. Hoffentlich hat Astrid keinen Dienst, es wäre ihr peinlich, ihr auf der Station zu begegnen. Es war fast unheimlich, wie gut Astrid sie trotz der kurzen Zeit schon kannte. Außerdem war sie viel zu neugierig und würde sofort von ihr wissen wollen, warum ihre neue Freundin Paula erneut in der Psychiatrie auftauchte. Und das, nachdem sie ihr die Adresse von Julian besorgt hatte.

Paula hatte Glück. Der Flur war leer. Schnell ging sie zu Marks Büro und klopfte an. Keine Antwort.

Und jetzt? Soll ich drinnen auf ihn warten?, überlegte sie, während sie gleichzeitig die Klinke herunterdrückte und hineinging. *Beim letzten Mal musste ich noch im Rollstuhl hereingeschoben werden,* erinnerte sie sich. Nach einer

Viertelstunde in der sie ungeduldig und mit Blick auf die Tür gewartet hatte, sah sie sich im Zimmer um. Sie wollte Mark zumindest eine Nachricht hinterlassen. Gerade als sie nach dem Stift greifen wollte, um ihm ein paar Zeilen auf seinem Notizblock zu hinterlassen, entdeckte sie auf der Fensterbank das Diktiergerät.

Eine sehr gute Idee!, freute sich Paula.

So kann ich mich noch viel besser bei ihm entschuldigen!

Ohne groß nachzudenken drückte sie auf ‚Aufnahme' und plauderte drauf los: »Lieber Mark, ich bin es! Ich wollte mich gerne bei dir entschuldigen. Das wollte ich ja eigentlich persönlich tun, aber du bist nicht da und gleich kommt bestimmt eine Schwester und wundert sich, dass ich hier sitze, und ...«

Was für eine blöde Idee!, schimpfte Paula und drückte auf den Pauseknopf. *Ok, einen Versuch hast du noch. Wenn der auch nicht klappt, fährst du wieder nach Hause und rufst ihn heute Abend an.*

Sie spulte das Band ein Stück zurück und wollte es wieder neu besprechen, als ihr gerade noch rechtzeitig einfiel, dass sie möglicherweise einen Teil des vorherigen Patientengespräches löschen könnte, wenn sie nicht an genau die richtige Stelle spulte.

Ohje, und jetzt? Patientenakten und Gespräche sind streng vertraulich, aber mein Gestammel kann ich unmöglich auf diesem Diktiergerät lassen. Es blieb ihr nichts anderes übrig, als zu versuchen, die richtige Stelle auf dem Band zu finden. *Ich werde einfach nicht auf den Inhalt achten und gewiss niemandem davon erzählen – dann tue ich auch nichts Unrechtes,* beruhigte sie sich selbst.

Paula spulte zurück und drückte auf ‚Play'.

Als sie die Stimme der Person hörte, die sie zum letzten Mal auf Julians Abiball gesehen hatte, ließ sie vor Schreck das Diktiergerat fallen, als hätte sie sich daran verbrannt.

»Es ist doch wohl nicht zu viel verlangt, wenn sie drei Jahre lang die Freundin von dieser Paula spielen. Es wird sich für Sie und das Krankenhaus lohnen. Außerdem weiß ich doch von Simone, dass Sie auf sie stehen. Zumindest muss mein Bruder ziemlich eifersüchtig auf Sie gewesen sein.«

Paula konnte nicht glauben, was sie da hörte. *Simone und Viktoria kennen sich?*

Sie wusste, dass sie eigentlich die Stopp-Taste drücken sollte, schaffte es aber nicht.

»Dr. Hommrighausen, überlegen Sie es sich. Sie haben jetzt freie Bahn. Ich habe der Haushälterin viel Geld gezahlt, damit sie meinen Bruder in Schach hält und vor Paula die Rolle seiner Lebensgefährtin spielt – was sie übrigens mit Bravour gemeistert hat.«

Paula wurde schlecht. Sie verstand noch immer nicht, was sie da hörte. Ihr waren solch niederträchtigen Gedanken viel zu fremd.

»Das klingt ja alles sehr interessant, Frau Heinbach. Vielen Dank für das durchaus verlockende Angebot, aber ich muss leider ablehnen!«, hörte sie Mark mit Bestimmtheit sagen.

»Hören Sie, Sie können mein Angebot nicht ablehnen. Paula Rubens und mein Bruder dürfen kein Paar werden – und erst recht keine Kinder bekommen.«

»Und warum nicht?«, fragte Mark ganz ruhig.

»Warum? Warum? Fragen Sie nicht so blöd. Weil ich die Firma haben will, das ist doch nicht so schwer zu verstehen.«

»Wenn Sie das sagen! Sie dürfen es mir gerne erklären.«

Paula schloss aus Marks Antwort, dass jemand an die Tür geklopft haben musste, als er sagte: Wir verschieben die Visite um eine halbe Stunde. Schwester Karin, bitte geben Sie den anderen Bescheid.«

Sie hörte ein Rascheln, dann sprach Mark weiter: »Wenn ich Sie richtig verstanden habe, haben Sie über eine gewisse Simone dafür gesorgt, dass Ihr Bruder Single bleibt, damit Sie später die Firma erben werden?«

»Genau! Endlich jemand, der mich versteht,« missinterpretierte sie Marks Interesse.«

»Würden Sie sagen, dass Sie dieser Plan schon durch viele Jahre hindurch begleitet?«

»Ja, natürlich! Was glauben Sie denn? Haben Sie eine Ahnung davon, wie es ist, wenn man schon als Kind davon erfährt, dass der kleine Bruder einmal den Firmenthron besteigen soll und man selbst nur daneben stehen und ihn auch noch beklatschen soll?«, offenbarte sich Viktoria.

»Nein, das habe ich nicht. Aber es ist gut, dass Sie sich endlich jemandem anvertrauen.«

Viktoria schien sich zu freuen, dass sie ein Gegenüber hatte, das ihr Verhalten nachvollziehen konnte.

»Wie haben Sie reagiert, als Sie davon erfahren haben?«

»Als ich erfahren habe, dass ich als Mädchen nichts wert bin? Dass nicht ich als Erstgeborene, sondern mein Bruder die Firma übernehmen wird, sobald er einen männlichen Nachfolger gezeugt hat? Ich habe getan, was eine Viktoria Heinbach eben tut, wenn es nicht so läuft, wie sie es sich vorstellt«, erzählte sie stolz.

Paula hatte eine böse Vorahnung von dem, was Viktoria als nächstes erzählen würde. Alle Zweifel, ob es richtig war, das vertrauliche Gespräch abzuhören waren verflogen.

»Und das wäre?«, fragte Mark nach.

»Ich habe Paulas Vater in die Wüste geschickt – natürlich mit dem Hintergedanken, dass seine Tochter mit ihm nach Texas zieht. Aber nein, das Fräulein wollte ja ihre große Liebe nicht verlassen. Also musste ich mir etwas Neues einfallen lassen.«

»Hören Sie, Frau Heinbach«, unterbrach sie Mark, »was halten Sie davon, wenn Sie sich die Schuhe ausziehen, sich bequem auf das Sofa legen und mir in aller Ruhe von Ihrem Bruder und dem Verhältnis zu Ihren Eltern erzählen? Ich habe lange nicht mehr solch ein interessantes Krankheitsbild gesehen. Narzisstische Störung, gepaart mit purem Egoismus und einer großen Portion Niedertracht. Wirklich ein interessanter Fall! Am besten, wir behalten Sie gleich hier!«

Paula traute ihren Ohren nicht. Wäre ihr Herz nicht schon anderweitig vergeben, wäre jetzt der Moment, in dem sie sich in Doktor Mark Hommrighausen verlieben würde. Der Mann war echt der Knaller.

»Was fällt Ihnen eigentlich ein? Sie, … Sie unverschämter Kerl! Das werden Sie noch bereuen. Das verspreche ich Ihnen!« Viktorias Stimme klang wutentbrannt.

»Auf Wiedersehen, Frau Heinbach!«, sagte Mark völlig ungerührt.

Paula konnte die folgenden Geräusche nicht genau zuordnen. Es hörte sich an, als hätte Mark seine Bürotür für Viktoria geöffnet. Danach waren stolzierende Schritte einer Frau in Stöckelschuhen zu hören. Ein Knall – und die Tür schien zugeschlagen worden zu sein.

Paula musste sich konzentrieren. Dumpf hörte sie aus der Ferne einen Schrei, dann schnelle Schritte, die über den Flur eilten. Anschließend war Marks lautes und herzhaftes Lachen zu hören.

Das Letzte, was sie auf dem Diktiergerät vernahm, bevor Paula ihr Gestammel dort hinterlassen hatte, waren die entschuldigenden Worte von Schwester Karin: »Was für ein Pech, dass die Reinigungskraft ausgerechnet in diesem Moment vor Ihrer Tür nass gewischt hat, Herr Doktor.«

»Das kann man sehen, wie man will! Bitte fahren Sie Frau Heinbach runter zum Röntgen und bereiten Sie alles für die Aufnahme auf unserer Station vor.«

»Aber, sollte sie mit dem gebrochenen Bein nicht eher in die Chirurgie?«, fragte Schwester Karin verwundert nach.

»Auf keinen Fall! Viktoria Heinbach ist auf der Psychiatrie ganz sicher besser aufgehoben.«

Paula

»Ich fasse es einfach nicht! Wie kann ein Mensch so abgrundtief böse sein? Und das nur, weil Viktoria Angst davor hatte, dass Julian und ich heiraten und Kinder bekommen würden. Kannst du dir das vorstellen?«
Paula saß mit Astrid im Cafe Flöckchen und war einfach nur traurig. All das Leid, die Trauer, die Verzweiflung … nur, weil Viktoria eifersüchtig auf ihren jüngeren Bruder war. Paula konnte kaum glauben, dass nur eine einzige Person hinter all den Intrigen stecken sollte. Welchen Eifer musste Julians Schwester an den Tag gelegt haben, um diesen perfiden Plan auszutüfteln, der sogar bis ins Heute reichte.

»Und Viktoria hat wirklich die Haushälterin von Julian dafür bezahlt, ihn auszuspionieren? Ich glaub es ja nicht!«, regte sich Astrid zu recht auf. »Na, immerhin hat unser guter Doc George ihr gehörig die Stirn geboten. Damit hatte das Biest wohl nicht gerechnet«, freute sie sich. »Und jetzt weißt du wenigstens, dass Julian dich die ganzen Jahre über geliebt hat und niemals freiwillig nach Stanford gegangen wäre. Das ist doch was! Paula, freust du dich denn gar nicht?«

»Ich weiß nicht. Irgendwie schon, aber denkst du, Viktoria wird sich jemals ändern? Glaubst du, sie wird Julian und mich eines Tages in Ruhe und Frieden glücklich miteinander leben lassen? Und was ist mit seinen Eltern? Sie wollen unbedingt, dass Julian die Firma übernimmt. Dafür geht Yvonne Heinbach sogar so weit, dass sie ihr eigenes Kind wegschickt. Ich weiß nicht, ob ich in diese Familie passe«, offenbarte Paula ihre Zweifel.

»Natürlich passt du nicht in diese Familie. Das wäre ja noch schöner. Du gründest einfach mit deinem Julian eure ganz eigene kleine Familie und ihr schreibt eure eigene Geschichte«, antwortete Astrid.
Paula sah auf. Diesen Satz hatte sie vor vielen Jahren schon einmal von Lina gehört: *Ihr seid die Titelhelden in eurem eigenen Film,* hatte sie gesagt. *Du bist die Fotografin, er der Firmenkronprinz. Und das Ende – das ist easy! Das schreibt ihr beide einfach neu: Sie lebten glücklich und zufrieden bis an ihr Lebensende.*

»Ach Astrid, wenn das nur so einfach wäre.«

»Aber es ist einfach. Du willst dir doch von dieser Viktoria nicht dein Glück stehlen lassen! Paula, das geht nicht. Dann hätte sie ja gewonnen … so ein trauriges Ende gibt es noch nicht einmal im Film.«

»Wenn du wüsstest!«

Julian

»Warum geht sie nicht ans Telefon?«, fluchte Julian. »Bist du dir sicher, dass sie Bescheid weiß?«

»Ja, Astrid hat mir eben alles erzählt. Unser Verdacht hat sich bestätigt. Viktoria ist diejenige, die euch beiden so übel mitgespielt hat. Es existiert sogar eine Aufnahme von dem Gespräch, in dem sie sich vor Doktor Hommrighausen mit all ihren Grausamkeiten brüstet.«

»Ich kann das einfach nicht glauben. Dass sie missgünstig ist, das wusste ich schon immer. Aber, dass Viktoria so weit gehen würde, das hätte ich mir in meinen schlimmsten Träumen nicht ausgemalt«, gestand Julian. »Und jetzt?«

»Das fragst du noch? Du schwingst deinen süßen Hintern in deinen Benz, fährst zu ihr und gestehst, dass du nie aufgehört hast, sie zu lieben.«

»Aber sie geht doch nicht an ihr Handy!« Es war zum Verrücktwerden. »Ich werde mich gleich morgen vor ihren Wohnblock stellen und auf sie warten. Irgendwann muss sie ja mal nach Hause kommen!«

»Was für eine brillante Idee!«, wurde er von Philipp gelobt.

Doch Paula sollte nicht nach Hause kommen ...

Paula

Sie war geflohen – vor Viktoria, vor den Anrufen von Julian, vor einer Entscheidung …
Sie hatte Julian Unrecht getan. Wie hatte sie je an ihm zweifeln können? Sie war so unglaublich wütend auf Viktoria, weil sie sie dazu gebracht hatte, seine Liebe infrage zu stellen.
Nachdem sie aus dem Flöckchen nach Hause gekommen war, hatte sie sich die Schuhe abgestreift, eine Packung Taschentücher bereitgelegt und ihren Lieblingsfilm angesehen. Tränenüberströmt hatte sie noch am selben Abend im Internet den frühesten Flieger von Köln nach Rom gebucht und ihren Koffer gepackt. Am nächsten Mittag hatte sie in einem kleinen hübschen Hotel in der Nähe des Trevibrunnens eingecheckt.
Über den Weg durch die Stadt zu den verschiedenen Sehenswürdigkeiten musste sie sich keine Gedanken machen. Den hatte sie im Kopf.
Sie hatte die spanische Treppe besucht, sich die Engelsburg angesehen und stand nun, genau wie damals Audrey Hepburn und Gregory Peck, an der Bocca della Verità, dem ‚Mund der Wahrheit' im Süden der Stadt. Paula kannte die Legende, dass jeder seine Hand verliert, der sie in diesen Mund aus Stein legt und dabei nicht die Wahrheit sagt. *Viktoria hätte sicher beide ihrer Hände verloren,* dachte Paula traurig.
Es tat ihr gut, die vielen Sehenswürdigkeiten zu besuchen, an denen 1953 ‚Ein Herz und eine Krone' gedreht worden war. Den Prachtsaal, der wohl prunkvollste Barocksaal der Stadt im Palazzo Colonna, bewahrte sie sich allerdings als

letztes auf. Hier hatte sich Kronprinzessin Ann, gespielt von Audrey Hepburn, bei der Pressekonferenz am Ende des Films für die Krone und gegen ihr Herz entschieden.
Während Paula die Bilder des Abschieds vor ihrem geistigen Auge sah, klingelte ihr Handy und riss sie aus ihren wehmütigen Gedanken.
Eine deutsche Festnetznummer aus Siegen wurde ihr angezeigt.

»Hier spricht Paula Rubens.«

»Hallo Frau Rubens. Steffen Brei hier. Sie sind ganz schön schwer zu erreichen. Wo stecken Sie denn? Ich brauche dringend Ihre Hilfe!«
Paula war völlig perplex.

»Ich bin in Rom«, antwortete sie voller Respekt. Dass es ihn überhaupt nichts anging, wo sie sich zurzeit aufhielt, wurde ihr erst später bewusst. »Wie kann ich Ihnen helfen?«

»Ich brauche Sie übermorgen hier in Siegen. Unser Pressefotograf hat uns versetzt und wir brauchen dringend Ersatz.«

»Hören Sie, das ist wirklich nett, dass Sie da an mich gedacht haben, aber ich bin Porträtfotografin und keine Pressefotografin. Das tut mir wirklich leid«, beteuerte Paula.

»Frau Rubens, das ist mir bekannt. Ihre Freundin Astrid Fries hat Sie mir empfohlen. Sie hat sie als einen hilfsbereiten Menschen beschrieben, der niemanden hängen lässt. Und wie gesagt, … ich brauche dringend Ihre Hilfe.«

»Astrid? Woher kennen Sie denn Schwester Astrid?«

»Einen Moment bitte.« Sie hörte, wie er die Muschel seines Telefons mit der Hand abdeckte und leise mit jemandem sprach.

»So, da bin ich wieder. Wo waren wir stehengeblieben? Ach ja, Sie wollten mir zusagen, richtig?«
Zum Glück hatte Paula den ersten Schreck überwunden und konnte wieder klar denken.

»Ein netter Versuch, Herr Bürgermeister, aber wir waren bei Schwester Astrid stehengeblieben.«

»Richtig, richtig. Sie war die Krankenschwester meiner Frau im … äh … im Weidenauer Krankenhaus. Darf ich denn nun mit Ihrer Hilfe rechnen? Übermorgen um zehn Uhr, einverstanden?«, wurde sie flehend gefragt.

»Einverstanden!«, erlöste sie ihren Gesprächspartner lachend. »Wo?«

Wieder herrschte kurzes Schweigen in der Leitung.

»Das habe ich noch nicht entschieden. Ich werde Ihnen rechtzeitig Bescheid geben. Genießen Sie die letzten zwei Tage!«

Als Paula das merkwürdige Telefonat noch einmal Revue passieren ließ, blieb sie an einer Frage hängen, die sie stutzig machte:

Seit wann kümmerte sich Siegens Bürgermeister Steffen Brei persönlich um seine Pressekonferenz?

Julian

»Steffen, das hast du super gemacht! Wie gut, dass ich dir den Namen Astrid Fries noch schnell zugeflüstert habe«, freute sich Julian.
Paula hatte ‚Ja' gesagt. Er würde sie wiedersehen! Freudestrahlend umarmte er den überrumpelten Bürgermeister. »Du hast einen gut bei mir.«

»Einen? Ich bitte dich! Bis an dein Lebensende werde ich dich an dieses Telefonat erinnern!«, grinste Steffen Brei.

»Das darfst du. Und übrigens, … meine Stimme ist dir für die nächsten Wahlperioden sicher«, rief Julian durch die Tür und verließ das Rathaus. Bis übermorgen hatte er noch einiges vorzubereiten. Außerdem musste er Philipps Frau zügig in seinen Plan einweihen. Bisher hatte Schwester Astrid keine Ahnung davon, dass sie als Lockvogel hergehalten hatte.

Paula war in Rom. Er wusste genau, warum sie sich ausgerechnet Rom als ihr Reiseziel ausgesucht hatte. Wie oft hatte er ‚Ein Herz und eine Krone' schon gemeinsam mit ihr gesehen. Julian wäre jetzt gerne bei ihr. Genau wie die beiden Hauptdarsteller gemeinsam auf einem hellblauen Roller durch die Straßen Roms von Sehenswürdigkeit zu Sehenswürdigkeit fuhren, abends tanzen gingen und, … bis dann am Ende des Films diese unglückselige Pressekonferenz stand.

Und schlagartig machte es ‚Klick'.

Paula

Es war noch gar nicht so lange her, da hatte sie ihren kleinen Mazda den steilen Siegberg hoch zum Oberen Schloss gequält. Die Erinnerung an den Tag, an dem sie ihre erste Traurede gehalten hatte, war schmerzhaft.
Warum Steffen Brei seine große Pressekonferenz ausgerechnet im Oberen Schloss abhalten wollte, wusste sie nicht. Sie wusste aber, dass sie auf keinen Fall zu spät kommen durfte. Dem Parkplatz nach zu urteilen, waren die anderen Pressevertreter sicher schon anwesend. Denn – wie konnte es anders sein – nicht ein Parkplatz war mehr frei. Also fuhr sie eiligst wieder bergab und stellte ihren Wagen artig im Parkhaus in der Hinterstraße ab.
Bei ihrem letzten Besuch in der Oberstadt hatte einer der Behindertenparkplätze gegenüber der Nikolaikirche herhalten müssen. Und prompt war sie abgeschleppt worden. Das hatte zwar auch daran gelegen, dass sie ein paar Tage im Krankenhaus auf der Psychiatrie verbracht hatte, ohne jemanden zu bitten, ihr Auto umzuparken, dennoch würde sie das Risiko nicht noch einmal eingehen.
Paula schnappte sich ihre Kameratasche vom Beifahrersitz und keuchte den Berg zum Schloss hinauf.
Ich als Pressefotografin der Stadt Siegen. Die ganze Geschichte ist so verrückt, dass man glatt einen Film darüber drehen könnte. Eine Empfehlung von Astrid an die Frau des Bürgermeisters, ein Telefonat mit Steffen Brei, ein großes Geheimnis, das heute gelüftet werden sollte und eine Konferenz, die nicht wie üblich im Rathaus, sondern im Museum im Oberen Schloss stattfand. Das war wirklich filmreif. Und sie war dabei.

So langsam stieg ihre Aufregung.

»Paula, hey, was machst du denn hier?«, wurde sie von Frieder gefragt, der bei der Siegener Zeitung als Journalist arbeitete und sie erst kürzlich zu einem Foto-Shooting begleitet hatte. Sein ausführlicher Artikel über ihre Arbeit hatte ihr einige neue Kunden beschert.

»Wenn ich das wüsste«, war Paulas ehrliche Antwort.

»Es muss auf jeden Fall etwas Großes sein. Ich war bisher noch nie in den Rubenssaal zu einer Pressekonferenz eingeladen. Und gerade jetzt kommen wir zu spät!«

Nebeneinander rannten sie durch das große Tor auf den Eingang des Museums zu, als Frieder plötzlich mitten im Lauf stehenblieb: »Ha! Dass ausgerechnet du heute hier bist, wenn das mal kein Zufall ist.«

Paula wusste nicht, was er meinte: »Warum das denn?«

»Na, eine Paula Rubens bei einer Pressekonferenz im Rubenssaal.«

Julian

Er hatte seinen Freund Steffen überredet, alle einzuladen. Sämtliche Vertreter der hiesigen Zeitungen, der Radiosender, aber auch diverser Wirtschaftsmagazine, waren anwesend. Sogar Yvonne und Christopher Heinbach hatten auf seinen Wunsch hin eine Einladung vom Bürgermeister erhalten. Seine Mutter hatte alles gegeben und saß tadellos gestylt in ihrem Chanel-Kostüm in der zweiten Reihe. Sie schien sich sogar noch vor der Pressekonferenz einen Termin beim Friseur organisiert zu haben.
Viktoria hatte er nicht eingeladen. Sie war vorerst auf der Psychiatrie bestens aufgehoben.
Er war aufgeregt. Alle waren sie gekommen, nur Paula nicht. Wo steckte sie bloß? Hatte sie es sich anders überlegt?
Ein fragender Blick von Steffen Brei traf ihn. Er hob, über die Köpfe der Anwesenden hinweg, fünf Finger in die Höhe. Steffen nickte. Paula hatte noch genau fünf Minuten Zeit, um zu erscheinen.
Julian sah sich um. Es war zwar nicht der wundervolle barocke Prachtsaal in Rom, doch immerhin der Rubenssaal in einem Schloss. Es hatte ihn all seine Überredungskünste gekostet, den Bürgermeister davon zu überzeugen, diesem ungewöhnlichen Ort zuzustimmen.
An den Wänden hingen wertvolle Bilder, die einst Peter Paul Rubens gemalt hatte. Besonders stach sein Gemälde ‚Die Kreuzabnahme' heraus. Rubens hatte damals in Italien den Auftrag für dieses Kunstwerk von Herzogin Eleonore Gonzaga erhalten. Julian hatte sich gefreut wie ein Schneekönig, dass nicht nur der Name Rubens,

sondern mit diesem Gemälde auch ein kleiner italienischer Touch Einzug in diesen schönen Saal gehalten hatte. Es war das perfekte Ambiente für diese Pressekonferenz.
Julian sah auf die Uhr. Steffen hatte recht. Noch länger konnte er die Presse nicht hinhalten.
Endlich hörte man im Vorraum laute schnelle Schritte. Und dann stand sie da mit ihrem entschuldigenden und bezaubernden Lächeln, das es niemandem der Anwesenden möglich machte, ihr die Verspätung nicht zu verzeihen.
Der Bürgermeister stand hinter dem Rednerpult, das Julian vor den Erker mit seinen goldenen Ornamenten hatte stellen lassen, und lächelte Paula an. Sein Lächeln war so breit, dass sich so mancher Pressevertreter sicher gewundert hätte, wenn Steffen Brei nicht glücklich verheiratet wäre und zwei entzückende Kinder hatte.
Dass dieses Lächeln nicht Paula persönlich, sondern lediglich ihrem Erscheinen geschuldet war, konnte außer ihm niemand wissen.

»Sehr verehrte Repräsentanten der heimischen und überregionalen Wirtschaft, verehrte Medienvertreter, sehr verehrte Gäste, ich freue mich, dass Sie so zahlreich erschienen sind. Wahrscheinlich fragen Sie sich, was es mit dieser Konferenz an diesem besonderen Ort auf sich hat. Doch diese Frage kann ich Ihnen leider nicht beantworten«, begann Siegens Bürgermeister seine Rede und beendete sie zugleich.

»Ich übergebe daher das Wort an Julian Heinbach!«

Paula

Puh, gerade noch geschafft. Zum Glück sind in der ersten Reihe noch zwei Plätze frei. Paula lächelte herzlich in die Runde und beeilte sich, ihre Kamera aus der Tasche zu ziehen. Als sie durch ihre Linse den Bürgermeister ins Visier nahm, war sie überrascht, ein so schönes Foto mit einem herrlich strahlenden Stadtvertreter schießen zu können, der zufällig in diesem Moment in ihre Richtung zu blicken schien. Paula drückte ab. Das musste unbedingt festgehalten werden.
Sie sah sich kurz um.
Dieser Rubenssaal ist wirklich besonders. Ich sollte mir unbedingt bald mal die Zeit für eine Museumsführung nehmen, entschied sie.
Ihr Blick blieb an einem großen Rubensgemälde hängen. Ein bisschen erinnerte es sie an die Maltechnik von Michelangelo und seine Deckengemälde in der Sixtinischen Kapelle in Rom.
Ach Rom … sie hatte jede einzelne Minute genossen, doch leider war die Zeit viel zu kurz gewesen. Sie musste unbedingt noch einmal hin. Besonders der Prachtsaal hatte es ihr angetan. Die Atmosphäre im Palazzo Colonna war für sie sehr bewegend gewesen. Sie hatte dort gestanden und sich gefühlt wie Gregory Peck, der von seiner Prinzessin allein zurückgelassen wurde.
Auch sie würde mit Julian niemals in Ruhe ihr Glück genießen können. Familie Heinbach mit ihrem Unternehmen würde schon dafür sorgen, dass ihr Sohn seine Prioritäten richtig setzte und sich eines Tages auf dem Firmenthron niederließ.

Der Bürgermeister begann mit seiner Begrüßung. Paula war unsicher. Durfte sie als Pressefotografin der Stadt während einer Rede aufstehen, um bessere Fotos schießen zu können? Würde das vielleicht sogar von ihr erwartet? Vorsichtshalber blieb sie auf ihrem Stuhl sitzen.

»Sehr verehrte Repräsentanten der heimischen ...«, hörte sie den Bürgermeister beginnen.

Paula fühlte sich plötzlich unwohl. Jemand beobachtete sie. Sie konnte deutlich die durchbohrenden Blicke in ihrem Nacken spüren. Langsam drehte sie sich um und sah direkt in die Augen von Yvonne Heinbach. Paula traf der Schlag. Seit dem Abiball hatte sie Julians Mutter lediglich hin und wieder in der Zeitung abgebildet gesehen. Dass sie heute noch immer derart herablassend von ihr betrachtet wurde, bestätigte Paula in ihrem Entschluss, niemals wieder eine Beziehung mit ihrer ersten und einzigen Liebe Julian Heinbach einzugehen.

»Ich übergebe daher nun das Wort an Julian Heinbach!«, sagte Steffen Brei und machte den Platz hinter dem Redner-pult frei. Ein Raunen ging durch den Saal.

Hat er gerade wirklich Julian Heinbach gesagt? Julian? Mein Julian ist hier? Wieso ...? Was hat denn er mit dieser Pressekonferenz zu tun? Paula musste schlucken, als sie aus der letzten Reihe einen Mann aufstehen sah, der sein Jackett zuknöpfte, die Schultern straffte und mit aufrechtem Gang, aber doch leicht angespannt, nach vorne kam und sich hinter das Rednerpult stellte.

Paula konnte nicht anders. Sie sah ihn an. Zum ersten Mal seit so unendlich vielen Jahren sah sie ihn ganz bewusst an. Nicht völlig unvorbereitet wie bei der Hochzeit von Samuel und Julia, nicht tief verletzt, nachdem sie in seinem Haus mit Simone gesprochen hatte.

Sie saß einfach auf ihrem Stuhl und sah ihn an. Dann trafen sich plötzlich ihre Blicke. Die Zeit stand still. Paula hörte auf zu atmen, ihr Herz machte einen Sprung. Mit diesem einen Blick hatte sie den Kampf, Julian Heinbach aus ihrem Herzen zu verbannen, endgültig verloren. Sie liebte ihn – und das würde auch so bleiben. Paula war überwältigt von dieser Erkenntnis und von der Macht ihrer Gefühle. Am liebsten wäre sie weggelaufen. Wenn sie nicht einen Job zu erledigen hätte, hätte sie das sicher auch getan. Es durfte nicht sein! Wieder spürte sie den kalten Atem von Yvonne Heinbach in ihrem Nacken und die eiskalten Hände von Viktoria, die versuchten sich tief in ihr Herz zu krallen.

Es geht nicht!, dachte Paula verzweifelt. *Unsere Liebe hat mit dieser Familie im Rücken keine Zukunft.*

Noch immer stand Julian wortlos hinter seinem Pult und sah sie aus seinen meerblauen Augen an.

»Entschuldigung, ich will ja nicht stören, aber sind wir nicht für eine Pressekonferenz hier? Haben Sie uns vielleicht etwas zu sagen?«, rief Frieder belustigt vom Platz neben ihr. Der Saal lachte. Bis auf Paula. Frieder hatte einen ganz besonderen Moment zerstört.

Julian musste sich sammeln. Auch er schien sich zwingen zu müssen, seinen Blick von ihr abzuwenden und die geladenen Gäste anzusehen: »Vielen Dank, dass Sie alle meiner Einladung gefolgt und so zahlreich erschienen sind. Ja, Sie haben richtig gehört. Heute bin ich derjenige, der Ihnen etwas zu sagen hat.«

Sofort zückten einige der Pressevertreter ihre Kamera und stellten Julian in ein Blitzlichtgewitter. Julian ließ sich nicht beirren. Jetzt war er in seinem Element. Er hatte etwas auf dem Herzen und das wollte er loswerden.

In diesem Moment wurden Paula die Augen geöffnet.

Julian steckt hinter dem Auftrag! Jetzt wird mir so einiges klar. Er ist derjenige, der mir den Job organisiert hat. Und weil er wusste, dass ich ihn unter normalen Umständen niemals angenommen hätte, hat er den Bürgermeister vorgeschickt.

Er hatte sogar ihre Freundin Astrid ins Spiel gebracht. Ob sie wirklich Frau Brei auf der Psychiatrie im Krankenhaus versorgt hatte? Paula hatte da ihre Zweifel.
Gegen ihren Willen war sie von Julians Einfallsreichtum beeindruckt. Und doch hatte sie Angst vor dem, was sie gleich zu hören bekommen würde.

»Dank meines guten Freundes Steffen Brei, habe ich die Ehre, Sie heute im Rubenssaal unserer schönen Krönchenstadt begrüßen zu dürfen«, fuhr er fort. »Sie haben sich sicher schon gefragt, warum es ausgerechnet dieser Ort sein musste, richtig?«
Einige der Anwesenden nickten. »Die Antwort ist ganz einfach. Sehen Sie sich doch um. Wir sind heute hier, weil dieser Saal für mich eine ganz besondere Bedeutung hat. In diesem Saal ist heute alles zu finden, was mir im Leben wichtig ist.«

»Warum sieht er dich dabei so lange an?«, fragte sie Frieder interessiert. »Gibt es da etwas, das ich wissen sollte?«
Paula wurde rot. Endlich begriff sie, was sich hier gerade abspielte. Julian hatte sie hier hergelotst, um ihr seine Liebe zu beweisen. Wie oft hatten sie ihren Lieblingsfilm zusammen gesehen. Er hatte ihn sogar für sie ins Krankenhaus geschmuggelt. Und nun hatte er diese Konferenz inszeniert, um das Ende aus ‚Ein Herz und eine Krone' nachzuspielen.
Ein Prachtssaal, die Presse in der ersten Reihe … ein Hauch von Rom an der Wand. Gleich würde er bekanntgeben, dass er bereit ist, die Firma seiner Eltern zu übernehmen.
Jetzt verstand Paula auch, warum die Vertreter aus der Wirtschaft geladen waren.
Oh Julian, warum tust du mir das an?
Paulas Augen wurden feucht. Sie wollte hinauslaufen, mit ihrem Schmerz allein sein, doch sie traute der Kraft in ihren Beinen nicht. Auf keinen Fall wollte sie morgen früh auf einem Foto in der Zeitung erscheinen: Paula Rubens

bricht im Rubenssaal vor Liebeskummer zusammen – was für eine Schlagzeile. Im Geiste sah sie Frieder und die anderen schon den Stift zücken.

»Alles, was ich mir von meinem Leben erträumt habe, wird heute in diesem Saal repräsentiert.. Das, worauf ich meine Zukunft aufbauen möchte. Das, wofür ich all meine Kraft und Zeit einsetzen werde.«

Paula sah aus dem Augenwinkel, dass sich Yvonne schräg hinter ihr aufsetzte und triumphierend lächelte. »Das hat er schön gesagt. Endlich weiß er, was er an uns hat!«, flüsterte sie ihrem Mann gerade so laut zu, dass Paula es verstehen konnte. Zwei Fotografen schossen eilig ein Bild von Christopher und Yvonne, bevor ihr Sohn ganz offiziell die Unternehmensnachfolge bekanntgab.

Paula konnte nicht anders. Gebannt sah sie auf Julian. Wahrscheinlich musste sie die Worte aus seinem Mund hören, um ihn endgültig loslassen zu können. Deshalb war sie hier. Julian hatte für sie diese Konferenz einberufen, um ihr den Abschied zu erleichtern.

Paula spürte, wie der Schmerz langsam an ihr hochkroch und kurz davor war, ihr Herz zu erreichen.

Julian stand nur vier Meter vor ihr und war doch unerreichbar. Sie konnte sich nicht länger zusammenreißen. Tränen liefen über ihre Wangen.

Liebevoll sah Julian sie an, als er weitersprach: »Sie haben richtig gehört. Mein Leben, meine Zukunft … und meine Liebe, befindet sich hier in diesem Saal und trägt einen wunderschönen Namen:

Paula Rubens.«

Paula und Julian

Julian war gerade noch schnell genug, um Paula aufzufangen, bevor sie auf den Boden schlug. Ob der Tumult ihm und seiner Absage an die Firma seiner Eltern galt oder einer waschechten Love Story, die sich vor den Augen der Presse abspielte, wusste er nicht.
Was er aber wusste, war eins: Nichts und niemand würde ihn jemals wieder von Paula Rubens trennen.

»Hoffentlich wird ihr das nicht zur Angewohnheit«, lachte Astrid, die mit Philipp vor dem Rubenssaal auf ihn gewartet hatte.

»Redet ihr über mich?«, fragte Paula, die langsam wieder zu sich kam. »Ich glaube ich habe ein Déjà-vu. Diese Arme kenne ich doch!«
Julian musste lachen. »Ihr beide wisst, was ihr zu tun habt«, rief er Philipp und Astrid zu und floh mit Paula die Treppe hinauf in den zweiten Stock, um einen Moment mit ihr allein zu sein.

»Wie geht es dir?«, fragte er sanft.
Paula konnte ihm erst keine Antwort geben. Sie brauchte einen Augenblick, um zu verstehen, was geschehen war. Sie fand sich in den Armen des Mannes wieder, auf den sie ihr Leben lang gewartet hatte.
Julian! Werden meine Träume jetzt wirklich wahr? Hatte ihr Julian gerade vor aller Augen eine Liebeserklärung gemacht?
Zärtlich sah sie zu ihm auf. »Mir könnte es nicht besser gehen.«

»Dann darf ich dich vorsichtig absetzen?«, fragte er und hielt sie solange fest, bis er sicher sein konnte, dass ihre

Beine sie tragen würden. Dann nahm er ihre beiden Hände in die seinen und sagte mit brüchiger Stimme: »Meine geliebte Paula, ich habe dich so sehr vermisst. Die vielen Jahre ohne dich … ich brauche dich in meinem Leben! Ich möchte keinen Tag länger ohne dich sein.« Zwei einzelne Tränen kullerten über seine Wange.
Paula nahm sein Gesicht in ihre Hände und antwortete: »Mein geliebter Julian, auch ich möchte nicht einen Tag länger ohne dich sein! Ich liebe dich von ganzem Herzen!«

»Halleluja! Na endlich! Hier geht's lang!«, wurden sie von Astrid unterbrochen.

»Wo führst du mich denn hin?«, fragte Paula irritiert.

»Jetzt lass dich doch mal überraschen.«, lachte Julian beschwingt. Alle Anspannung war von ihm gewichen und hatte Platz für einen tiefen Frieden geschaffen. Er würde mit Paula alt werden. Was wollte er mehr?
»Wir sind gleich da. So, und jetzt mach die Augen zu.«
Paula hörte erst leise Stimmen, dann drang Musik an ihr Ohr. Paula kannte das Klavierstück. Es war aus ‚Die fabelhafte Welt der Amelie'.

»Du darfst deine Augen wieder aufmachen. Und jetzt … vertrau mir!«, sagte Julian, der ihre Hand nahm und mit der anderen eine Tür öffnete, hinter der ihre gemeinsame Zukunft lag. Paula war verzaubert. Julian hielt ihre Hand noch fester und führte sie den schmalen Mittelgang entlang nach vorne, wo hinter einem antiken Tisch Bürgermeister Steffen Brei stand und sie freudig erwartete.

»Julian, ich, … ich weiß nicht, was ich sagen soll.«
Dass es im Oberen Schloss ein Trauzimmer gab, das hatte sie gewusst, aber dass sie eines Tages völlig unerwartet selbst als Braut dort stehen würde, hätte sie niemals zu träumen gewagt.
Und dann ging Julian plötzlich vor ihr auf die Knie: »Paula Rubens, Liebe meines Lebens, willst du meine Frau werden?«

Die Sonne warf einen warmen Strahl durchs Fenster auf Paulas Gesicht und ließ ihre Tränen glitzern.
»Ja, ich will!«
Tosender Beifall begleitete die beiden, während sie sich in den Armen lagen und sich nicht wieder voneinander lösen wollten. Erst jetzt bemerkte Paula, dass sie nicht nur zu dritt in diesem Zimmer versammelt waren. Langsam sah sie sich im Trauzimmer um.
Sie entdeckte Astrid und Philipp, die ihnen beide die Daumen entgegenstreckten. Ihre beste Freundin Lina saß mit Nick und ihren beiden Kindern Paul und Emily in der dritten Reihe und war heute Morgen extra aus den USA angereist. Samuel und Julia waren aus den Flitterwochen zurück und lächelten sie an. Scheinbar waren sie nicht böse, dass sie ihre Hochzeit gecrasht hatte.
Und dann, ganz hinten in der letzten Reihe entdeckte sie ihren Vater. Lange sahen sie sich an. Wie schön, dass ein Teil ihrer Familie an diesem besonderen Tag bei ihr war.
Paula drückte Julians Hand und sagte »Danke! Das bedeutet mit sehr viel!«

»So«, sagte der Bürgermeister, »nachdem sie den Heiratsantrag zur Freude aller mit ‚Ja' beantwortet haben, können wir nun mit der standesamtlichen Eheschließung beginnen ...«
Zwanzig Minuten später fragte er Paula feierlich: »Paula Rubens, wollen Sie Julian Rubens, geborener Heinbach, zu ihrem Ehemann nehmen? So antworten sie mit ‚Ja'!«
Alles Glück dieser Erde schien aus diesen drei Worten zu sprudeln als sie Julian liebevoll ansah: »Ja, ich will!«
Julian hatte sich so sehr auf diesen Moment gefreut, in dem er Paulas Nachnamen annehmen würde. Julian Rubens! Ein neuer Name für ein neues Leben!

»Und du, Julian Rubens, geborener Heinbach, willst du Paula Rubens zu deiner Ehefrau nehmen?«
Aus tiefstem Herzen antwortete er zu seiner geliebten Paula gewandt: »Ja, ich will!«

Der Kuss, der folgte, würde wohl der innigste der Filmgeschichte sein, sollte ihre Liebesgeschichte jemals verfilmt werden.

Drei Tage später bekam Paula einen Anruf von Rike, der Hochzeitsrednerin, für die sie vor ein paar Wochen eingesprungen war.

»Meine liebe Paula, ich habe hier schon vier Anfragen von ganz aufgeregten Brautpaaren, die sich unbedingt von dir trauen lassen möchten.«

»Was? Von mir?« Paula musste herzhaft lachen. »Das ist ein Scherz, oder?«

»Ganz und gar nicht! Du hast Karriere gemacht. Alle sind begeistert von dir und deiner Liebesgeschichte und möchten dich für ihre Trauzeremonie buchen.«

»Ja, aber, woher …?«

»Sag nicht, du hast die Artikel über dich und Julian nicht in den Zeitungen gelesen.«

Das hatte sie tatsächlich nicht getan. Als frisch verheiratetes Ehepaar hatten sie die letzten Tage nur Augen für sich selbst gehabt.

»Und? Was sagst du? Darf ich den Paaren deinen Kontakt schicken?«

Paula musste nicht lange überlegen.

»Weißt du was? Es wird mir eine Freude sein, als glückliche Paula Rubens noch viele aufregende Liebesgeschichten in Worte zu fassen.«

Epilog

Frieder konnte sein Glück kaum fassen. Was für eine Love Story! Paula Rubens in den Armen von Julian Heinbach … und er hatte in der ersten Reihe gesessen. Sein Chefredakteur hätte ihn fast geküsst, als er ihm den Artikel mit den Fotos grinsend auf den Schreibtisch geworfen hatte.

Als sich Frieder nach einer langen und bierlaunigen Feier im Kreis seiner Kollegen in den dritten Stock zu seinem Büro bei der Siegener Zeitung am Obergraben quälte, musste er still lächeln. Paula Rubens war nett. Sie hatte jemanden verdient, der sie glücklich machte. Und dieser Heinbach schien dafür genau der Richtige zu sein.
Es war keine Kleinigkeit, der Liebe wegen auf den Firmenthron zu verzichten – zumal Yvonne und Christopher Heinbach nach dieser Ankündigung erbost den Saal verlassen hatten.

Endlich oben angelangt, ging er als erstes in die Redaktionsküche und füllte sich einen Kaffeebecher mit dem Aufdruck ‚Siegener Zeitung: aktuell – lokal – informativ', der vom letzten Besuchertag übergeblieben sein musste. Er hatte die stille Hoffnung, dass der Kaffee seinen Kater auf zauberhafte Weise vertreiben würde.
An seinem Schreibtisch angekommen, entdeckte er einen braunen Umschlag, in dessen Adressfeld sein Name stand. Frieder stellte seinen Kaffee ab und öffnete ihn. Ein kleiner Gegenstand fiel heraus und landete auf seiner Tastatur. Jemand hatte einen Namen darauf geschrieben: Patientin Viktoria Heinbach.

Im selben Moment schickten die Nebennieren eine ordentliche Portion Adrenalin auf die Reise durch seinen trägen Körper. Frieder stand sofort unter Strom. Wie lange war es her, dass sein journalistisches Gespür derart angeschlagen hatte? Frieder ergriff das Ding und rief ins Redaktionsbüro:

»Hey, alle mal herhören! Wer von euch hat noch so ein Diktiergerät in der Schublade, mit dem ich diese Kassette abhören kann?«

Danksagung

Verrückt, wie viele nette und hilfsbereite Menschen ich wieder während meiner Zeit des Schreibens kennenlernen durfte. Ihr seid mir Stütze, Motivation, Informationsquelle, Inspiration – eine Bereicherung! Danke dafür!

Mein aufrichtiger Dank gilt:
An erster Stelle natürlich wieder meiner wundervollen Familie: Was wäre ich ohne euch? Ich hab euch lieb!

Meiner lieben Freundin und Lektorin: Anke Becker – du bist einfach ehrlich, unermüdlich, unerbittlich und doch liebevoll. Genau so soll es sein!

Meiner Tochter Lara: Dein Tipp, die Protagonistin ‚Paula Rubens‘ zu nennen, war grandios!

Frau Dr. Sezer Lammers: Danke für die Einführung in die menschliche Psyche und in die Auswirkungen, die ein Schock auf unseren Köper haben kann.

Frau M. Buchen: Sie sind eine klasse Standesbeamtin mit unglaublich viel Herzblut und Hilfsbereitschaft. Wenn ich nicht schon verheiratet wäre, würde ich mich gerne von Ihnen trauen lassen.

Katrin Storm: Du hast meine Idee für die Umschlaggestaltung perfekt umgesetzt!

Meinen Brautpaaren: Eure Geschichten sind mir schon jetzt Inspiration für viele weitere ‚Paula Rubens Romane'.

Dem Team der Druckerei Vorländer: Danke für Ihre Unterstützung, die netten Telefonate und die wieder gute Zusammenarbeit.

Und natürlich danke ich auch meinen Lesern: Ohne euch, und eure vielen positiven Rückmeldungen zu den beiden Krimis, hätte ich wahrscheinlich nicht den Mut gehabt, mich in einem anderen Genre auszuprobieren.

In tiefer Dankbarkeit
Eure Anette

»Wir LiEBEN Siegen«

Der neue Werbeslogan der Siegener Stadtbank klingt für Jochen wie Spott und Hohn. In seinen Augen war es die Bank, die vor fünfzehn Jahren sein Leben zerstörte.

Zurück im Siegerland, schleicht er sich Stück für Stück in das glückliche Leben seiner ehemaligen Kundenberaterin, um ihr das zu nehmen, was ihm damals genommen wurde: ihre Familie, ihre Freunde, ihren Beruf und … ihr Leben.

Ein Fall für Kriminaloberkommissarin Johanna Daub. Unterstützt wird sie von Stadtbank-Mitarbeiter Daniel Treude, der ihr Bild vom Siegerländer Bankangestellten gehörig auf den Kopf stellt.

»Heute bringe ich dir deine Krone«

Ein rätselhafter Fall beschäftigt die Siegener Polizei:

Eine Frauenleiche im Brautkleid wurde
vor der Haardter Kirche abgelegt –
auf ihre zarte Haut eine Krone tätowiert.

Während Kriminaloberkommissarin Johanna Daub
der Spur des Täters folgt, wird ein weiteres Opfer
vor dem Standesamt in Neunkirchen entdeckt.

Ein verzweifelter Wettlauf mit der Zeit beginnt,
denn im Siegerland herrscht Hochzeitssaison.

Johanna Daub ermittelt wieder gemeinsam mit
Stadtbank-Mitarbeiter Daniel Treude,
der nebenbei ganz eigene Ziele verfolgt und
die Kommissarin damit unwissentlich in Gefahr bringt.